살아, 해나야

이 이야기는 픽션이며
등장하는 인물, 지명, 단체, 사건 등은 실제와 무관하며
창작에 의한 허구임을 알려드립니다.

유라 소설

살아, 해나야

―― 위로를 원하는 누군가에게 ――

온 마음을 다해 해나가 다음 발자국을
땅에 새기기를 진심으로 바랐다.

바른북스

차례

1부
나의 할머니

평범한 해나의 시작 08
해나가 거봉을 먹기 무서워하게 된 이유 20
덕기의 호기심 34

2부
초등학생 해나

지역이동을 한 후 바뀐 해나의 일상 56
낯선 곳에서 살아남기로 다짐한 해나 76
방과 후 물음표 아이가 된 해나 88
해나가 담배와 술을 시작하게 된 이유 96
희망과 동시에 갖게 되는 똑같은 자질구레한 시련들 115

3부

중학생 해나

다시 새로운 시작	136
빚쟁이에게 도망쳐 온 은수, 그런 언니를 좋아했던 해나	161
해나의 첫 패딩	223
달라진 집안 분위기	244
흩어지는 세 막내	278
다시 시작된 악몽	310
꽃길을 꿈꾸는 해나	324

작가의 말

1부

나의 할머니

평범한 해나의 시작

전원주택에 살고 있는 한 할머니가 있다. 그 할머니는 사람들에게 행복을 전해주는 사람이다. 베푸는 것을 좋아해 항상 사람들에게 음식을 만들어 주었다. 제철 음식, 생일 음식 또는 간식 등을 나누어 주는 것을 즐거워했다. 할머니를 알고 있는 사람들은 그녀가 굉장히 친절하다고 입을 모아 말한다.

할머니는 직업을 갖고 있었는데, 다른 사람들의 이야기를 글로 담아 많은 사람들에게 전하는 작가이다.

삼십 대부터 글을 쓰기 시작하여 수십 년째 글을 쓰고 있다. 할머니는 매일 아침 일어나 명상을 하고, 산책을 다녔다. 얼굴에는 온화하고 인자한 미소를 항상 띠고 있다. 할머니는 수십 년 동안 작가로 살며, 자신의 작품으로 많은 사람들에게 위로를 주는 글을 써냈다. 할머니의 뮤즈는 사람이다. 백 권이 넘는 책을 출판하는 동안 몇 천 명의 사람을 만나 대화를 나눴다. 사람들은 말한다. 할머니의 글을 읽으며 많은 위로를 받았다고.

할머니에게는 손녀가 있다. 그 손녀가 바로 나, 하진이다. 나는 이제 갓 스무 살이다. 공부는 잘 못하지만 노는 것과 글쓰기를 좋아한다. 나는 어렸을 때부터 할머니랑 붙어 있는 걸 좋아했다. 할머니가 글을 쓸 때 짓는 표정의 변화를 마음껏 구경할 수 있었다. 기분 좋아하는 모습, 미간을 한껏 찌푸리며 집중하는 모습, 머리를 쥐어뜯는 모습 등등……. 할머니를 옆에서 구경하고 있으면 즐거웠다. 이따금씩 할머니는 글을 쓰다 자신의 글을 나에게 읽어주기도 했다. 이 표현이 어떠냐면서 말이다. 나는 그런 할머니와 대화하는 것을 좋아했다.

하지만 요즘 할머니는 맥북을 여는 시간이 줄어들었다. 할머니의 글을 볼 수 없는 팬들은 책을 기다리고 있다. 이는 나도 마찬가지이다. 할머니의 글이 보고 싶었지만 힘들어하는 모습을 보면 걱정이 된다.

최근 할머니를 위해 할 수 있는 것을 생각했다. 한평생 다른 사람의 이야기를 쓴 할머니를 보며 좋은 생각이 떠올랐다.

"그래!" 하진이는 눈을 반짝이며 방에서 뛰어나왔다. 그리고는 할머니에게 소리치며 다가갔다.

"할머니! 제가 할머니의 이야기를 써보고 싶어요."

할머니는 소파에 앉아 할아버지와 한참 고스톱을 치고 있었다. 그러다 다가오는 하진이를 보고 웃었다.

"오, 어떻게 그런 생각을 했어?"

"평생 다른 사람들 글을 썼으니까, 이젠 제가 할머니의 이야기를 써볼래요."

할머니는 하진이의 말을 듣고 고개를 갸우뚱거렸다.

"음, 할머니는 얘기할 게 별로 없는데?"

"그냥 할머니의 이야기를 해주면 돼요."

"도중에 포기하면 안 돼~"

"절대요."

"그럼 점심시간 때쯤 얘기할까?"

"네, 그럼 내일부터 시작해요."

* * *

다음 날, 나는 할머니를 찾았다.

"할머니, 오늘부터 시작하는 거 아시죠?"

"그래, 우리 하진이가 할머니 이야기 써준다는데 고맙지."

"노트북, 노트, 볼펜 챙겼어요."

"그 정도면 충분하겠다. 들어와서 할머니 옆에 앉아."

"네." 하진이는 할머니 옆에 앉아 자신의 준비물을 테이블에 깔아놓았다.

"뭔가 기분이 묘하네."

"왜요?"

"할머니 얘기하는 게 익숙하지 않아. 심지어 우리 하진이한테 말하려니 기분이 이상하네."

"지금부터 해보면 되죠. 시작할까요?"

"그래."

그렇게 하진이의 해나 할머니 이야기 프로젝트는 시작되었다.

* * *

이천오 년, 한 순수한 아이 해나가 있었다. 해나는 태어난 지 십 년 하고도 이 년이 지나 부모님이 인생의 전부일 시절이었다. 해나는 매우 소심해 친구들이 다가오거나 발표를 해야 할 때 얼굴이 터지려고 하는 말 없는 조용한 아이였다. 피부도 하얀 탓에 빨개지는 얼굴이 더욱 티가 나 부끄러움을 많이 탔다. 검디검은 긴 생머리에 키가 140cm 정도. 치면 날아갈 것처럼 마르고 키가 작았다.

딱히 잘하는 것이 있지도 않았다. 공부에 관심이 없던 해나는 성적이 좋을 리 만무했다. 대부분의 아이들이 성적을 잘 받는다는 초등학교 때도 점수를 받지 못해 나머지 공부를 받아야 할 정도였다.

부모님은 해나의 재능을 찾아주기 위해 열심히 악기도 시켜봤지만, 수업에서 매번 잠을 자느라 목으로 헤드뱅잉을 했다.

해나는 어리지만 장녀로서 역할을 충실히 했다. 동생들의 밥을 챙겼고 집을 치우며 부모님의 퇴근을 기다렸다. 하지만 매일 밤 불을 다 끈 거실에서 TV를 보다 새우 자세로 잠을 청했다. 대부분의 아이들이 그렇듯, 어린 해나가 그렇게 했던 건 그저 부모님의 사랑을 받고 싶어서였다.

심지어 명절에 받은 용돈을 모아 서프라이즈로 엄마에게 가방을 사 준 적도 있었다. 엄마와 함께 마트에서 장을 보다, 엄마가 흘리듯 말한 한마디 때문이다.

"가방이 편해 보이네."

그러던 어느 날, 부모밖에 모르던 해나는 엄마의 제안에 혼자 유학길에 오르게 되었다. 이 이야기는 해나의 한마디로 시작되었다.

"나도 다른 애들처럼 비행기 타보고 싶어."

이 한마디로 해나의 인생은 송두리째 바뀌었다. 그저 비행기를 타보고 싶던 해나는 몇 년을 가족과 떨어져 지내게 되었다. 처음 엄마의 제안은 여행이었다.

"해나야, 비행기 타보고 싶다고 했잖아. 몇 밤 자고 돌아오는 거야. 어때, 갈래?"

"진짜? 응, 갈래!"

"근데 문제가 있어."

"왜?"

"비행기 표가 너무 비싸서 혼자만 해외에 가야 해. 대신 같이 갈 보호자 한 명이랑 오빠 한 명이 갈 거야."

"혼자? 나 혼자 가는 건 좀 그래."

"괜찮아. 거기 어른들도 다 있고, 해나 안 불편하게 해주실 거야. 이거 좋은 기회야."

"음……."

해나는 은근슬쩍 엄마의 표정을 확인했다. 간다고 하지 않으면 안 될 것 같았다.

"알겠어. 다녀올게. 나도 비행기 타고 싶었으니까."

"그래? 가는 거지? 알겠어. 원장님한테 연락해야겠다."

엄마는 해나의 대답이 떨어지자마자 원장님에게 연락했다.

* * *

해외 가기 전날 밤, 퇴근한 엄마는 해나와 함께 마트에서 필요한 것을 구매했다. 해나는 신이 나서 학교 준비물인 공책 몇 권과 연필 몇 자루 정도를 골랐다. 엄마는 뒤에서 오 리터짜리 고추장 통, 속옷 한 무더기를 카트에 넣었다. 카트는 금방 차올랐다. 이 모습을 본 해나는 궁금했다.

"삼 주 다녀오는 건데 왜 이렇게 많이 샀어? 집에서 필요한 거야?"

엄마는 아무 말 없이 비장한 표정이었다.

"집에 가서 알려줄게."

해나는 생각했다.

갑자기 왜 그러지? 뭐, 집에 가서 알려주겠지.

집에 도착해 엄마는 해나에게 이실직고했다.

"해나야, 사실 여행이 아니라 유학이야."

"유학이 뭐야?"

"거기에서 쭉 사는 거야. 학교도 다니고, 잠도 계속 자면서. 여기에서 생활하는 것처럼."

"뭐……?"

잠시 침묵의 시간이 흘렀다.

"생각할 시간을 줘."

해나는 방에 들어가 문을 잠그고 생각에 빠졌다.

아무래도 부모님과 떨어져서 살고 싶지는 않아. 동생들

밥은 누가 챙겨? 걔네 아직 너무 어린데. 게다가 매일 학교에 가야 좋아하는 은우도 볼 수 있는데.

"역시 가지 않는 것이 좋겠어." 해나가 결심하고 방을 나오는 순간, 엄마가 구매한 큰 고추장 통과 곧 터질 것 같은 캐리어 가방이 현관문 앞에 놓여 있는 것을 발견했다.

"……."

어쩌면 이미 답이 정해진 상황이었을지도 모르겠네.

해나는 엄마를 위해 유학길에 오르는 선택을 할 수밖에 없었다.

"갈게."

"그래? 잘 생각했어, 해나야."

해나가 결정한 지 십 분도 되지 않아 해나를 태우러 온 차가 도착했다. 가족들은 짐을 하나씩 트렁크에 실었다. 해나는 부모님과 어린 동생 두 명에게 마지막 인사를 하며 집을 떠났다.

그날 밤 묵을 곳에 도착했다. 그곳은 산속에 있는 한 기도원이었다. 해나가 차에서 내리니 기도원 원장님 순홍이 마중 나왔다.

"안녕, 네가 해나니? 엄마한테 말 들었어. 오느라 고생했어. 내일 아침 비행기라 새벽에 나가야 해. 인사는 내일하고 자자. 방바닥 뜨겁게 달궈놨으니 괜찮을 거야."

"네, 안녕하세요."

가족들이 없는 곳에서 처음 잠을 잔 해나는 불안하고 초조했다.

벌써 가족들 보고 싶다.

다음 날 새벽 다섯 시쯤 일어나 봉고차를 타고 공항으로 출발했다. 잠이 덜 깬 해나는 다 뜨지도 않은 눈을 비비며 아직 차가운 차 안에서 떨고 있었다.

"잘들 잤어? 둘이 인사해. 이제 같이 살아야 하니까. 덕기야, 해나는 동생이니까 네가 잘 챙겨줘야 돼. 해나는 초등학교 5학년이야." 동승석에 앉은 순홍이 고개를 돌려 서로를 인사시켰다.

"안녕하세요." 해나가 덕기를 보며 목을 구부렸다.

덕기는 해나를 흘긋 보더니 고개를 돌려 창문을 바라보았다.

"덕기가 해나보다 훨씬 오빠야. 중학교 2학년이거든. 둘이 친하게 지내렴. 오빠가 뭐라고 하면 원장님한테 얘기하고." 순홍은 덕기가 말이 없자 대신 해나에게 인사를 하는 듯했다.

"네."

처음으로 누군가에게 인사를 씹힌 해나는 무안함에 아까 뜨지 못한 눈을 마저 떴다. 둘은 말없이 창문을 바라보며 공항으로 향했다.

"우와."

해나는 실물로 처음 보는 인천 공항에 눈이 곧 터질 것 같았다.

"와, 엄청 크다." 멍을 때리고 목을 한껏 젖혀 구경을 하고 있는 해나를 보고 순홍이 말했다.

"원장님 잘 따라와. 길 잃으면 안 된다."

"네……!"

해나는 순홍의 뒤을 졸졸 따라다니며 자신이 원하던 비행기에 올라탔다. 해나는 처음 가보는 공항과 처음 받아보는 서비스에 눈을 동그랗게 뜨며 모든 게 신기하다는 듯이 고개 돌리는 것을 쉬지 않았다. 이를 본 한 스튜어디스가 해나에게 말을 걸었다.

"환영해요. 자, 이거 선물이에요."

"와, 감사합니다." 해나는 목을 잔뜩 굽혀 인사했다. 그리고는 선물인 수첩을 한없이 쳐다봤다.

"우와, 신기하다. 비행기를 탔는데 선물을 주다니……. 우와." 웃는 표정의 비행기 키링이 달려 있는 작은 수첩을 보며 해나의 표정은 마냥 밝았다.

"우와, 뜬다, 뜬다, 뜬다! 우와!" 해나는 한국을 떠났다.

* * *

목을 뒤로 다 젖혀도 끝이 보이지 않는 큰 건물, 한글이 아닌 글들이 해나를 어지럽게 했다. 도착하자마자 정신없이 쏟아지는 알아들을 수 없는 말은 해나를 움츠러들게 했다.

처음 보는 어른들이 해나에게 인사했다. 매일 봤던 얼굴들은 보이지 않았고, 모르는 사람들만이 가득한 세상이었다. 막연한 어색함과 두려움에 가족들이 보고 싶어 당장 눈물이 흐를 것 같은 표정이었다. 그저 부모님께 배운 "어른 말씀 잘 들어라."를 기억하며 예의 바르게 행동했다. 다섯 명 정도 어른들이 해나를 에워싸고 말을 걸었다.

"네가 해나구나? 배고프지? 오느라 고생했다. 밥부터 먹으러 가자."

"안녕하세요."

중국에 도착한 해나가 처음으로 먹었던 밥은 아이러니하게도 전주비빔밥이었다. 긴장을 많이 했던 탓인지 배가 많이 고팠던 해나는 한 그릇을 뚝딱 해치웠다. 아까보다는 많이 풀린 표정이었다. 그리고 그 자리에서 해나의 보호자, 김태석을 소개받았다. 김태석은 아빠, 엄마, 초등학교 아들 한 명으로 이루어진 가정의 가장이었다. 김태석은 해나를 보고 웃으면서 말했다.

"안녕, 반가워. 나는 딸이 없어서 네가 굉장히 반갑네. 오늘 엄마가 바빠서 아빠만 왔어. 이제부터 딸이라고 부를게,

너 이제부터 아빠라고 부르면 돼."

"안녕하세요. 잘 부탁드려요."

해나는 긴장의 연속인 순간을 보내고 있었지만, 표정만은 밝았다.

좋은 어른들이 있으니까 덜 무섭지 않을까?

전주비빔밥을 다 먹고는 해나가 살게 될 집으로 갔다. 5층 정도 되는 아파트였다.

해나가 거봉을
먹기 무서워하게 된 이유

학교를 당장 다닐 수 없었던 해나는 환경에 적응하는 데 시간을 보냈다.

한국에서 해나가 할 줄 아는 것이라고는 동생들을 챙기는 것뿐이었다. 동생들을 위해 음식을 차리거나 집 청소를 했지만 이곳에서는 할 필요가 없었다. 항상 누군가를 챙겨 왔던 강했던 해나는 해외에서 가장 연약한 해나가 되어 24시간을 챙김받는 입장이 되었다.

해나는 시간이 흐를수록 밖으로 나가지 않았다. 어색했고, 불편했고, 불안했다. 자신의 방에 문을 닫고 누워 있는 것이 할 수 있는 유일한 일이었다. 혼자 방에 새우 자세로 누워 아무것도 하지 않고 어떤 기분인지도 잘 모르겠는 감정과 싸우며 시간을 보냈다. 아무 말 없이 있다 보고 싶다는 말을 입으로 뻐끔거렸다. 그러다 이따금 알 수 없는 감정에 눈물을 흘리는 것이 다였다.

도착한 지 한 달 정도가 지났을 때, 아파트 단지 내에서 시장이 열렸다. 해나는 여전히 방 안에 이불을 뒤집어쓰고 누워 있었다.

똑똑-

"누구세요?"

"안 자면 나와. 나가자." 매일 해나가 방에 있는 것을 본 덕기가 방으로 찾아왔다.

"아, 저는 괜찮아요. 그냥 집에 있을게요."

"언제까지 그러고 있을 거야? 좀 나와서 돌아다니기라도 해."

"…… 저는 괜찮아요."

"그냥 나가자. 지금 너 이러고 있으면 부모님이 좋아하시겠어?"

"…… 나갈게요."

"그럼 삼십 분 뒤에 거실 소파로 나와. 같이 나가게."

"네." 덕기의 마지막 말이 해나를 움직였.

"그래, 엄마, 아빠도 이걸 바라진 않을 거야." 해나는 로봇처럼 삐걱대며 나갈 준비를 했다. 방문을 열고 거실로 나가니 소파에서 덕기가 기다리고 있었다.

"준비 다 했어?"

"네."

"나가자, 그럼. 그리고 구경하다 이걸로 사고 싶은 거 있으면 사. 우리 보고 쓰라고 준 돈이야." 덕기는 해나에게 십 위안 두 장을 건넸다.

"고맙습니다."

해나는 돈을 받고 반으로 두 번 접어 바지 주머니에 넣었다.

해나가 집에 들어간 이후, 처음으로 밖으로 나온 날이었다. 한국의 평범한 아파트 안 시장처럼 많은 음식들과 볼거리들이 넘쳐났다. 좀처럼 말이 없었던 해나는 조금씩 고개를 들고 고개를 기웃거리며 아파트 단지를 거닐었다. 그러다 금붕어를 팔고 있는 한 아저씨를 발견했다. 그 아저씨는 수십 마리의 금붕어를 큰 어항에 넣고 팔았는데, 금붕어를 본 해나는 문득 생각에 빠졌다.

안에 있는 금붕어들이 어항 안에서 어디도 가지 못하고 뻐끔거리며 헤엄을 치고 있는 모습이 꼭 나 같네…….

해나는 망설이다 금붕어 아저씨에게 다가가 손으로 금붕어를 가리켰다.

"이건 다섯 마리에 오 위안이야. 어항이랑 금붕어 밥까지 하면 십 위안."

알아듣지 못한 해나는 주머니에 있던 지폐를 모두 꺼내 아저씨에게 내밀었다. 아저씨는 웃으며 해나를 바라봤고 십 위안 한 장을 들어 올렸다. 해나는 고개를 연신 끄덕거렸다. 아저씨는 어항에 금붕어 다섯 마리를 넣고 좀 더 큰 비닐봉지에 금붕어 밥까지 넣어 건넸다. 해나는 비닐봉지를 받아 들고 허리 숙여 연거푸 인사했다.

금붕어 아저씨는 마지막까지 웃으며 손인사를 해주었다. 몸을 돌려 덕기를 찾는 해나의 표정이 집을 나올 때와 많은 차이가 있었다.

해나는 작은 비닐 안에 들어 있는 금붕어 다섯 마리를 조심스럽게 안고 집으로 갔다. 방으로 들어가 어항을 정성스럽게 씻고 휴지로 닦았다. 어항을 책상에 옮긴 해나는 금붕어들을 조심스럽게 넣어주었다. 해나는 턱을 괴고 한참을 바라봤다. 금붕어들은 어항 안에서 빼끔거리며 헤엄쳤다. 해나는 금붕어들을 쳐다보며 웃음을 보였다. 다시 챙길 존재가 생겼다는 것이 좋기도, 귀엽게 보이기도 했다. 해나는 금붕어가 생긴 뒤로 방에서 더 나가지 않게 되었다. 최소한의 음식만 먹고 움직이며 금붕어들을 정성스럽게 챙겼다.

* * *

이튿날, 해나가 사는 집에 새로운 중국인 언니가 들어왔다. 여느 때처럼 방안에서 금붕어와 놀고 있던 해나는 김태석이 부르는 소리에 방 밖으로 나오게 됐다.

"해나야, 나와봐! 언니 소개시켜 줄게."

"네?"

김태석은 새로 온 중국인에게 어떤 말을 했고, 그 사람은 경청했다. 말을 다 듣고는 해나에게 웃음을 지어 보였다.

"아니옹?"

"네?"

해나는 알아들을 수 없는 발음에 언니 방향으로 귀를 돌렸다.

"아니엉하세요. 샤오안."

"아, 안녕하세요."

"해나야, 오늘부터 같이 살 언니야. 언니한테 중국어도 배우고 심심할 땐 같이 놀기도 하렴. 아빠는 일이 있어서 바로 나갈 거야. 둘이 말 많이 나누고 놀고 있어."

김태석은 해나의 머리를 쓰다듬더니 곧장 나갔다. 둘이 남은 공간은 조용했고, 샤오안은 해나를 보더니 방을 가리켰다.

"아, 내 방에 들어가자고 하는 건가?"

해나는 샤오안을 보고 고개를 두 번 끄덕이더니 방을 향해 걸어갔다. 샤오안도 해나의 뒤를 따랐다.

 방에 들어오니 더 어색해진 해나는 가만히 서서 금붕어를 바라보고, 샤오안은 고개를 좌우로 돌려가며 방을 구경했다. 그러더니 해나를 보며 왼손은 펴고, 오른손은 쓰는 제스처를 취했다. 해나는 잠시 눈치를 보더니 책상 서랍에서 공책과 4B연필을 꺼내 건넸다. 샤오안은 공책과 연필을 받더니 공책을 펼쳐 자신의 이름을 썼다. 그리고 자신에 대해 열심히 설명해 줬다.

 샤오안은 스무 살이며 고향은 안훼이다. 해나와 함께 살며 집안일을 할 사람이었다. 낮에는 집안일을 하고 밤에는 해나의 말동무가 되어주며 언어를 가르쳐 줄 것이다. 샤오안은 해나에게 자신을 언니라고 부르라고 알려줬다.

 "제제?" 해나는 샤오안의 발음을 따라 말했다. 샤오안은 해나의 말을 듣고 엄지손가락을 치켜올리며 큰 미소를 보여주었다. 해나는 샤오안의 표정을 보며 얼굴이 발그레해졌다. 샤오안은 공책에 아주 간단한 문장 몇 줄을 써줬다. 그리고 문장을 손으로 가리키며 어떤 뜻인지에 대해 보디랭귀지를 했다.

 안녕하세요.

 감사합니다.

 안녕히 계세요. 안녕히 가세요.

미안합니다.

이후 기본적인 말도 통하지 않던 둘은 계속 집에서 붙어다녔다. 샤오안이 말을 하면 해나가 보디랭귀지로 맞는 뜻인지 묻고 언니가 대답을 했다. 해나는 밤마다 작은 학교를 다닐 수 있었다.

너무 좋다. 언니랑 방에서 금붕어들이랑 같이 있을 수 있어서.

해나는 밤마다 샤오안이 자신의 방문을 두드려 주기를 기다렸다. 그렇게 샤오안은 한 달 정도의 시간을 방에 있기 좋아하는 해나를 배려해 밤마다 방문 수업을 해주었다. 어떤 날은 서로 깔깔대고 웃으며 수업을 하고, 어떤 날은 해나가 아예 감도 잡지 못해 진도를 나가지 못한 날도 있었다. 어떤 날은 방에 샤오안이 들어갔을 때, 해나가 침대 구석에서 무릎을 안고 울고 있기도 했다. 샤오안은 그런 해나를 조용히 안아주며 옆에 있어주기도 했다.

* * *

여느 때처럼, 해나가 방에 있는 하루였다. 해나가 좀처럼 방에서 나오질 않으니 보호자들은 맛있는 저녁을 준비했다. 여자 보호자인 정화는 해나를 위해 한식으로 식탁을 채웠다. 김태석은 해나의 방 앞에 가서 노크했다.

"해나야, 자니? 나와서 밥 먹으렴."

"전 괜찮아요."

"엄마가 너 준다고 된장찌개랑 불고기 했어. 해나가 나와서 같이 먹어줬으면 좋겠는데?"

"아, 네. 나갈게요."

"그래! 잘 생각했다. 샤오안이랑 다 같이 해서 밥 먹자. 준비하고 나오렴."

해나는 언니도 함께 한식을 먹는다는 소리에 빨리 나가고 싶어졌다. 대충 옷차림을 정돈하고 거실로 나와 팔 인상 식탁이 가득 채워진 것을 봤다. 된장찌개, 불고기, 김치, 김 같은 한식은 보는 것만으로도 위로를 받은 것 같았다. 해나는 약간의 미소를 지어 보였다.

"잘 먹겠습니다."

해나는 양껏 차려진 한식을 맛있게 먹고는 볼록 튀어나온 배를 보며 만족스러워했다.

"해나야, 맛있게 먹었니?" 김태석이 해나의 표정을 보고 미소 지었다.

"네. 잘 먹었습니다. 고맙습니다."

"그래, 잘 먹었다니 엄마, 아빠가 기분이 좋네. 그럼 다 같이 TV 보면서 후식 먹을까?"

"후식이요?"

"그래, 아빠가 시장에서 아주 맛있는 거봉을 사 왔어."

"네."

해나는 김태석, 정화, 샤오안 그리고 덕기와 함께 거실에서 후식으로 거봉을 먹으며 TV를 봤다. 거봉 알알이 매우 커서 해나가 거봉을 입에 넣으면 볼이 쑥 하고 튀어나왔다. 해나는 거봉 네 송이 중 두 송이를 먹어 치웠다.

너무 오랜만에 과식이었을까? 해나는 거실에서 TV를 보다 눈꺼풀이 내려앉았다. 하지만 오랜만의 편안한 상태인 몸이 방으로 들어가는 것을 거부했다.

조금만 더 보다가 방으로 가야겠다.

해나는 계속 깜빡거리다 눈을 떴다. 거실은 이미 불이 꺼져 있었고, 해나를 위해 누군가가 이불을 깔아줬다. 해나는 거실 베란다를 향해 엎드려 누워 있었는데 순간 이상한 느낌이 들었다. 누군가 해나의 바지 지퍼를 열어놓고 바지 안으로 손을 넣어 엉덩이를 한 손으로 움켜쥐고 만지작거리고 있었다.

해나는 이 느낌이 뭔지도 모르는 채 누가 자신의 엉덩이를 만지고 있는지 궁금했다. 해나는 눈을 질끈 감았다. 그리고 은근슬쩍 인기척을 낸 순간, 그 누군가는 빠르게 손을 빼고 움직임을 최소화했다. 해나는 자신을 더 이상 만지지 않는 것을 확인하고 몸을 일으켰다. 그리고 방금 잠에서 깨어난 제스처를 하며 화장실로 몸을 돌려 옆에 누워 있는 사람을 봤다. 그 사람은 김태석이었다. 해나는 놀라지 않은 척 화장실에 들어가 세면대 위에 있는 큰 거울을 바라봤다. 두 눈은 이미 잠에서 깬 지 오래된 듯했고, 이마에는 송골송골 땀이 맺혀 있었다. 두 손으로 뛰어대는 마음을 부여잡고 자리에 주저앉았다.

내가 바지 지퍼를 열고 잠이 들었던가? 아닌데? 분명히 잠그고 있었던 것 같은데? 밥 먹고 배가 불러서 순간 지퍼를 열었나? 아닌데? 다른 사람들도 있어서 지퍼를 안 열었는데? 내가 잘못 생각한 건가? 뭐지? 아저씨는 왜 내 옆에 누워 있는 거지? 그럼 아저씨가 만진 건가? 내 옆은 아저씨뿐인데. 그래, 내가 뭔가 착각했을 거야. 너무 배부르게 먹어서 지퍼를 열고 깜빡 잠이 들었나 보다. 그래, 그랬나 봐. 아무리 그래도 방 밖인데 지퍼도 열고, 잠도 자버리고. 정신 차리자. 밥 먹더니 여기가 진짜 집인 줄 알았나 봐. 그래, 조심하자. 다음부터는 졸리면 방으로 무조건 들어가고, 지퍼도 신경 쓰자. 아니, 애초에 밥을 안 먹었으면 이런 기분을 안 느껴도 될 텐데. 내가 잘못했나 봐. 밥을 괜히 먹었어.

그날 이후, 해나는 좀 더 소심해졌다.

그날 겪었던 기분 나빴던 감정이 뭐였을까? 무섭고 싫었는데……. 다시는 겪고 싶지 않아.

해나는 방에 있는 시간도 조금씩 신경이 쓰였다. 해나에게 믿고 의지할 만한 사람은 샤오안밖에 없었다. 샤오안은 매일 밤 여느 때처럼 방에 들렸지만, 그러지 못하는 날들도 있었다. 그런 밤이면 침대에 쪼그려 앉아 샤오안을 기다리다, 금붕어들을 구경하다 자기 일쑤였다. 그러다 샤오안을 보면 크게 웃었다. 샤오안만 보면 환하게 웃는 해나는 가르쳐 주는 것도 열심히 배웠다.

샤오안이 방에 가지 못한 밤이었다. 샤오안이 보고 싶었던 해나는 방 밖으로 나갔지만 거실에도, 부엌에도 없었다. 집에 아무도 없었다. 해나는 고개를 갸우뚱했지만, 고요한 적막이 안심되기도 했다. 해나는 오랜만에 거실 소파에 앉아 멍을 때렸다. 밖은 암흑처럼 어두웠지만, 아무도 없는 집에 불을 다 켜놓으니 마음이 편안해지며 잠이 쏟아졌다. 해나는 소파에 쪼그려 앉아 무거워지는 눈꺼풀을 젊어지며 시야가 암흑이 되어갔다.

얼마나 시간이 흘렀을까? 해나는 깜짝 놀라 잠에서 깼다. 처음 해나가 거실에서 잤던 날 일어난 일 이후 다시는 방 밖에서 자지 않겠다고 다짐을 한 후 두 번째다. 해나는 자신도 모르게 반사적으로 바지를 살폈다. 다행히 바지는 그대로였다.

"휴."

안심이 된 해나는 짧은 한숨을 내쉬며 방으로 향했다. 방문 앞에서 문을 열려는 순간, 문이 열리지 않았다.

이상하다?

왜 방문이 잠겨 있는지 모를 해나는 몇 번을 아주 조심스럽게 방문 고리를 위아래로 움직였다. 그러니 방 안에서 샤오안의 소리가 들렸다.

"잠깐만."

해나는 언니가 방에 있는 것을 알고 즐거워졌지만 동시에 이상하다는 생각이 들었다.

왜 방문을 잠갔지? 혼자 있는데 왜 방문을 잠갔을까? 나도 방에 없었는데?

이내 샤오안과 시간을 보낼 수 있다는 생각에 기분이 좋아진 해나는 방문이 열어지기만을 기다렸다. 몇 분 정도 시간이 흐르고 샤오안이 방문을 열었다. 해나는 함박웃음을 지으려다 이내 저번에 들었던 이상한 감정이 들었다. 샤오안은 방 불이 꺼진 채로 문을 열었고, 혼자 있는 것이 아닌 김태석이 뒤따라 나왔다. 분위기가 이상했다. 샤오안의 표정은 평소 해나가 알던 얼굴이 아니었다. 입꼬리는 올라가 있지만 눈꼬리는 곧 울 것처럼 축 처져 있었다. 김태석은 웃으며 해나에게 말했다.

"일어났어, 우리 딸? 거실에서 자고 있길래 안 자고 불만 꺼줬어."

해나는 궁금한 것이 많았지만 물어보면 안 될 것 같은 분위기를 느꼈다. 하지만 초등학교 5학년인 해나는 궁금한 것을 참지 않았다.

"잘 잤어요. 그런데 왜 언니랑 같이 나오세요?"

김태석은 주춤하며 약간은 불편한 듯한 표정을 지었다.

"아빠가 언니랑 할 말이 좀 있어서 따로 불렀어. 우리 딸 깨지 말고 잘 자라고 조용히 말했지. 근데 깬 걸 보니 샤오안이 소리가 좀 컸나? 언니랑 놀 거니?"

해나는 김태석의 말을 듣고 생각했다.

둘이 할 말이 있었구나. 얼마나 비밀이길래 방문까지 잠그고 따로 할까? 나도 다음에 언니랑 비밀 이야기를 할 땐 방문을 잠그고 해야지. 그리곤 김태석에게 웃으면서 말했다.

"네, 언니랑 놀 거예요."

김태석은 재미있게 놀라며 자리를 떠났고, 샤오안은 약간 피곤해 보였다.

"오늘 피곤해. 같이 못 놀아. 내일 놀자. 미안해."

해나는 샤오안과 너무나도 놀고 싶었지만 표정을 보니 떼를 쓸 수 없었다. 해나의 눈에는 샤오안 위에 크고 무거운 검은 구름이 보였다. 걱정이 된 해나는 언니에게 말했다.

"응, 언니. 괜찮아. 다음에 놀자."

샤오안이 없는 밤을 보내는 또 다른 하루에 불과했지만 해나는 쉽사리 잠에 들지 못했다. 저번에 거실에서 느낀 감정과 방금 느낀 감정이 똑같아 혼란스러웠다.

"가족들을 보지 못한 지 벌써 두 달째야. 부모님과 동생들 얼굴이나 목소리는 머리에 있는 기억들을 끄집어 내야 보고 들을 수 있어. 오늘은 더 많은 추억을 꺼내 가족들을 상상해야지. 뭘 하고 있을까? 잘 지내고 있을까?"

자신의 방에서 어떤 일이 일어났는지 알 수 없던 해나는 뭔지 모를 불안감에 침대에 앉아 생각을 하다 쪼그려 잠을 잤다.

덕기의 호기심

해나가 해외로 가게 된 이유는 이렇다. 해나의 엄마는 어떤 책을 봤는데, 그 책에서 나중에 중국이 엄청나게 성장할 것이라는 책을 읽었다. 해나의 엄마는 본인이 가고 싶었지만 갈 수 없었다. 자신의 희망 때문에 현생을 포기할 수 없던 엄마는 해나라도 본인과 같은 인생을 살지 않았으면 하는 마음에 유학을 보냈다.

하지만 해나의 집은 해외에 유학 보낼 수 있을 만큼의 집이 아니었다. 대충 아빠의 월급날 통닭을 한 마리 사 오면 그 것을 다섯 식구가 나눠 먹는 수준이었다. 그 외에는 통닭이나 피자 같은 것은 먹을 수 없었다. 아이들은 하필 너무 잘 먹었다. 한 명, 한 명이 엄청난 먹성을 자랑했기에 아이들은 항상 배고팠다. 그런 집에서 해나를 유학 보낸다는 것은 불가능이었다. 하지만 해나의 엄마는 운이 좋게 어느 기도원에서 어떤 아이가 중국으로 유학 간다는 것을 알게 되었다. 해나의 엄마는 친분도 없던 그 기도원에 찾아가 해나도 데려가 줄 것을 부탁했다. 적지 않은 돈이 필요했지만 해나 엄마는 아득바득 밤을 새워서 일하며 그 돈을 모았다.

해나는 첫날부터 덕기와 함께 지냈다. 일면식도 없었고, 해나보다 덩치는 훨씬 컸다. 가뜩이나 소심한 해나는 그 덕기에게 다가갈 수도, 그러고 싶지도 않았다. 그도 별로 관심이 없어 보였다. 그래서 해나와 덕기는 처음에 서로를 못 본 척하며 지냈다. 덕기는 눈이 얇고 길게 뻗어 있었다. 무표정에 기분을 읽을 수 없는 얼굴이었다. 170cm 정도의 키에 덩치가 커서 해나가 고개를 들어야 덕기를 볼 수 있었다. 거진 삭발 비슷한 것을 하여 머리가 굉장히 짧았다. 덕기도 처음 해나를 보고 별생각이 없어 보였다.

덕기가 한국에서 중학교를 다니지 않고 해외를 가게 된 이유는 사고를 쳤기 때문이다. 학교에서 친구를 심하게 때렸는데, 중학교는 의무교육이기 때문에 퇴학 처리가 불가능했다. 그래서 덕기는 자퇴를 하고 해외에서 학교를 다니기 위해 중국으로 향했다. 덕기는 어디로 튈지 모르는 학생이었다. 이제 막 이차성징기가 시작된 덕기는 세상에 관심이 많은 학생이었다. 자신이 아직 겪어보지 않은 것들에 대해 말이다.

덕기의 호기심

덕기는 해외에 도착하자마자 사람들의 엄청난 관심을 받았다. 집안이 유서 깊었기 때문이다. 모든 어른들은 덕기에게 구십 도로 고개를 숙이며 악수를 청했다. 그러면 한참 나이가 많아 보이는 어른들이 말했다.

"악수를 할 수 있다니, 가문의 영광입니다."

해나는 매번 그런 장면들을 눈에 담을 때마다 생각했다.

얼마나 잘난 집안이길래 저 오빠한테 다들 예의가 바를까?

그에 비하면 해나는 그저 평범한 집안이다. 매번 자신보다는 덕기에게 향하는 관심을 보면서 부러움이 생기기도 했다. 부러웠던 것은 어른들이 찾아올 때마다 덕기에게 주는 용돈, 간식 같은 것들이 끊이지 않았다. 해나는 쥐지 못했던 그 것들을 덕기는 아무렇지 않게 가졌다. 어른들은 함박웃음을 지으며 덕기에게 말했다.

"누구 집안 아들인지 참 잘 크고 있네."

"나중에 아주 멋진 사람이 되겠어."

"온 지 얼마나 됐다고 벌써 이만큼이나 하다니 정말 대단하네."

침이 마르도록 칭찬을 멈추지 않았다. 반면, 해나에게는 그 누구도 관심이 없었다. 인사만 하고, 거의 없는 사람 취급했다. 그러다 보면 해나는 뻘쭘하게 서 있거나 분위기를 맞추는 식이었다. 해나는 그럴 때마다 속으로 가족들과 친구들을 생각하며 시간을 보냈다.

다들 뭘 하고 있을까? 잘 지내고 있을까? 다들 보고 싶다.

* * *

덕기가 해나와 같은 집에 살게 되었다. 해외에 도착해 다닐 학교를 알아보기 위해, 보호자들은 해나와 덕기를 집에 두고 밖에 나가 학교를 알아봤다. 자연스럽게 두 명이 있는 시간이 많아졌다. 거의 저녁 전까지는 둘이 집에서 시간을 보냈다. 그렇다고 함께 놀지는 않았다. 해나는 방안에 틀어박혀 나오기를 최소화했다.

덕기는 심심했다. 언어를 잘하는 것도 아니었고, 나가서 놀 수 있는 게 무엇인지를 모르기 때문에 혼자 방에서 보내는 시간이 많았다. 그러다 한 번씩 너무 많이 심심해지면, 해나 방문 밑에 쪽지로 대화를 시도했다.

- 안 나올 거야?
- 밖에 나가자.
- 도대체 어떻게 해야 나올래? 어차피 너도 심심하지 않아?

수많은 쪽지를 해나에게 보냈지만, 답을 받지 못했다. 해나는 그저 쪽지를 보고 휴지통에 버렸다. 그러다 해나는 덕기의 한 쪽지 때문에 방 밖으로 나오게 되었다.

- 너 언제까지 그렇게 혼자 방 안에 있을 거야? 이런 모습 보면 부모님이 속상해하지 않겠어?

"이곳에 와서 아직 한 번도 부모님의 목소리를 듣지는 못했지만, 내가 잘 있어야 부모님이 속상하지 않을 거야. 부모님이 속상한 건 싫어."
덕기는 해나에게 쪽지를 밀어 넣고 거실에서 TV를 보고 있었다. 해나가 나온 걸 보고는 약간은 신나 하는 듯했다.
"드디어 나왔네?"
해나는 뻘쭘한 듯이 거실을 서성였다. 어디로 가야 할지 몰라 방황하다 베란다 쪽에서 걸음을 멈췄다. 거실에서 있었던 기억과 기분이 생생했다. 자리에 앉지 못하는 해나를 보고 덕기는 약간은 답답해했다.
"여기, 내 옆에 앉아."
해나는 멋쩍은 듯이 게걸음으로 걸어가 소파에 살포시 앉았다.
"이제야 마음이 바뀌었어?" 덕기는 해나를 쳐다봤다.

해나는 아무 말 없이 고개를 위아래로 한 번 끄덕거리고 TV로 눈을 돌렸다.

"사람이면 끄덕거리지 말고 말을 해야지. 말로 대답해."

"네."

"존댓말도 하지 마. 그냥 반말로 편하게 불러."

"으응."

둘은 이후로 아무 말 없이 TV를 보면서 종종 시간을 보냈다.

얼마나 됐을까? 자고 일어나면 거실에서 덕기와 함께 TV를 보고 간단한 간식 같은 것을 먹기도 했다. 해나는 그날 이후 잘 먹지 않던 밥도 조금씩 먹기 시작했다. 방 밖에서 시간을 보내며 덕기와 점점 친해졌다.

그러다 해나가 덕기와 친해진 확실한 계기가 있었다. 평소와 같이 TV를 보다 덕기가 갑자기 해나에게 물었다.

"너 괜찮아?"

"응? 뭐가?"

"나 그날 다 봤어."

"어?"

덕기는 해나의 그날을 알고 있었다. 본인도 몰랐던 그날을 덕기가 다 본 것이다. 약간은 표정을 찌푸리고 있는 해나에게 말했다.

"내가 알려줄까? 네가 궁금하다고 하면."

해나는 잠깐 고민했다. 그날의 기분이 이상했던 진상을 알 수 있었다.

무섭지만 진실을 알아야 하지 않을까?

"응, 궁금해. 알려줘."

덕기는 해나의 대답을 듣고 그날에 대해 설명했다.

"내가 그날 방에서 잠을 자다가 깼는데 목이 말라서 부엌에 가려고 일어났어. 부엌이 거실 옆에 있으니까 가는 길에 거실이 보이잖아? 내가 부엌에 가기 직전 무심코 거실 쪽을 봤는데 김태석이 네 옆에 누워 있는 거야. 나보고 안 자냐고 물어봐서 물 마시고 잘 거라고 하고 주방에서 물 마시고 나와서 방으로 들어갔지. 근데 문을 닫기 직전에 갑자기 왜 네 옆에 있는지 궁금하더라? 그래서 문을 열고 벽에 붙어서 뭐 하는지 봤지. 근데 그 자식이 네 바지 지퍼를 내리고 앞을 계속 만지는 거야. 잘못 본 줄 알았는데 네가 자다가 뒤집으니까 놀라서 손 빼더니 다시 바지 안에 넣고 만지는 거야. 자기 것도 만지면서. 내가 더 이상 안 되겠다 싶어서 인기척을 냈거든? 그랬더니 그 자식이 그러는 거야."

"왜 안 자고?"

"물을 덜 마신 것 같아서 더 마시려고요."

"그렇구나. 얼른 마시고 들어가. 나도 방에 가서 자야겠다."

"말은 그렇게 해놓고 내가 다시 들어가니까 네 옆에 누워서 계속 만지고 있었는데 네가 일어났어. 그래서 나는 방에 들어갔지."

해나는 덕기의 말을 듣는데 눈물이 흘렀다.

"그때 왜 기분이 이상했는지 알겠다."

그 모습을 본 덕기가 말했다.

"괜찮아, 또 그런 일이 있으면 내가 막아줄게. 나만 믿어, 알겠지?"

"고마워, 오빠."

해나는 연신 고맙다고 말하며 믿을 사람이 생긴 것에 대해 속으로 굉장히 기뻐했다. 그렇게 둘은 전보다 굉장히 친해진 오빠, 동생 사이가 되어갔다.

* * *

여느 날과 다를 것 없는 평범한 날이었다. 해나는 자고 일어나 혼자 거실에서 소파에 앉아 TV를 보고 있었다. 해나는 덕기를 기다렸다. 하지만 아무리 기다려도 방에서 나오지 않아 해나는 생각했다.

대체 왜 안 나오지?

해나는 TV를 보다가도 덕기의 방 쪽으로 고개를 돌리기도 했다. 해나가 덕기의 건강을 걱정할 때 즈음, 덕기는 모습을 드러냈다. 해나는 반가웠지만 어떤 말이나 제스처는 취하지 않았다.

"아우, 너무 피곤하네."

덕기는 자연스럽게 해나 옆에 앉았다.

"밥 먹었어?"

"아니."

"그러면 밥 먹자."

중국에서 밥을 차려 먹는 것이 처음이었던 해나는 내심 기뻤다. 한국에서 매일 동생들을 차려주던 것처럼 중국에서도 할 수 있다는 것이 무력했던 해나에게 힘을 주는 듯했다.

정성스럽게 밥을 차려 먹고 다시 거실 소파에 앉아 TV를 봤다. 시간이 얼마나 흘렀을까? 조금씩 노을이 지면서 저녁이 다가오는 듯 햇빛이 거실 벽을 쏘아댔다. 해나는 졸다가 그 자리에서 고개를 푹 숙였다. 그러자 덕기는 해나의 머리를 조심스럽게 자신의 어깨에 기대놓고 재웠다.

시간이 흐르고 해나가 잠에서 깼다. 일어나보니 덕기의 어깨가 아닌 무릎에서 곤히 자고 있었다. 해나는 덕기에게 미안한 나머지, 일어나자마자 외쳤다.

"미안해!"

덕기는 그런 해나를 보고, 약간의 미소를 지었다.

"괜찮아, 뭐 어때. 이제 다시 거실에서 잘 수 있겠던데?"

해나는 이제 자신이 거실에서 잠을 잔다는 게 불편하지 않을 정도로 편해졌다는 것을 깨달았다. 덕기에게 갖는 신뢰감이 커졌다는 것을 반증했다. 그때, 덕기가 해나에게 물었다.

"해나야, 나 하고 싶은 게 있는데 한번 해봐도 돼?"

해나는 고개를 갸우뚱하며 물었다.

"뭔데?"

"별 건 아니고 인터넷에서 봤는데 한번 해보고 싶어. 물론 당연히 네가 싫다고 하면 안 할 건데, 이걸 하면 기분이 좋아진대."

"뭐길래?"

덕기는 해나의 말을 듣고 약간은 망설이는 듯하다 대답했다.

"포옹인데, 이건 뭐 친한 친구나 가족끼리도 다 하는 거 잖아? 우리도 한번 해보는 건 어때? 네가 그런 일이 있었으니까 기분 나쁘면 당연히 안 할 거야. 이건 사람들끼리 편하게 하는 거니까."

해나는 약간 흠칫했지만, 자신이 처음으로 해외에서 믿게 된 사람을 실망시키고 싶지 않았다.

"음…… 그래!"

덕기의 호기심

"그럼 소파 위로 올라가 봐."

해나는 덕기의 말을 순순히 들었다. 포옹을 한다고 생각하니 조금은 기분이 묘했다. 덕기는 해나를 소파에 세워두고 본인은 해나를 마주 본 채 바닥에 섰다. 그리고 조금 망설이다 해나를 안았다. 해나는 막상 안으니 기분이 이상해져 덕기에게 물었다.

"언제까지 안고 있을 거야?"

덕기는 그 말을 듣고 바로 팔을 풀었다.

"미안. 근데 아직 안 끝났어."

"뭔데?"

"가슴…… 만져봐도 돼?"

"뭐? 아니?"

"아, 알겠어. 이런 기분이구나."

둘 다 약간은 어색한 듯 멋쩍어하며 서로를 보지 못했다. 그러다 태식, 정화 그리고 샤오안이 집으로 들어오면서 일단락됐다.

그날 밤, 해나는 침대에 누워 생각했다.

뭔가 이상한 날이었어. 오빠랑 했던 포옹이 기분이 이상해. 가족들이나 친구들과 했던 포옹은 기분이 좋았는데, 오빠랑 했던 건 뭔가 찝찝해. 그래도 오빠를 실망시키지 않았으니까.

해나는 미움을 사지 않았음에 조금은 안심하면서 잠들었다.

그날이 시작이었다. 하루에도 몇 번씩 덕기는 해나에게 포옹을 하자고 했다. 일 분, 이 분, 삼 분……. 점점 시간은 늘어났다.

이게 무슨 감정이지? 좋은지도 싫은지도 모르겠어. 그냥 오빠를 실망시키지 말자.

그러다 어느 날 해나가 덕기의 요구를 거부한 적이 있다. 덕기는 약간은 씁쓸한 듯이 말했다.

"아…… 그래? 그래, 네가 하기 싫으면 하지 말아야지."

처음에는 그랬다. 그러다 계속 거부를 하니, 덕기는 해나에게 협상을 시도했다.

"그럼 일 분만 안고 있으면 안 될까?"

해나는 덕기의 요구를 더 이상 들어줄 수 없었다. 해나는 덕기와의 행동이 매우 불쾌하고, 겪고 싶지 않은 기분이라는 것을 알았다.

그날이 있고 나서 시간이 좀 흐른 후, 해나는 김태석의 꼭두각시처럼 살았다. 김태석은 아주 천천히, 매일 해나와 단둘이 있는 시간을 만들었다.

"해나야, 이리 와!"

그리고는 차의 제일 끝 쪽으로 가 해나의 엉덩이를 시도 때도 없이 만졌다. 시간이 흐를수록 더 대담하게 나왔다. 매월 한 번씩 순홍이 중국을 몇 박씩 들렀다. 그럴 때면 김태석은 9인승 봉고차를 빌려 다녔다. 기사를 항상 썼기 때문에 김태석이 운전을 하는 일은 없었다. 그때마다 해나를 보호한다는 이유로 항상 차 제일 끝에 해나를 데리고 함께 앉았다. 그리고 해나에게 대화를 걸었다. 해나는 그날 이후 김태석과 이야기하는 것을 꺼렸지만 그렇다고 어떻게 행동해야 할지도 몰랐기 때문에 아무 일도 없었다는 식으로 그를 대했다.

두 시간 정도 걸리는 목적지에 가다 너무 피곤했던 해나는 잠이 들었다. 잠을 자고 나서 눈을 게슴츠레 떠보니 차는 아직 달리고 있었는데 또다시 이상한 기분이 들었다. 순간적으로 뒤에서 무엇인가 꼼지락거리는 것을 느끼고, 모든 정신이 그쪽을 향했다.

김태석이 해나가 자는 틈을 타서 바지 뒤쪽 엉덩이골까지 손을 넣고 만졌다. 해나는 기분이 나빴지만 어떻게 해야 할지 몰라 가만히 있었다. 해나가 가만히 있으니 김태석의 손길은 더욱 심해졌고, 은밀한 부위까지 만지려고 했다. 해나는 순간 바로 상체를 일으켰다. 김태석은 아주 빠르게 해나의 바지에서 그의 손을 빼냈다. 그리고는 정말 아무렇지도 않은 평온한 표정으로 해나에게 말을 걸었다.

"우리 딸, 잘 잤어?"

그 표정과 말을 듣고 해나는 순간 생각했다.

뭐지?

김태석에게 대답했다.

"네." 김태석은 해나에게 따뜻한 말투로 말했다.

"우리 딸이 너무 불편하게 자길래 아빠 무릎에 눕혔어. 졸리면 무릎에 누워서 더 잘래?"

"아니요. 괜찮아요. 이제 안 졸려요."

해나가 기분이 더러웠어도 할 수 있는 것은 눈 뜨고 있는 게 다였다. 다른 사람들은 그를 보며 해나를 잘 챙겨준다고 칭찬했다. 김태석은 해나를 자신의 딸이라고 사람들에게 말하고 다니며 항상 차 제일 끝으로 해나를 데려갔다. 유일하게 김태석이 해나를 건들지 않은 건 해나가 방에 있을 때였다. 그래서 해나는 더욱 방에 있는 것을 원했다.

하지만 이제는 밖으로 나오게 해준 덕기까지 해나에게 스킨십을 원했다. 해나가 안전함을 느낄 수 있는 곳은 오로지 방뿐이었다. 너무 빨리 마음을 준 해나 탓일까, 해나를 건드리는 그 사람들 탓일까. 해나는 혼란스러웠다.

두 달여 정도가 지났을 때도 김태석은 그대로였다.

"내 딸이야. 이쁘지?"

"딸이구나. 이쁘네."

김태석은 새로운 사람을 만나 비즈니스를 할 때 해나를 소개하며 인사를 시켰다. 김태석의 행동은 장소를 가리지 않았다.

"우리 딸, 이리 와. 아빠랑 뒤로 가자."

"네."

해나가 김태석을 따라 차 뒤로 갈 때면 해나의 표정은 늘 울 것 같았다. 김태석은 해나를 자신의 옆에 앉게 한 후, 틈새가 없을 만큼 해나 옆에 붙었다. 그리고 자신이 원하는 부위를 바꿔가며 만졌다. 그럴 때마다 해나에게 속삭였다.

"이건 아빠가 우리 딸 사랑해 주고 있는 거야."

"이렇게 하는 건 아빠가 우리 딸을 사랑해서 하는 행동이야."

"싫진 않지? 싫으면 말해. 위치 바꿔줄게."

"아직 우리 딸이 어려서 그런지 가슴이 없네. 아빠가 클 수 있게 계속 이렇게 만져줄게. 계속 만져줘야 큰다더라."

"우리 딸, 자고 있나? 아빠가 사랑을 줘야겠네."

잘 때만 해나를 건드렸던 김태석은 시간이 흘러 해나가 깨어 있을 때도 이어졌다. 김태석이 약간은 흥분하는 듯한 표정을 보며 해나의 표정은 시간이 흐를수록 사라졌다. 중국에 발을 디뎠을 때 반짝했던 표정은 더 이상 보이지 않았다. 자라난 머리카락은 해나의 얼굴을 감추기 위해 사용됐다.

그런 해나의 표정을 생기게 하는 덕기였다. 해나가 덕기를 피하니 더 이상 해나에게 스킨십을 묻지 않았다. 이후 그저 덕기는 매번 분개하면서 들어주었다.

한번은 해나가 너무 심하게 스트레스를 받았다. 해나는 또 덕기에게 찾아가 김태석에 대한 말을 했다. 덕기는 인상을 찌푸렸다.

"진짜 안 되겠네, 너 어떻게 하고 싶어?"

해나는 울며 눈물을 계속해서 닦아냈다.

"벗어나고 싶은데 방법이 없어." 해나의 말을 듣고 덕기는 골똘히 생각했다.

"내가 엄마한테 말해볼게, 여기 말고 다른 방법이 있을 거야. 대신 조건이 있어."

"뭔데?" 덕기는 약간은 망설이는 듯하더니 말했다.

"나 믿고, 내가 하라는 대로 해야 돼. 알겠지?"

"응, 알겠어."

덕기는 또다시 요구했다.

"엄마한테 말할 테니까 그 전에 한 번만 안아도 돼?"

해나는 벗어날 수 있다는 희망에 군말 없이 포옹을 해주었다. 하지만 덕기는 해나와의 약속을 지키지 않았다. 매번 말만 하고 순홍에게 얘기하지 않았다. 그럴수록 해나는 점점 초조해졌다. 자신이 할 수 있는 것은 덕기가 원할 때마다 포옹하는 것뿐이었다. 그런 날의 연속이 쌓여 해나는 용기를 냈다.

"오빠가 해달라는 거 해주는데 왜 바뀌는 게 없어……?"

"알겠어. 이제 진짜 말할게, 대신 이번엔 손 한 번만 잡으면!"

"진짜지?"

"오빠 못 믿어? 진짜 바로 할게. 옆에서 전화할게, 너도 옆에 있어."

해나는 손을 잡아줄 수밖에 없었고, 덕기는 그제서야 부탁을 들어주었다. 덕기는 순홍에게 전화해 그동안 해나에게 있었던 일을 설명했고, 순홍은 분개했다.

"아니, 어떻게 애를! 미친 거 아니야? 그저 잘 챙겨주는 줄 알았는데. 다른 곳으로 가자. 다른 곳을 알아볼게. 중국은 최대한 빨리 일 정리되는 대로 가마."

해나는 그 말을 듣고 안도의 눈물을 흘렸다.

이제 매일 불안해하지 않아도 되는 거지? 가족들 보고 싶다. 엄마랑 아빠가 너무 보고 싶어. 한 번이라도 좋으니 엄마 목소리를 들을 수 있으면 좋겠다.

순홍은 덕기에게 물었다.

"해나는 괜찮니?"

덕기는 해나에게 전화를 건넸다.

"저는 괜찮아요. 원장님, 엄마 목소리가 듣고 싶어요."

"그랬구나. 그치, 해나 엄마가 요즘 많이 바빠. 원장님이 연락해서 엄마한테 연락하라고 할게. 마음고생 너무 심했겠다, 최대한 빨리 준비해서 거기로 갈게. 그런데 엄마한테는 이 일, 말하지 않는 게 좋을 것 같다. 엄마가 마음이 너무 아플 것 같아. 괜찮겠니?"

해나는 벅차오르는 듯 울먹거렸다.

"네, 그렇게 할게요. 감사합니다."

다음 날, 드디어 해나의 엄마에게서 전화가 왔다.

"여보세요? 해나야?"

"엄······ 마?"

"해나야? 엄마야. 목소리 잘 들려?"

"응······ 엄마. 잘 들려."

"해나야, 잘 지내고 있어? 거기 어때? 엄마가 빨리 연락하려고 했는데 전화카드를 사서 전화를 해야 한대. 근데 카드를 사서 전화하기가 어려웠어. 생활은 어때? 밥은 잘 먹고 있어? 같이 사는 분들은 잘해주니?"

엄마의 목소리를 두 달 만에 들은 해나는 그간 서러움과 무서움이 미친 듯이 몰려왔다. 하지만 엄마의 목소리를 듣고는 힘들었다는 말을 할 수 없었다. 해나는 정신을 차리기로 했다.

"응, 엄마. 여기 사람들 되게 잘해주셔. 밥도 완전 잘 먹고,

말도 엄청 많이 늘었어." 엄마는 해나의 말을 듣고 안심한 듯 짧게 한숨을 쉬었다.

"아유, 다행이다. 정말 다행이야. 엄마가 최대한 자주, 많이 전화해 보려고 할게. 잘 지내고 있다니 너무 다행이다. 근데 지금 네가 살고 있는 곳에는 다닐 수 있는 학교가 마땅치 않아서 다른 지역으로 옮긴다고 그러네?"

"응, 그런가 봐. 어른들이 계속 찾고 있는데 쉽지 않은 것 같아. 다음 지역에는 내가 갈 학교가 있을 것 같기도 해."

"그래. 정말 다행이다. 엄마 이제 다시 일하러 가봐야 해서, 나중에 또 전화할게. 잘 지내고 있다는 거 들었으니 됐다."

"응, 엄마. 파이팅."

해나는 전화를 끊고 방으로 들어가 팔로 베개를 끌어안고 입에 물었다.

"엄마, 나 집에 가고 싶어. 여기 싫어. 무서워."

그리고 숨죽여 눈물을 흘렸다. 베개가 반 정도 젖고 나서야 지쳐 잠들었다.

이후, 순홍은 그 보호자 둘에게 말을 대충 얼버무리고 지역이동을 위해 빠르게 다른 집을 알아보았다. 며칠 뒤, 비슷한 조건의 집을 찾아 지역이동을 하게 됐다. 떠나기 전날, 해나와 덕기는 짧은 대화를 나눴다.

"기분이 어때?"

"빨리 가고 싶어. 고마워."

다음 날, 마지막 날임에도 불구하고 김태석과 정화는 얼굴을 보이지 않았다. 해나가 캐리어를 들고 현관문을 나가면서 집에 있었던 모든 일들이 떠올랐다.

다시는 그런 일 없겠지. 한국으로 돌아가고 싶지만 지역 이동이라도 하는 게 어디야.

3개월간의 악몽은 막을 내렸다.

"일단은 여기까지."

해나 할머니의 말이 어느 정도 끝났을 때, 나는 충격적인 말에 눈물을 흘렸다. 할머니는 살짝 미소를 지었다.

"배고프지? 밥 먹고 다시 할까?"

나는 배가 고프지 않았지만, 왜 인지 할머니의 음식을 먹고 싶었다. 그래서 함께 맛있는 밥을 먹고 다시 시작하기로 했다.

2부

초등학생 해나

지역이동을 한 후 바뀐
해나의 일상

해나는 덕기와 함께 지역이동을 했다. 공항에 도착하자마자 해나의 두 번째 보호자들이 마중을 나왔다. 해나의 두 번째 거처도 첫 번째와 비슷했다. 남자, 여자, 아들 한 명이 있는 집이었다. 그 아들은 해나보다 세 살 어렸다. 남자 보호자는 굉장히 밝게 웃으면서 해나와 덕기에게 인사했다.

"안녕, 나는 박제순이야. 오느라 고생 많았다. 배고프지? 얼른 가서 밥부터 먹자."

"안녕하세요. 해나라고 합니다."

해나는 엄청난 경계심을 가지며 박제순을 대했다. 집에 도착한 후, 여자 보호자와 인사를 했다. 여자 보호자 역시 박제순과 마찬가지로 입꼬리가 귀에 걸렸다.

"안녕, 난 이종영이야. 어머, 너무 예쁘게 생겼네. 어서 와!"

"안녕하세요." 해나는 공손하게 인사하고는 속으로 생각했다.

여기는 괜찮겠지? 좋게 생각하자.

다 같이 간단히 인사를 하곤 살 집을 둘러보았다. 현관문을 열고 들어가면 큰 거실이 바로 보였다. 거실을 기준으로 오른쪽은 보호자들이 쓰는 방이 있었고, 그 옆을 해나가 쓰게 되었다. 현관 바로 왼쪽에 세 발자국 정도 걸어가면 부엌이 있었다. 문을 열고 들어가면 조리만 할 수 있는 부엌이다. 부엌 옆은 TV를 볼 수 있게 작은 거실 공간이 분리되어 있었다. 그 사이에는 피아노가 있었다. 거실 끝 쪽엔 큰 식탁이 있었다. 목재로 된 두껍고 큰 원형 식탁은 여섯 명 정도는 충분히 앉을 수 있었다. 그 식탁 왼쪽에 작은 거실이 있어 TV 다이 위에 TV, 맞은편에는 여섯 명 정도가 앉을 수 있는 의자가 있었다. 그리고 그 옆에 덕기와 아들인 박근택이 함께 쓸 방이 있었다. 안방 옆에 있던 해나의 방은 흔히 생각하는 원룸 정도의 방이었다. 들어가면 더블 사이즈 침대와 침대 끝에는 조그맣게 화장대가 있었다. 그리고 침대 옆 벽에 옷장이 있어 수납공간이 이전보다 더 넓어졌다. 해나는 짐을 대충 정리하고 저녁을 먹으러 식당으로 갔다.

해나는 식당에 도착해 두리번거리며 호기심 많은 눈빛으로 구경했다. 그 모습을 본 박제순은 웃으면서 말을 걸었다.

"여기 어때? 온 지 얼마나 됐어? 말은 얼마나 한다고 했지? 이거 먹어봤어?"

"아니요, 처음 먹어봐요. 온 지는 3개월 정도 됐고, 말은 아주 간단한 말 정도 할 수 있어요."

"그래? 말이야 배우면 되지."

박제순은 점원을 불러 메뉴 거의 대부분을 시켰다. 아무것도 모르는 해나는 그저 음식이 나오기만을 기다렸다. 그 음식은 매운 국물과 안 매운 국물이 나뉘어져 있어 그 안에 원하는 재료를 끓여 먹는 훠궈였다. 박제순은 익숙하다는 듯이 모든 재료를 집어넣고 푹 끓였다.

"자, 이제 먹으면 돼. 많이 먹어. 오느라 고생들 했다."

박제순은 해나 그릇에 음식을 양껏 떠주었다.

"어때, 맛있니?"

"맛있어요."

해나에게 훠궈는 꽤나 입에 맞는 음식이었다. 처음 먹었지만, 매운 것을 좋아하기에 매운 국물에 있는 재료들만 골라서 먹었다. 해나와 덕기는 배가 고팠는지 허겁지겁 훠궈를 게 눈 감추듯 먹었다. 박제순은 그 모습을 보며 흐뭇해했다.

"자, 이제는 배가 어느 정도 찼지? 내가 너희들을 위해 아주 스페셜한 음식을 한번 시켜줄게." 해나는 배가 불렀지만 스페셜한 재료를 기대했다. 얼마 지나지 않아 종업원은 박제순이 주문한 음식을 가져왔다. 머리가 잘린 미꾸라지였다.

"악……."

해나는 너무 놀라 소리를 지르지도 못하고 얼굴이 새하얘졌다. 하얀색 두꺼운 플라스틱 접시에 미꾸라지가 피라미드 모양으로 켜켜이 올라가 있었다. 머리가 잘렸는데도 꿈틀거리는 모습에 해나는 경악했다.

"이건 신경이 잘린 지 얼마 안 돼서 그래, 그만큼 신선하다는 뜻이지. 끓이면 그냥 생선이야. 추어탕 먹을 줄 알아?"

박제순은 재밌다는 듯 말했다.

"저는 안 먹어도 괜찮을 것 같아요." 해나는 사색이 되어 박제순을 쳐다봤다.

"저는 한번 먹어볼래요." 덕기는 비장한 표정으로 미꾸라지가 익기를 기다렸다.

"해나도 먹어보지." 박제순은 못내 아쉽다는 듯이 얘기했다. 해나는 연신 괜찮다는 얘기를 하면서 미꾸라지를 밀어냈다.

"아, 그래서 할머니가 미꾸라지를 못 먹는 거였구나!" 나는 깜짝 놀랐다.

"맞아, 지금도 못 먹잖니?"

할머니는 웃으면서 이야기를 계속했다.

박제순은 맥주를 시켜 마시고 있었는데, 몇 병을 비우고 나서 해나와 덕기를 쳐다봤다.

"같이 살게 됐는데, 한번 잘 살아보자. 아저씨가 내일부터 너희가 다닐 학교 열심히 찾아보마. 원하면 과외도 시켜줄 테니까 말하고, 공부하다가 모르는 거 있으면 아저씨한테 물어봐라." 해나는 박제순의 말을 듣고 조금은 마음이 열렸다.

여기는 그 전과는 확실히 다른 것 같아.

해나는 접시에 놓여진 마지막 고기와 야채를 기분 좋게 목으로 넘겼다.

다음 날이 되자 박제순은 해나와 덕기에게 한 약속을 지키려 둘이 다닐 학교를 열심히 알아보았다. 이전에 김태석은 상황 공유도 전혀 해주지 않고, 물어보면 그저 알아보고 있다고만 했었다. 박제순은 매일 밤 저녁을 먹으며 현재 어느 학교들을 알아보고 있고, 어느 정도 진행이 되었으며, 입학이 될 가능성이 있는 학교를 알려주었다. 박제순은 무역 사업을 하면서도 학교를 열심히 찾아봐 주었다. 그런 과정에서 해나는 새로운 거처의 보호자들에 대한 신뢰가 점점 생기게 되었다.

며칠 후에 박제순이 해나와 덕기에게 얘기했다.

"너희들이 다닐 학교를 가보자!"

드디어!

해나는 학교를 다닐 수 있게 될 생각에 조금은 설렜다.

다음 날, 박제순, 덕기 그리고 해나가 학교로 갔다. 교장선생님, 담임선생님과 각 교과목 선생님들을 만났다. 해나는 인사 정도밖에 할 줄 몰랐기 때문에 어른들이 해나를 두고 하는 이야기를 전혀 알아들을 수 없었다. 그저 계속 웃으면서 곁눈질로 학교를 구경했다. 선생님들은 해나를 보더니 미소를 지으며 아주 서툴게 한국말을 했다.

"아니옹하세요."

만남이 끝나고 해나와 덕기는 집에 돌아왔다.

박제순은 둘에게 종이를 내밀었다."

"얘들아, 너희들 정보를 이 종이에다 쓰면 돼. 그럼 아저씨가 학교에 전달을 할 거야. 학교는 너희들이 쓴 정보를 보고 입학여부를 결정할 거야." 박제순은 해나와 덕기 옆에서 뜻을 설명해 줬다. 다섯 장 정도 되는 질문에 대한 답을 적고 나서 박제순에게 건넸다. 박제순은 호언장담을 하고 집을 나섰다.

"다닐 수 있을까요?"

다음 날 다시 학교에 간 박제순은 교장선생님과 아이들의 입학을 상의했다. 한 선생님이 박제순을 쳐다봤다. "입학을 하려면 조건이 필요합니다. 그랜드 피아노면 괜찮을까요?"

박제순은 바로 순홍에게 연락하여 해당 일을 공유했다.

"뭐 최대한 맞춰봐야지. 해나 엄마가 뭐라고 말할지 모르겠네. 한번 연락해 볼게." 그리고 해나의 엄마에게 학교 측에 그랜드 피아노를 선물해 줘야 한다고 했다. 해나 엄마는 금액을 듣고는 깜짝 놀랐다.

"그 학교 말고는 방법이 없나요? 가격이 좀 많이 나가는 것 같은데."

"그 지역에서 제일 괜찮고, 부자 애들이 많이 다니는 학교라서 배우기도 좋을 것 같은데."

순홍은 해나 엄마를 설득했다.

"해나가 다니고 싶다고 하던가요?"

"아유, 그럼. 그리고 지금 한창 학교 다녀야 할 나인데, 얼른 학교도 다녀야지. 벌써 간 지 3개월이 넘었는데 아직 학교를 안 다니면 쓰나."

"그럼 한번 어떻게든 구해볼게요."

며칠 뒤, 해나는 학교와 또 한 번의 짧은 만남을 가졌다. 박제순은 학교에 가기 전, 해나와 덕기에게 연신 당부를 했다.

"이 학교 다니고 싶다고 꼭 얘기해야 돼. 무조건 다니고 싶다고 해. 알겠지?"

"네."

학교에 가니 저번에 해나에게 서툴게 한국말로 인사했던

선생님이 해나에게 대화를 걸었다. 선생님이 얘기를 하면 박제순이 통역을 해주었다.

"이 학교 다니고 싶니?" 선생님은 미소를 지었다.

해나는 연신 고개를 끄덕였다. 선생님은 해나의 대답이 만족스럽다는 듯이 미소를 지었고, 이어 자신이 해나의 담임선생님이라는 것을 알려주었다. 해나는 깜짝 놀라 선생님에게 다시 한번 인사를 했다. 그리고 열심히 배운 언어를 더듬거리며 이야기했다.

"잘…… 부탁…… 드립니다."

해나가 열심히 발음을 하니 선생님들은 기특하다는 듯이 쳐다보았다.

"우리도 잘 부탁해!"

해나의 학교생활을 위해 문구점에서 원하는 가방, 노트, 연필 같은 것들과 교복을 구매했다. 학교생활에 필요한 수많은 것들을 하나씩 챙겨 학교에 갈 준비를 했다. 그리고 등교 전날 밤이 되어 잠자리에 들기 위해 침대에 누웠다.

"다 챙겼어?"

덕기는 해나를 챙겨주려 방에 들어왔다. 해나는 굉장히 신이 나 있었다.

"응!"

"내일 제시간에 일어나." 덕기는 방을 나가며 다시 한번 주의를 줬다.

해나는 침대에 누워 천장을 바라보았다.

드디어 해외에서 다니는 첫 학교이다. 열심히 공부해서 엄마랑 아빠 기분 좋게 해드려야지!

해나는 다양한 감정을 안에 품은 채, 엄마에게 연락해 조잘조잘 얘기하고 싶었다. 여전히 한국에 돌아가고 싶었지만 전화도 먼저 할 수 없었다. 해나는 매일 연락이 오기를 기다렸다.

다음 날, 설레는 마음으로 학교를 갔다. 집에서만 있을 때는 밖에서 잠깐 정도만 중국어를 들으면 됐었는데, 이제는 등교부터 하교까지 알아듣지 못하는 연속이었다. 말은 폭포처럼 해나를 덮쳤다. 학교에 도착해 교무실에 앉아 있으니 해나보다 키가 작은 남자아이가 나타났다. 해나보다 조금 작은 키에 마른 몸, 동그란 얼굴에 동그란 안경, 교복을 아주 단정하게 입은 그 아이는 눈을 동그랗게 뜨고 해나 앞에 섰다.

"아니용!" 남자아이는 굉장히 어색한 어투로 우리나라 말을 얘기하며 해나의 눈치를 봤다. 해나는 깜짝 놀랐다.

"어? 안녕, 너 한국어 할 줄 알아?"

"조금. 네 이르미 모야?" 서툴게 얘기하던 남자아이는 대뜸 이름을 물어보았다. "나는 해나야.", "아! 해나? 아니용, 나는 진수라고 해."

대화를 좀 하다 보니, 담임선생님이 다가왔다.

"이름은 알아냈어?" 선생님은 진수를 쳐다봤다.

"네, 당연하죠." 진수는 기세등등하게 이름을 알아냈다고 뿌듯해했다.

"오, 진짜 한국말 할 줄 아네. 잘 부탁한다."

담임선생님에게 칭찬을 하나 가득 받은 진수는 이후 해나가 중국어를 하게 될 때까지 옆에서 통역을 자처했다.

"고마워."

해나가 진수에게 말하니 더 뿌듯하다는 듯이 표정을 지었다. 해나는 담임선생님에게 몇 권의 교과서와 노트를 받았다.

"자, 같이 교실로 가자."

"네."

정신없이 쫓아간 곳에서 해나가 다니게 될 교실을 확인했다.

2-3. 이게 우리반…….

교실은 우리나라와 마찬가지로 시끄러웠지만, 선생님이 들어가자마자 조용해졌다.

"오늘 새로운 친구가 전학을 왔는데, 이 친구는 한국인이야. 온 지 얼마 안 돼서 중국어를 할 줄 몰라. 그러니까 너희가 많이 도와줘야 한다!"

외국인이 왔다고 하니 반 친구들은 바로 시끄러워졌다.

"대박! 외국인이래!" 반 아이들끼리 흥분하는 모습에 해나는 경직되었다. 해나는 자연스럽게 진수를 쳐다봤다.

"인사할래?"

담임선생님은 해나에게 눈빛을 보내며 교탁 앞쪽으로 안내해 주었다. 해나는 그동안 샤오안과 함께 배운 문장을 생각하며 얘기해 보자고 다짐했다.

"안녕, 나는 해나야. 만나서 반가워. 잘 부탁해."

"우와! 진짜 잘한다!" 반 친구들은 한마음 한뜻으로 해나를 바라보았다. 해나는 얼굴이 시뻘게졌다. 너도나도 손을 들고 해나에게 말을 걸고 싶어 하는 눈치였다. 하지만 할 줄 아는 말을 다 뱉어낸 해나는 몸이 더 뻣뻣해졌다. 선생님이 아이들을 중재했다.

"한 번씩 해나를 도와주는 시간을 가질 거야. 그때 물어보고 싶은 것도 물어보고, 너희가 많이 도와줘."

그리곤 담임선생님은 교실을 전체적으로 쳐다보았다.

"여기요! 여기 자리 없어요!"

외치는 애들 중, 교실 창가 쪽 맨 뒤에 자리가 하나 있었다.

"저기 가서 앉으면 되겠다."

그 자리를 가리키며 해나에게 가라고 손짓했다. 진수는 해나를 에스코트해 주었다. 자리에 앉자마자 반 친구들은 해나를 굉장히 흥미롭다는 듯이 쳐다보았다. 말을 걸고 싶어 하는 눈빛, 신기한 눈빛 그리고 재미있다는 눈빛 등을 보냈다.

"자, 조용히 하고 이제 다들 책 꺼내서 읽어라."

학교는 일 교시 전 영 교시가 존재했는데, 그 시간에는 모든 학생들이 책을 펴고 사십 분 동안 책을 소리 내어 한목소리로 맞춰 읽어야 했다. 반 아이들은 자연스럽게 책을 꺼내어 각자 큰 소리로 읽었다. 해나는 혼란이 왔다.

뭐 하는 거지?

담임선생님은 해나에게 오더니 보디랭귀지를 했다. 대충 읽지 않아도 된다며, 반 친구들이 읽는 페이지를 펼쳐주고 교탁으로 돌아갔다. 해나는 담임선생님이 펼쳐준 페이지를 나름 보려고 했으나, 쓰여진 글자들이 무엇을 말하는지도 전혀 알 수 없었다. 오 분이나 지났을까? 해나는 졸려서 헤드뱅잉을 했다. 자지 않으려고 눈을 위로 치켜올리기도 했지만 반 친구들의 큰 목소리에도 잠이 들었다. 해나 근처에 있던 친구들은 자는 모습을 보고 놀랐지만, 담임선생님의 깨우지 말라는 손짓에 다시금 집중해서 책을 읽었다.

눈을 떠보니 영 교시가 이미 끝나 있었다. 해나는 졸린 눈을 비비며 몸을 일으켰다. 반 친구들은 기다렸다는 듯이 해나에게 몰려와 다양한 질문들을 쏟아냈다.

"안녕?"

"너 한국인이야?"

"어디서 왔어? 한성?"

"무슨 말 할 줄 알아?"

진수는 자연스럽게 해나의 옆에서 통역을 해주고 있었다. 하지만 너무 많은 질문이 몰려서였을까? 진수는 한국어의 한계에 도달했다.

"그만해, 너무 많이 물어보니까 나도 어떻게 얘기해야 될지 모르겠잖아." 순간적으로 주변이 조용해졌다. 다들 해나가 알아듣지 못하니 자신들이 한국어를 할 수 있는 것도 없고. 그저 아주 똘망똘망한 눈으로 해나를 쳐다볼 뿐이었다.

어떻게 흘렀는지 모를 시간이 지나고 마지막 알림장을 쓰는 시간이 다가왔다. 모든 교시가 전부 끝나고 담임선생님이 들어와 날짜를 쓰고 그 밑에 알 수 없는 글자를 그려냈다. 그리고는 해나에게 다가가 아침에 챙겨줬던 알림장 노트를 꺼내 따라 쓰라는 몸짓을 했다. 해나는 다섯 줄 정도 되는 글을 따라 썼다. 반 친구들은 오 분 정도도 안 되는 시간에 빠른 속도로 알림장을 다 쓰고 집에 갈 준비를 했다. 하지만 해나는 처음 써보는 글자에 보고 또 봐도 따라 쓰기가 너무 어려웠다. 담임선생님의 휘갈겨 쓴 글씨는 도통 알 수 없었다. 반 친구들은 하나둘씩 교실을 떠났다. 담임선생님이 해나를 쳐다보고 있어 빨리 가서 검사를 받고 집에 가고 싶었다. 글씨 한 번, 칠판 한 번씩을 번갈아 보며 목이 썩 아파질 때까지 보면서 글씨를 그림처럼 완성해 놓고는 담임선생님에게 검사를 받았다. 해나가 봐도 실소가 터질 정도의 글씨, 아니 그림이었다. 담임선생님은 그런 글을 보고 웃지도 않고 엄지손가락을 치켜세웠다. 해나는 안도의 한숨을 내쉬고 긴장의 연속이었던 첫 등교를 마쳤다.

집에 돌아와서 해나는 덕기와 첫 등교 날을 서로 얘기하기 바빴다. 지역이동 후, 덕기의 스킨십 요구가 잠잠해져 서먹했던 사이가 다시금 좋아졌.

"진짜 하나도 모르겠어. 너무 어려워. 알림장 다섯 줄 쓰는 데 삼십 분이나 걸렸어." 해나는 학교에서 있었던 일을 이야기했다.

" 다섯 줄 쓰는 데 삼십 분이나 걸렸어?"

해나는 무안한 듯 머리를 긁었다.

"나는 훨씬 적게 걸렸을걸?" 해나는 분했지만, 확실히 덕기가 지역이동 이후 보인 상승세는 차이가 났다. 해나는 그래봐야 인사 정도 할 수 있는데, 덕기는 읽는 것도 빠르고, 배우는 것도 빨라 주변에 있는 어른들이 감탄했다.

치…… 속도에 차이가 있을 수도 있지.

"괜찮아. 노력하면 되지." 덕기는 해나를 위로했다.

해나는 다음 날, 그다음 날도 똑같이 학교를 가서 잠을 자고, 자고, 또 잤다. 알아들을 수도 없는 말에 수업을 시작하기만 하면 잠을 잤다. 학교에서는 그런 해나를 이해해 주었다.

한 달째, 해나는 수업이 시작한 지 십 분도 안 되어 잠이 들었다. 가끔은 쉬는 시간에 일어나지도 않고 자기도 했다. 친구들과 조금씩 얘기하려고 시도하지만 아무것도 알아듣지 못해 몸으로 대화했다. 하교 후 집에서는 바로 과외를 시작했다. 과외 선생님도 한국어를 하나도 할 줄 몰랐다.

두 달째, 해나는 수업 십오 분까지는 깨어 있었다. 하도 잤더니 목덜미가 아파 조금씩 책을 보려고 노력했다. 그래도 알아듣지 못하는 글자들이 해나를 재웠다. 그래도 책에 하나씩 알아볼 수 있는 것이 늘어나고 있었다. 한 개, 두 개, 너, 나, 우리 등 정말 간단한 단어는 이제 알아볼 것 같기도 했다. 하지만 그것 외에는 알아볼 수 있는 것이 없었다. 격일로 과외를 하지만 여전히 알아듣는 것은 없다.

세 달째, 해나는 이제 수업 시간에 잠을 자고 싶지 않아 집중해 보려고 했다. 그림을 그리기도 하고 교과서에 낙서를 하기도 했다. 낙서에는 집에 가고 싶다는 말이 수도 없이 적혀 있었다. 그래도 과외를 하며 조금씩 선생님과 말이 통하기 시작했다.

"이게 뭐예요?"

과외 시간 내내 물어봤다.

* * *

특별하면서도 소소한 일상이 지속되다 잠잠했던 일상이 깨졌다. 가만히 있던 덕기가 움직였다. 덕기는 근택과 방을 함께 썼다. 중학생 나이였던 덕기는 한창 성에 관심이 많았다. 덕기는 어른들이 자리를 비울 때면 해나를 자신의 방에 불러서 셋이 함께 놀았다. 처음에는 괜찮았다. 그저 컴퓨터를 갖고 함께 노는 것이 다였다. 그러던 근택까지 자리를 비워 집에 아주 오랜만에 둘만 있는 시간이 생겼다. 덕기는 해나를 자신의 방으로 불렀다.

"재미있는 거 보여줄까?" 덕기의 아주 작고 옆으로 길게 늘어진 눈은 해나를 바라보고 있었다.

"뭔데?"

"눈 감아봐."

해나는 눈을 감았고, 마우스가 딸깍거리는 소리만 들었다.

"이제 눈 떠."

해나는 눈을 떴다. 그것은 만화였는데 생전 처음 보는 만화였다.

"이게 뭐야!" 해나는 깜짝 놀라서 소리치며 두 손으로 눈을 가리고 그 자리에서 일어났다.

"어때? 재미있지 않아?"

덕기는 웃음기 없는 얼굴로 얘기했다.

"별로…… 재미있는지 잘……."

해나는 보는 것을 거절했다.

"그래? 그럼 돈 줄 테니까 볼래? 오 분 보면 만 원 줄게."

돈을 그렇게 많이 주다니! 해나는 잠시 망설였다. 그 틈을 타 덕기는 해나에게 생각할 시간을 주지 않았다.

"아, 빨리. 어떻게 할 거야? 볼 거야? 보면 당장 돈 줄게. 돈 받고 봐도 돼."

해나가 거절하기엔 그 돈은 밥 열 몇 끼를 먹을 수 있는 돈이었다.

"알겠어, 대신 그럼 돈 먼저 줘."

"보는 순간부터 카운트할게." 해나는 눈을 감고, 숨을 한 번 크게 쉰 뒤, 눈을 떴다.

"시작!"

십 초나 지났을까? 해나는 처음 보는 그림에 토를 할 것만 같았다. 눈을 모니터에서 떼버렸다.

"아, 뭐야. 돈 받기 싫어?" 덕기는 손에 쥔 돈을 뺏으려고 했다.

"아니야, 그냥 좀 놀라서 그런 거야."

"눈알 굴리면 시간 추가할 거야. 싫으면 그냥 오 분만 딱 참아."

"알겠어, 다시 볼게."

해나는 만 원을 손에 꼭 쥔 채 다시 숨을 크게 쉬고 눈을 질끈 감았다 떴다. 눈을 뜨고 그 그림들을 계속해서 봤다. 그림은 귀엽게 그려졌지만 꽤나 사실적이었다. 여자의 신체를 가감 없이 그려냈고, 남자는 여자를 아주 강하게 몰아붙였다. 그리고 자신이 하고 싶은 것을 여자에게 사정없이 휘갈겼다.

덕기는 해나의 눈을 계속 쳐다보며 다른 곳을 보려고 하면 주의를 주었다. 그것들을 보고 있자니 속이 울렁거렸다. 눈물이 나올 것 같은 표정이었지만, 해나는 입술을 깨물었다.

오 분이 끝나고, 해나는 촉촉한 눈을 질끈 감으며 화장실로 가서 문을 잠갔다. 속이 울렁거리며 눈물이 끊임없이 나왔다.

내가 당한 게 이거였구나.

아무 소리도 내지 않고, 해나는 눈물을 흘리며 변기통을 부여잡았다. 해나가 정신을 차리고 다시 덕기의 방으로 들어갔다.

"맞다, 혹시 예전 생각났어? 다 잊은 줄 알았는데. 미안."

덕기는 정말 미안한 건지 모를 말투로 해나에게 사과했다. 해나는 애써 괜찮다는 얼굴을 보였다.

"나 피곤해서 좀 잘게." 방으로 들어가 해나는 문을 잠갔다. 처음이었다. 이날부터 해나는 방에 들어가면 문을 잠그는 습관이 생겼다. 침대에 엎드리자마자 눈물이 자동으로 쏟아졌다. 틀려고 하지도 않았지만 어디서 모르게 틀려버린 해나의 눈물이 멈출 줄 몰랐다. 해나는 울다가 지쳐 잠이 들었다.

* * *

한 학기가 끝났다. 방학이지만 해나는 여전히 학교를 가지 않는 것을 제외하고는 계속 과외를 받았다. 조금씩 선생님과 말을 하기 시작했다. "이게 뭐예요?"와 "이거 맞아요?"가 늘었다. 그래도 여전히 압도적으로 "이게 뭐예요?"가 압도적으로 많았다. 그 무렵, 해나와 덕기의 실력 차이는 엄청났다. 덕기는 벌써 말을 텄다. 해나는 아직 문장도 말하지 못했다. 아주 짧게 이야기할 뿐이었다. 한 학기가 끝났지만 여전히 달라진 것은 없었다. 행운인 것은 이 집에서 곧 이사를 가는데, 해나가 처음 중국에서 잠깐 함께 살던 샤오안이 다시 온다는 것이었다. 그저 그것이 해나에게는 가장 큰 기쁨이었다. 샤오안과 다시 함께 살 수 있다는 생각에 해나는 이 삿날을 손꼽아 기다렸다. 당시 살고 있는 집은 샤오안까지 함께 살기에는 공간이 부족했지만, 이사를 가면 함께 살 수 있을 정도의 방이 생긴다.

낯선 곳에서
살아남기로 다짐한 해나

새로운 학기가 시작되었다. 해나는 여전히 한국에 돌아가 가족들과 친구들을 보고 싶었지만, 그러기에는 왕복 비행깃값이 해나의 부모님에게 부담스러웠다. 해나는 전화할 때마다 미안하다고 하는 엄마에게 차마 가고 싶다고 얘기할 수 없었다. 그래도 하나 다행인 것은 해나가 방학 때도 과외를 계속 받아 어른 친구들이 생겼다. 해나는 산책과 시장 가는 것을 좋아했다. 집 근처에 이십 분 정도 걸어가면 시장이 있었다. 해나는 처음엔 이종영과 시장을 갔었는데, 시장에 갈 때마다 해나의 새하얀 피부는 어른들의 이목을 끌었다. 그 동네는 한국인이 아예 없으니 어른들은 그런 해나를 많이 예뻐했다. 해나가 서툴게 말을 해도 기다려 주며 대화를 하려고 했다. 그러니 해나는 이따금씩 심심하면 시장에 놀러

갔다. 그렇게 시장 안에 있는 모든 상인들이 해나와 친구가 돼주었다. 덕분에 시장에 갔을 때 필요한 모든 회화를 배울 수 있었다. 덕분에 방학이 끝났을 때, 할 줄 아는 말이 늘어 있었다.

새로운 학기 첫날, 해나는 엄마와 통화를 했다.

"해나야, 엄마가 메일주소 만들었어. 거기에서 컴퓨터 할 수 있지? 메일로 엄마한테 하고 싶은 말 보내면 돼. 엄마가 답장할게."

"응, 엄마. 근데 나 한국 언제 갈 수 있어? 나 한국 가고 싶어. 나 말도 많이 늘었어."

"아직은 안 돼. 아직 전부 모르는데 오면 네가 몇 달 동안 고생한 거 아무것도 아니게 돼. 그러니까 지금은 올 때가 아니야."

해나 엄마는 완강했다.

"알겠어, 엄마."

해나는 체념하듯 엄마와의 전화를 끊었.

매월 첫 주에 순홍이 중국에서 일주일 정도 시간을 보냈다. 올 때마다 순홍은 해나의 엄마를 만나 해나에게 줄 물건을 전해줬다. 그 박스를 받을 때마다 해나는 계속 한국에 가고 싶어 했다. 부모님, 동생들, 친구들, 친척들 아무도 존재하지 않았다. 엄마가 아직은 안 된다고 하니 있을 뿐이었다.

그래도 하나 바뀐 점이 있다면 이제 더 이상 해나는 매일 울지 않았다. 처음 해나는 매일 울었었는데 그 소리를 이종영이 굉장히 싫어했다. 그걸 알게 되고 난 후, 해나는 방에서 베개에 입을 묻고 최대한 소리가 나지 않게 울었다. 또, 이사를 가고 나서 샤오안과 함께 살게 되니 조금은 덜 울게 되었다.

돌아온 샤오안은 매일 해나와 대화하며 지냈다. 집 안 청소를 할 때, 샤오안을 도우면서 놀았다. 해나에겐 청소가 놀이였다. 해나는 함께 놀고 싶었으니 방법은 그것뿐이었다.

하루는 빨래를 널고 있던 샤오안이 빨래를 개고 있던 해나를 쳐다봤다.

"해나야, 언니 고향 다녀올게."

"고향? 얼마나?"

"아마 일주일 정도? 금방 다녀올 거야."

"알겠어. 금방 다녀와야 해."

"응, 해나. 어디 있든 언니가 함께 있다고 생각하면서 살면 덜 힘들 거야. 알았지?"

"응? 알겠어. 다녀와."

"잘 지내야 돼."

다시 샤오안은 떠났고, 수박 사건이 터졌다.

나는 눈을 동그랗게 뜨고 할머니를 쳐다봤다.

"수박은 맛있는 건데 왜 수박 사건이에요?"

할머니는 그런 손녀를 보고 미소를 지었다.

"이제 알려줄게."

* * *

팔월 첫 주, 순홍이 중국으로 갔다. 해나가 사는 곳은 굉장히 더워서 평균 온도가 35도 정도였다. 순홍은 더위를 굉장히 많이 탔다. 심지어 그날은 순홍을 포함해 다른 새로운 사람들이 여럿 왔다. 목사님, 전도사님 등 거의 다섯 명이 한꺼번에 집으로 들어갔다. 조용했던 집이 시끄러워졌다. 다섯 명이 사는 집에 다섯 명이 추가로 왔으니, 집에 사람이 북적북적했다. 어른들은 밥을 먹고 나서 후식을 먹고 싶어 했지만 집에 후식이 없었다.

"날도 더운데 수박 좀 먹을까? 덕기랑 해나가 시장 가서 좀 사 올래?" 순홍은 거실에서 큰 소리로 얘기했다.

"네."

덕기는 순홍에게 알겠다고 얘기하고 해나에게 갔다.

"지금 밖에 더워 죽겠는데 수박을 사 오래. 너무 멀어. 수박 살 돈 줄 테니까 혼자 가서 사 올래? 대신 잔돈은 네가 다 가져."

해나가 망설이고 있는데 순홍이 해나와 덕기에게 다가갔다.

"사람이 많으니 한 네, 다섯 통 사 오면 되겠다. 둘이 갈 수 있지?"

"네."

한 사람이 두 통씩 들어도 무거울 텐데, 그걸 혼자서 다녀오라고? 그래, 이렇게라도 엄마, 아빠에게 도움이 될 수 있다면······.

해나에게 쥐여준 그 돈이 많지 않았지만, 다녀오기만 하면 돈을 벌 수 있다는 소리에 해나는 잠깐 고민을 했다.

"알겠어."

"그래, 이거 돈 줄 테니까 가서 사와. 천천히 갔다 와도 돼."

집 밖을 나가기 전, 해나는 거실에 둥글게 앉아 있는 어른들을 봤다. 어른들은 연신 덥다며 에어컨을 18도로 틀어 놓고는 하하, 호호 대화 중이었다.

현관문을 열자마자 엄청난 더위가 해나를 덮었다. 찌는 듯한 날씨는 해나 혼자 시장에 가는 것조차도 버겁게 만들었다. 걸어가는 해나를 짓누르는 듯했다.

"괜찮아. 돈도 벌고, 운동도 하고, 시장에서 조금 놀다 가야지." 시장에는 해나가 좋아하는 어른들이 있었으니 흥얼거리며 시장으로 갔다. 채소 가게 사장님, 정육점 사장님들과 수다를 한껏 하며 덥다고 푸념을 해댔다.

시간이 혹시 너무 많이 흘렀나?

해나는 집에서 기다릴 사람들 때문이라도 슬슬 가야 했다. 수박 가게 사장님에게 다가가 수박 다섯 통을 달라고 했다.

"다섯 통 사는데 혼자 왔어? 조그만 애가 혼자 다섯 통을 어떻게 들어? 아무도 같이 안 왔어?"

"저 혼자 왔어요."

"살도 없는 애가 어떻게 들어. 이건 어른들도 들기 힘들어."

"괜찮아요. 운동 삼아 온 거라 천천히 가면 돼요."

"아무리 그래도 그렇지……. 무린데."

"못 들까요? 그럼 세 통이라도 안 될까요? 집에 사람이 많아요." 해나는 심부름을 잘못하면 돈을 못 받을 수 있을 것 같다는 걱정이 들었다.

"다섯 통은 절대 안 돼, 세 통도 무거울 텐데. 대체 왜 혼자 보낸 거야? 지금 날씨를 봐." 수박 가게 사장님은 약간은 답답한 듯, 화난 듯 얘기했다.

"괜찮아요. 좀 천천히 걸어가면 되죠." 해나는 서둘러 네 통을 계산했다. 사장님은 해나가 걱정되어 수박을 한데 모아 빨간 그물망에 단단히 포장했다.

"조심히 가야 돼." 사장님은 시장 문 앞까지 수박을 들어 줬다.

"감사합니다. 또 올게요."

"그래, 가보자!" 해나는 숨을 한 번 크게 내쉰 뒤, 자신 있게 허리를 푹 숙인 채 수박 네 통을 등에 짊어졌다.

윽!

무겁지만 나쁘지 않았다. 오 분 정도 걸어가니 땀이 미친 듯이 났다. 사우나 고온에 들어가면 순간적으로 느껴지는 그 숨 막힘이 공기 중에 계속되니 해나는 빠른 속도로 에너지가 고갈됐다. 등에 짊어졌던 수박은 못 버티고 계속 옷과 마찰하며 밑으로 떨어지려고 했다. 십 분 정도 걸었을 때, 해나가 허리를 완전히 올려 뒤를 보니 시장과 집 중반 정도 걸었다. 땀이 나고 숨을 쉬지 못할 정도의 답답함에 해나는 눈물이 나려고 했다. 땀이 옷을 덮치는 부분이 많아졌다. 옷의 색깔은 점점 더 진해졌다. 일 분, 일 분 걷는 것이 힘들어졌다. 한 걸음 가다 발걸음을 멈춰 쉬고, 두 걸음 가다 멈춰 쉬었다.

해나는 짜증이 났다. 대체 왜 이렇게 무거운 건지, 왜 자신은 이 수박 네 통조차 제대로 못 드는 건지. 나약한 스스로가 너무 작게 느껴졌다. 수박을 땅에 내려놓고는 빤히 보고 있자니 동그라미 네 개에 지는 듯한 느낌까지 들었다.

"휴, 집에는 가져가자. 어쩌겠어. 도움 청할 때도 없잖아."
얼굴 전체에 범벅이 된 땀들을 닦다 손이 미끄러졌다. 그 땀을 옷에 한껏 덜어내고는 다시 한번 숨을 크게 쉬고 그물망을 집어 들었다.

집 앞까지 도착했을 때, 숨은 턱 끝까지 차올랐지만 아직 올라갈 계단이 너무 많았다. 집은 엘리베이터가 없는 6층짜리 집이었다.

집까지 온 게 어디야.

해나는 이를 꽉 깨물며 계단을 올라갔다. 시장에 출발할 때 입었던 연한 노란색과 하얀색이 섞여 있던 반팔티는 진한 노란색이 되었다. 계단에 오르며 힘들면 수박을 가차 없이 내려놨다. 이미 수박 네 통 중 두 통은 선명한 금이 보였다. 집까지 계단 반 개 정도가 남아 있어 너무 힘든 나머지 수박을 다시 내려놓고 쉬고 있었다. 덕기가 현관문을 열고 해나를 바라보며 고개를 저었다. 아무 표정 없는 얼굴이었다. 집에 도착하니 옷자락까지 땀에 젖어버렸다.

"다녀왔습니다."

땀에 젖은 해나를 보고 순홍은 깜짝 놀랐다.

"아니, 둘이 다녀오라니까 왜 혼자 갔어? 수박을 만들어 오는 줄 알았네. 집 앞 시장 갔다 오는 데 한나절이나 걸렸어? 이 땀 봐. 얼른 가서 씻어."

집에 도착했더니 해나의 고생이 너무나 무색하게도, 사람들은 거실에서 에어컨에 아이스커피를 각자 한 잔씩 앞에 두고는 대화 중이었다.

난 뭘 한 거지.

해나가 한 것은 허튼짓이라고 생각될 정도로 아예 다른 세상이었다. 해나는 너무 힘들어 방 침대에 앉아 멍을 때리고 있었는데, 순홍은 수박을 쳐다보며 혀를 찼다.

"수박 세 통은 깨졌네. 못 먹겠다. 버려야겠네."

해나는 그 말을 듣고 문득 그 수박이 자신처럼 느껴졌다. 쓸모없어 버려지는, 아무도 관심을 주지 않아 본인의 가치를 잃어버린 것처럼 말이다. 해나는 대충 옷가지를 챙겨 샤워를 하러 화장실에 들어갔다. 화장실에서 옷을 벗고 있는데 사람들의 웃는 목소리가 들려왔다.

"기껏 고생해서 사 왔는데 이렇게 돼버려서 어떡하나. 아까 얼굴 봤는데 시뻘겋더니만. 우는 거 아니야?"

"괜찮아, 쟤는 맨날 울어. 하도 울어서 볼 때마다 얼굴이 부어 있어." 지긋지긋하다는 듯이 얘기하는 순홍이였다. 해나는 충격을 받았다. 항상 위로해 주던 유일한 어른이었다. 해나를 보면 항상 칭찬을 해주셨다.

"아유, 우리 해나는 너무 장해. 이렇게 혼자 떨어져서 사는데 묵묵히 잘 지내고 있으니 엄마도 분명 좋아하실 거야."

과거 순홍의 말이 떠올라 해나의 눈시울이 붉어졌다.

"아니, 이렇게 좋은 집에서 공부만 할 수 있게 해주는데,

뭐가 문제야? 애가 복에 겨웠네, 겨웠어. 누구는 오고 싶어도 못 오는데."

"애가 뭘 알겠어? 나중에 크고 나서야 감사한 줄 알지. 나 같으면 좋다고 살겠구만."

해나는 그 말을 듣고 지금까지 자신의 행동을 돌아봤다. 외국에 도착한 날부터 이날 이때까지 해나는 정말 자주 울었다. 지역이동을 하고 나서는 조금 나아졌지만, 며칠 주기로 울었다.

아, 내가 우는 게 사람들에게 피해를 주는구나. 내가 이곳에 있는 게 너무 있기 싫어도 복에 겨운 거라고 생각해야 되는구나. 그래, 이제 절대 약해 보이지 말아야겠다. 얕보이지 않으려면 강해져야만 했다. 그러기 위해서 지금 내가 할 수 있는 것은 울지 않는 거야.

그나마 자신의 편이 있을 것이라고 생각한 곳에는 해나 자신만이 존재했다. 이날을 기점으로 해나는 중국을 떠날 때까지 한 번도 울지 않았다. 집에서 키우던 강아지가 죽는 날에도.

공부를 해야겠다. 이 나이에, 이곳에서 할 수 있는 유일한 것은 공부를 잘하는 것이다. 중국어를 잘 배워서 보여주는 것밖에는, 성적을 잘 받아서 인정받는 것밖에는 방법이 없다. 그래야 내가, 우리 집이 무시당하지 않을 거야.

해나는 샤워를 하고 거실로 나왔다. 춥다고 느껴질 정도의 온도에 사람들은 수박을 먹고 있었다. 수박 접시에는 한두 조각밖에 남지 않았다.

"해나야. 너무 늦게 나온 거 아니야? 이거라도 얼른 먹어."

순흥이 수박이 담긴 접시를 해나 앞으로 밀었다.

"맛 괜찮아요? 열심히 들고 온다고 했는데 수박이 깨져서 어떡하죠. 원장님 아까운 돈만 날리신 거 아닌가 몰라요."

해나는 수박을 들어 올리며 안타깝다는 듯이 원장님을 쳐다봤다.

"어?"

원장님은 묘하게 달라진 해나의 말투에 순간 얼굴을 쳐다보았다. 해나는 원래 사람과 얘기할 때 눈을 보지 못했다. 목소리도 조그맣고, 말을 할 때 문장을 못 끝내는 경우가 부지기수였다. 하지만 이내 반갑다는 듯이 웃어 보였다.

"으응? 아냐, 괜찮아. 해나가 고생했는데 어쩔 수 없지."

해나는 원래라면 다 같이 모여 있는 자리를 항상 피하려고만 했지만, 이제는 끝까지 그 자리에 남아 있었다. 아무도 자신을 쳐다봐 주지 않아도 웃으면서 자리했다. 남들이 웃으면 웃고, 안타까운 표정을 지으면 똑같이 지었다. 그렇게 같이 있으니 원장님이 해나를 보고 만족스럽다는 듯이 얘기했다.

"항상 이런 곳에 잘 있지를 않더니 오늘은 무슨 바람이

불어서 다 같이 잘 있네. 얼마나 보기 좋아?"

"네, 이제는 좀 있어보려구요." 해나는 원장님을 쳐다보며 천연덕스럽게 웃어 보였다.

방과 후 물음표 아이가 된 해나

다음 날, 해나는 등교를 하고 영 교시에 책을 읽어보고자 했다. 그동안 과외에서 읽는 연습은 했었지만 제대로 읽어본 적은 없었다. 두 손으로 책을 들고 눈에 힘을 줬다.

"아…… 이…… 는……." 해나는 한 글자씩 아주 천천히 읽기 시작했다. 해나 주변에 앉은 반 친구들은 해나가 읽는 것을 보고 눈이 커져 서로 눈빛을 주고받았다.

"오, 해나가 읽고 있는 거야?" 반 친구들은 자신들의 귀를 한껏 해나에게 집중했다. 해나가 부끄러울까 봐 모르는 척해 주었지만, 자신들의 언어로 책을 읽기 시작한 해나가 무척 반가운 모양새였다. 오 분도 채 되지 않아 해나는 졸음이 쏟아졌지만 더 이상 잠만 자며 순간들을 흘려보내지 않았다. 다시 잔다고 하더라도 한 글자만 더 읽고 자자는 생각으로 당장의 검은 글자 한 글자만 생각하며 매일의 영 교시를 보냈다.

"이게…… 뭐야?"

해나는 서툰 발음을 해가며 질문을 하는 해나로 변해갔다. 반 친구들은 발음이 서툴면 짝꿍에게, 짝꿍에게 너무 많이 물어봤다 싶으면 앞에 친구에게, 그 앞의 친구가 바쁘다 싶으면 그의 짝꿍에게 물어봤다. 반 친구들은 그럴 때마다 너무나도 반갑게 해나의 질문들을 천천히 들어주었다. 그러다 자주 얘기를 하는데 발음이 어색한 것이 있으면 몇 번이고 알려주며 발음을 교정해 주었다.

"해나야, 앞으로 나와볼래?"

담임선생님이 이따금씩 오로지 해나를 위해 한 교시를 빼서 시간을 만들었다. 그 시간은 오로지 해나와 반 친구들이 얘기할 수 있는 시간으로, 해나가 교탁에 있으면 옆에 진수가 통역을 해주고 담임선생님은 질서를 정돈하는 MC 역할을 맡았다. 해나는 쭈뼛해 하며 교탁 앞으로 나갔다.

"손을 들고 있다가 해나가 선택해야 얘기할 수 있어."

담임선생님은 항상 그 시간이 시작되기 전에 반 친구들에게 선포했다. 그렇지 않으면 서로 얘기하겠다고 시장판이 되기 때문이다.

"안녕, 나는 우잉치엔이야. 만나서 반가워. 너의 이름은 뭐야?"

"아, 안녕. 나는 해나야. 만나서 반가워. 잘 부탁해." 해나는 자신이 아는 범위 내에서 할 줄 아는 언어만 반복해서 쓸 정도였지만, 그럼에도 우잉치엔은 매우 만족한다는 듯한 표정으로 자리에 앉았다. 그럴 때면 반 친구들은 해나와 대화한 친구를 부러워했다.

"안녕, 나는 마쉰쉰이야. 여기 어때?" 마쉰쉰이라는 친구가 해나에게 대화를 걸었다. 마른 몸과 단발머리, 일자 앞머리는 마쉰쉰의 모습을 더 어리게 보이게 했다. 교복에 스타킹을 무릎 정강이까지 올린 모습이 영락없는 여자아이의 모습이었다.

"안녕, 만나서 반가워. 여기 아주 좋아." 해나는 말하면서 자신의 발음으로 정확한 뜻이 전해지지 않을까, 엄지를 연속으로 치켜세웠다. 그런 모습을 보며 담임선생님은 뿌듯한 미소를 지었다. 서로 조심스러워하면서도, 배려하며 자신들의 마음을 전달하려는 모습이었다.

한 친구의 질문이 끝날 때마다 서로 질문을 하고 싶어 하는 친구들이 목소리도 내지 않고 팔을 천장 가까이 찌를 듯한 기세로 피며 대화하고 싶다는 마음을 피력했다. 해나는 어쩔 줄을 몰라했지만 자신에게 이렇게까지 관심을 준다는 것이 마냥 고마웠고 부끄러웠다. 진수는 말은 더듬지만 본인의 역할이 꽤 자랑스럽게 느껴지며 재미있다고 느끼는 듯했다.

"자자, 이제 그만. 해나가 말을 할 수 있게 될 때까지 한 번씩 이런 시간을 가질 거니까 너무 아쉬워들 말고 계속 많이 도와줘. 그래야 이 친구도 더 빨리 말을 하게 될 수 있을 거야." 담임선생님은 뜨거워진 반의 온도를 내리고자 했다.

"아……"

반 친구들은 아쉬워했지만 해나는 얼굴이 빨개진 채로 자리에 돌아갔다. 엄청난 에너지를 해나 혼자 맞서기에는 결코 쉽지 않았다. 반 친구들은 그 시간이 끝나고 나서도 계속해서 해나에게 말을 걸고 싶었지만, 해나는 지친 나머지 쉬는 시간을 엎드려 있었다. 담임선생님은 해나의 자리로 다가와 몰려 있는 아이들의 시선을 분산시켰다.

영어 시간이 되었다. 영어선생님은 학교에서도 호랑이 선생님으로 소문이 나 있었다. 그렇게 시끄럽던 아이들도 영어선생님이 들어오니 독서실처럼 고요해졌다. 숨 쉬는 소리도 거의 들리지 않을 정도로 말이다.

"인사." 영어선생님은 할 말만 하는 선생님이었다. 수업에 필요한 말만 하고, 그 외에 말은 시끄럽다며 주의를 주는 선생님이었다. 해나는 사뭇 달라진 교실의 분위기를 보고, 눈치를 보기 시작했다. 반의 온도가 달라졌다.

"숙제 뭐야." 영어선생님은 굉장히 차갑게 수업을 끌고 갔다. 반 친구들은 영어선생님에게 숙제가 어느 부분인지를 얘기했다.

"숙제 안 한 애들 나와." 영어선생님은 정색을 하고 모든 문장을 똑같은 음으로 얘기했다. 숙제를 하지 않은 친구들이 슬금슬금 눈치를 보며 교실 앞쪽으로 나왔다.

짝.

소리가 났다. 반 친구들은 이제 숨소리조차 내지 않았다. 영어선생님은 숙제를 해오지 않은 친구들의 뺨을 있는 힘껏 때렸다. 해나는 깜짝 놀랐지만, 아이들은 동요도 하지 않았다. 눈알을 밑으로 내릴 뿐, 입도 뻥끗하지 않았다.

"선생님. 잘못했습니다."

맞고 있는 아이가 맞은 것이 너무 아팠는지 영어선생님을 쳐다보며 두 손을 모아 빠르게 빌었다.

"시끄러워."

영어선생님은 그 아이가 말을 했다는 이유로 두 배의 벌을 가했다. 아이는 오른쪽 볼이 빨갛게 오른 채로 벌벌 떨었다.

"잘못했다고 얘기할 시간에 숙제를 했어야지."

영어선생님은 감정이 없는 로봇처럼 숙제를 해오지 않는 친구를 대했다. 그리고는 양쪽 눈썹이 한껏 치솟으며 반 친구들을 향해 소리쳤다.

"잘못했다고 할 시간이 있으면 그 시간을 빼서 숙제를 해와. 그럼 안 맞을 거 아냐!" 반 친구들은 아무런 대답도 하지 못했다. 숙제를 해오지 않은 친구들이 모두 맞고 제자리로 돌아가자마자, 영어선생님은 아무렇지 않게 진도를 나갔다. 반 친구들은 그 분위기에 바로 적응을 하는 눈치였다.

해나는 지금껏 자신이 수업 시간마다 잤던 것을 굉장히 천운이라고 여겼다. 언어를 알아들었다면 영어선생님이 결코 봐주지 않을 것이기 때문이다. 해나는 긴장을 하며 수업을 들었다. 해나는 영어도 전혀 할 줄 몰랐기에 그 수업도 졸음이 왔지만, 수업을 듣지 않으면 자신도 맞을 수 있다고 생각하여 온몸에 한껏 긴장을 하고 수업을 들었다.

숨 막히는 영어 수업이 끝났다. 해나는 순간적으로 너무 긴장을 했는지 한숨을 쉬며 책상에 엎드렸다. 짝꿍은 그런 해나의 모습을 보고 이해라도 한다는 듯, 등을 부드럽게 두드렸다.

수학 시간이 시작되었다. 해나는 한국에서 공부를 못하는 축에 속했다.

"이게 뭐야?"

해나는 용기를 내어 짝꿍에게 물어봤다. 하지만 짝꿍도 설명하기에 수학은 너무 어려운 과목이었다. 앞의 친구, 그 짝꿍에게 물어봐도 해나는 궁금증을 해결할 수 없었다.

음, 그래. 수학은 좀 더 뒤로 미루자.

해나는 당장 언어를 학습하는 데 중점을 두기로 했다.

수학 수업이 끝나고 중국어를 배우는 시간이 되었다. 담임선생님은 중국어를 가르쳤기에 해나는 조금은 마음 편하게 수업을 들을 수 있을 것이라고 생각했다. 하지만 수업 시간에 보는 담임선생님 역시 다른 선생님들처럼 차가웠다. 필요한 말 외에는 일체 다른 말을 하지 않았다. 하지만 해나에게는 알아듣지 못해 갈피를 못 잡고 있을 때마다 담임선생님이 교과서를 펴주었다. 반 친구들이 읽어야 할 때, 해나가 읽지 못해 우왕좌왕할 때, 담임선생님은 해나에게 다가가 읽지 않아도 된다며 보디랭귀지로 알려주었다. 덕분에 해나는 해당 페이지를 펴고 있지 않더라도, 교과서를 구경하는 가벼운 마음으로 쳐다봤다.

아예 알아듣지 못했던 것도 하나씩 아는 글자가 생기면서 해석하는 즐거움도 조금씩 생겼다. 한번은 자신이 알아들었다는 것을 자랑하고 싶어서 자신이 해석한 부분을 밑줄을 쳐서 선생님에게 가져갔다.

"이거, 이게 맞아요?"

"오, 맞아. 어떻게 알았어? 이제 이런 것도 할 줄 알아?"

담임선생님은 매번 해나를 칭찬해 주었다. 담임선생님의 칭찬은 해나에게 엄청난 기쁨이자 동기가 되었다.

더 열심히 해서 담임선생님을 기쁘게 해드려야지.

해나가 다니는 초등학교는 1학년부터 한 교시당 사십 분씩, 팔 교시를 보냈다. 모든 수업이 끝나면 해나는 녹초가 되었다. 알림장은 알 수 없는 글자들을 따라 써야 했고, 그것을 쓰는 데는 너무 많은 시간이 소요됐다. 그럼에도 해나는 끝까지 알림장을 다 쓰고 나갔다. 수업이 끝나고 집으로 돌아가면 해나는 한 시간 삼십 분 동안 과외를 했다.

"이게…… 맞아요?" 해나는 항상 맞냐고 과외 선생님에게 물어봤다. 선생님은 그럴 때마다 맞다고 해주었지만, 해나는 정확한 확신을 갖지 못해 선생님에게 매번 손가락으로 동그라미를 만들어 확인했다.

해나는 공격적으로 공부하기 시작했다. 모르는 것은 자신이 이해가 가고, 그것이 맞다고 확인받을 때까지 넘어가지 않았다. 해나에게는 주변 사람들 모두가 선생님이었다. 자신이 맞다는 확인을 받으면 해나는 매일 밤마다 그것을 외우는 데 시간을 사용했다. 그리고 그것을 매일 반복했다. 아플 때나, 외로울 때나, 슬플 때나, 가족이 보고 싶을 때나, 친구가 보고 싶을 때나, 눈물을 흘리면서도 해나는 배움을 멈추지 않았다. 눈물 때문에 시야가 흐려지면 두 눈을 질끈 감아 눈물을 떨궈내고는 맑아진 시야로 다시 공부했다. 해나가 할 수 있는 최선은 그것이 다였다.

해나가 담배와 술을
시작하게 된 이유

해나는 매일 반복된 공부로 실력이 급격히 향상했다. 반 친구들도 놀라고, 학교 선생님들도 놀랐다. 해나는 몰라보게 성장해 갔다. 하지만 공부를 계속하면서도 마음 한구석의 공허한 마음을 지우지 못했다. 해나는 말할 대상이 필요했지만 그 대상은 어디에도 존재하지 않았다. 해나가 공부만 열심히 하기 시작한 것만 바뀌었을 뿐, 처한 상황과 환경은 그대로였다. 해나는 그럴 때마다 방 안에 침대와 작은 화장대 사이에 조그마한 틈으로 들어가 쭈그려서 마트에서 구매한 분홍색 플라스틱 테두리로 둘러싸인 흰색의 작은 칠판을 가지고 놀았다. 대부분은 글씨 연습을 하면서 놀았다. 똑같은 글씨를 자신의 마음에 들 때까지 지웠다 쓰기를 반복했다. 그러다 그 자세로 잠이 들곤 했다.

어느 날은 칠판으로 아무리 갖고 놀아도 잠도 안 오고 마음이 불편했다. 해나는 참을 수 없는 공허함에 방을 나와 덕기와 근택이 있는 방으로 가려고 했다. 그러다 TV 방에서 덕기가 담배 피우는 것을 보았다. 그리고 토를 할 것처럼 계속 기침을 해댔다.

"오빠 뭐 해? 그건……?" 해나는 눈이 커져 동공이 흔들렸다.

"시발. 콜록콜록, 너도 해볼래?" 덕기는 참을 수 없는 기침을 연속해 대며 해나에게 담배를 권했다.

"아니? 내가 그걸 왜 해?" 해나는 말도 안 된다는 듯이 덕기를 쳐다보며 코를 막았다.

"윽, 담배 냄새." 해나는 미간을 한껏 찌푸렸다.

"아, 기침 겁나 나오네. 콜록콜록. 오늘은 여기까지 해야겠다." 덕기는 담배를 껐다. 해나는 충격에 도망치듯 방으로 돌아갔다. 그리고는 곧 있다 덕기가 해나 방으로 들어갔다.

"왜 그래, 어차피 여긴 미성년자가 합법적으로 살 수 있다고." 덕기는 뭐가 그렇게 대수냐는 듯이 해나를 쳐다보았다.

"그래도 우린 아직 미성년자인데……." 해나는 시선을 피하며 말끝을 흐렸다.

덕기는 그날 이후로 매일 한 번씩 담배를 피웠다. 해나는 덕기가 담배를 피우려고 하면 은근슬쩍 자리를 피해버렸다.

해나의 입장에서는 아무리 봐도 이해하기 어려웠다.

"냄새가 너무 심해!"

해나는 참다 참다 폭발했다.

"그래서 창문 열고 피우는데 왜?" 덕기는 언짢다는 듯이 얘기했다.

"그래도 집 안에 담배 냄새 엄청 나. 차라리 나가서 피우던가!" 해나도 물러설 생각이 없어 보였다.

"진짜 더럽게 뭐라 그러네. 왜 그래?"

"담배 냄새가 너무 심한 걸 어떡해?" 해나는 손으로 코를 쥐어 막으며 미간을 한껏 찌푸렸다.

"그럼 한 대만 피우고 안 피울게."

해나는 그런 덕기가 이해가 되지 않는다는 듯이 쳐다보고는 방으로 돌아갔다.

그러던 어느 주말, 방에 있던 해나는 어안이 벙벙해지는 얘기를 들었다. 안방은 해나 방 바로 옆에 있었는데, 종영이 하는 말을 우연히 듣게 되었다.

"이번 달도 안 된다고 하면 해나 그냥 한국으로 돌려보낼게요."

종영은 결심했다는 말투처럼 단호했다.

어? 나 한국으로 돌아갈 수 있는 건가? 근데 뭐가 안 된다는 거지?

해나는 혹시나 하는 마음과 더불어 약간 불안해졌다. 얼마 지나지 않아 종영이 해나를 불렀다.

"해나야, 원장님이랑 통화 좀 할래?" 해나는 듣자마자 침대에서 쏜살같이 뛰어나갔다. 그리고는 안방으로 들어가 수화기를 건네받았다.

"여보세요?"

"해나야, 원장님이 못한 얘기가 있어. 사실은 요 몇 달째 엄마가 생활비를 못 주고 있네. 그래서 한국으로 돌아가야 할 수도 있어. 넌 어떻게 생각해? 계속 거기 있고 싶니?"

원장님의 전화 너머 걱정이 전해질 만큼의 조심스러운 말투였다. 해나는 당연히 한국에 가고 싶어 했지만, 엄마가 했던 말이 떠올라 대답을 섣불리 할 수 없었다.

"아……."

"그래, 지금 좀 갑작스러울 수 있으니까 생각해 보고 알려줘."

"네. 생각해 볼게요."

해나는 짧은 통화를 끝마치고, 엄마와 통화를 하고 싶었지만, 연락이 올 때까지 기다려야 하는 상황이었다. 한국으로 전화를 하려면 전화카드가 필요했지만, 중국에서 가격이 비싸 보호자가 해나에게 사 주지 않았다. 해나도 전화카드가 비싸 살 생각도 하지 못했다. 그래서 해나는 자연스럽게 전화를 기다려야만 하는 입장이었다.

며칠 후에 엄마에게 전화가 왔다.

"엄마, 나 한국 가는 거야?" 해나는 조금은 격앙된 목소리였다. 한국에 갈 수 있다는 생각에 설레었다.

"아니야, 엄마가 지금 최대한 방법을 찾아보고 있어. 아직 오면 안 돼." 엄마는 너무나도 단호했다.

"아…… 가는 거 아니야? 근데 이번 달까지 돈 안 보내주면 아줌마가 한국에 보낸다고 이미 원장님한테 얘기했어."

"아니야. 그래도 거기 있는데 어떻게 여길 와. 어떻게든 돈 구해서 부칠 거니까 아무 생각하지 말고, 너는 공부만 열심히 해."

"아, 알겠어. 그럼 안 가고 있는 걸로 알게." 해나는 체념한 듯이 말에 힘이 남아 있지 않았다.

"그래. 어떻게든 돈 구해볼게. 거기에서 열심히 공부해. 밥은 잘 먹고 있지?"

"응, 밥은 항상 잘 먹지. 걱정 마, 엄마." 걱정하는 엄마를 안심시키고 전화를 마쳤다. 해나는 엄마에게 솔직히 말할 수 없었다.

이곳은 음식의 질이 첫 번째 지냈던 곳과 많이 차이가 났다. 아침과 저녁밥의 반찬은 고추장 약간과 계란프라이 한 개였다. 한 달에 한 번 원장님이 들를 때는 상이 부러질 정도의 반찬 가지 수가 있었지만, 그렇지 않고 서는 두 가지의 반찬으로 밥을 먹었다. 그래서 해나는 밥을 먹을 때 고추장을 많이 넣고 계란프라이를 거의 다지다시피 해서 비벼 먹었다. 계란프라이를 못 먹은 날에는 학교 근처에 파는 두유와 빵튀김 하나를 손에 쥐어 주고 학교에 보냈다. 점심에는 학교에서 급식을 배불리 먹기 위해 입에 쑤셔 넣었다.

용돈도 아예 없었다. 종영이 사 줘야만 먹을 수 있었다. 하지만 해나는 사 달라는 말을 하지 못했다. 해나의 엄마가 통화할 때마다 돈 얘기로 힘들다는 말을 했기 때문에 돈에 대한 모든 일들을 함구했다.

하루는 고추장과 계란프라이로 밥을 먹다 아무리 생각해도 반찬이 너무 부실해 덕기에게 불만을 얘기했다.

"반찬이 너무 없어. 배가 항상 고파."

덕기는 해나의 말을 듣고 정색을 했다.

"너 생활비도 제대로 못 내고 있어, 안 쫓아내는 걸 다행으로 알아."

해나는 그제서야 자신의 생활비가 제대로 입금이 되지 않고 있다는 것을 알았다. 해나는 당황한 표정으로 눈을 껌뻑거렸다.

"나는 그저 매달 조금씩 늦게 보내는 줄 알았는데, 그게 아니었어?"

"무슨 소리야, 벌써 세 달은 못 냈어. 그래서 어른들이 그러는 거야." 덕기는 그것도 몰랐냐는 표정으로 한심하게 해나를 쳐다봤다.

"아, 그건 몰랐어……." 해나는 의기소침해졌다.

"주는 거라도 꼬박꼬박 먹어. 이것도 못 먹는 수가 있어."

덕기는 귀찮다는 듯이 얘기했다.

해나는 이 대화 이후로 밥을 더 많이 먹었다. 언제 자신이 쫓겨날지 모른다는 불안감과 이것이라도 먹을 수 있다는 안도감이 동시에 들었다.

얼마 지나지 않아 해나는 밥 먹는 것 자체에 눈치를 봤다. 밥을 먹을 때 종영의 표정을 보면 항상 좋지 않았다.

혹시 나 때문에 그러는 걸까?

해나는 불안해졌다. 눈치를 보며 한 그릇만 먹었지만 이제 성장기로 접어든 해나는 끊임없이 배가 고팠다.

학교에서는 언어를 잘 알아듣지 못해 매일이 눈치 싸움의 연속이었다. 집에 가면 밥도 마음껏 먹지 못해서 아무리 먹어도 배가 고팠다. 여자 보호자의 눈치를 보며 생활하느라 해나의 일상은 계속 불안했다. 매일 신경을 곤두세워 생활할 수밖에 없었다. 해나의 스트레스는 점점 한계치에 다다랐다.

그러던 어느 날, 해나는 학교가 끝나고 집에 돌아와 숨을 돌리고 있었다. 근택이 안방에서 종영과 함께 놀고 있었다.

해나는 눈치가 보였지만, 신경을 쓰지 않으려 침대 밑에 쭈그려 앉아 책을 읽을 참이었다. 근택이 안방에서 뛰어나오며 소리를 질렀다.

"와! 해나 누나 집에 간다!"

무슨 소리지?

해나는 순간적으로 불안해져 침대에서 몸을 일으켜 거실로 나왔다. 안방을 쳐다봤지만, 종영은 방에서 나오지 않았다. 그 소리를 듣고 덕기도 방에서 거실로 나왔다. 덕기는 근택이를 불러 식탁에 앉혔다.

"무슨 소리야?" 근택은 신난다는 듯이 소리를 크게 질렀.

"해나 누나 돈도 안 내고 집에서 밥 축낸다고 엄마가 완전 싫어했는데, 한국으로 보낼 거래. 드디어 집에 간다! 해나 누나 한국 간다!"

이 말을 들은 종영은 머리를 긁적이며 귀찮다는 듯한 표정으로 방을 나왔다.

"근택! 방에 들어가 있어. 무슨 쓸데없는 소리 하고 있어."
종영은 해나 쪽에는 눈길도 주지 않고 다시 안방으로 들어갔다.

해나는 당황스러움에 얼굴이 빨개졌다. 진짜 현실이 되었다는 생각에 스트레스는 극에 달해 머리가 곧 터질 것 같았다.

엄마가 아직 가면 안 된다고 했는데……. 나는 어떻게 되는 거지? 이곳도, 집도 날 원하는 곳이 아무 데도 없어…….

"나갈래?"

덕기가 해나에게 조용하게 물어봤다.

"응." 해나는 초점 없는 눈빛으로 슬리퍼를 끌고 힘없이 현관문을 열었다. 1층에 내려와서 걷고 있는데 해나는 도저히 이 스트레스를 어떻게 풀어야 할지 계산이 안 되고 있었다. 그런 해나를 두고 덕기는 근처 벤치에 앉았다.

"담배 좀 피운다?" 덕기는 주머니에서 담배와 라이터를 꺼냈다.

"그거 피우면 좀 나아?" 해나가 초점 없는 눈으로 담배를 쳐다봤다.

"피워보든가?"

덕기는 해나에게 담배 한 개비를 건넸다. 해나는 그 담배를 집어 들고 잠깐 아무 말 없이 담배를 쳐다봤다.

"어떻게 피우는 건데?"

해나는 결심이라도 한 듯, 어색하게 담배를 손으로 쥐고 있었다.

"담배를 검지랑 중지에 두고 입에 갖다 대. 그런 다음에 내가 이렇게 불을 붙여줄 때 쭉 빨아드려." 덕기는 아주 자세하게 해나에게 방법을 알려주며 불을 붙여주었다.

"켁켁. 아, 이게 뭐야. 켁켁."

해나는 처음 느껴보는 맛에 깜짝 놀라 담배를 떨어트렸다.

"아, 아깝게 뭐 하는 거야. 괜히 한 대 버렸네. 한 대 다시 줄 테니까 해봐." 덕기는 해나가 떨어뜨린 담배를 오른쪽 신발로 짓눌러 꺼버렸다.

"미안해. 근데 이게 대체 무슨 맛이야? 이걸 대체 왜 피워? 이거 피우면 진짜 나아진다고?" 해나는 이해가 안 된다는 듯 덕기를 쳐다봤다.

"나아지는 건 아니지, 그래도 피울 때만큼은 그 일이 너무 무겁게 안 느껴져. 그리고 넌 처음 피워보는 거니까 그렇지, 익숙해지면 괜찮아져."

"그래, 그럼 다시 해볼게." 해나는 덕기를 통해 담배를 배웠다.

그날 이후, 해나는 덕기가 담배를 피우러 갈 때마다 따라나섰다. 제대로 담배도 못 피운다면서 계속 혼이 났지만, 계속해서 담배 피우는 방법을 알려주었다. 스트레스를 받을 때마다 둘은 담배를 피웠고, 해나는 매우 빠르게 담배에 빠져들었다.

해나는 덕기에게 먼저 담배를 피우자고 할 정도가 되었다. 용돈이 없어 해나는 덕기에게 얻어서 피울 수밖에 없었다. 서서히, 빠르게 담배를 찾았다.

"돈 줄 테니까 가서 말보로 담배 세 보루만 사 와. 나머지 거스름돈은 네가 가져."

해나는 덕기에게 심부름을 받고 남은 돈은 자신이 갖는 방식으로 용돈을 썼다. 해외 담배를 사려면 차로 두 시간 걸리는 시내에 있는 한국마트로 나가야 가능했다. 덕기는 가기 귀찮으니 늘 해나를 시켰다.

이백 위안으로 담배 두 보루와 왕복 차비를 사용하면 삼십 위안 정도가 남았다. 그 돈은 해나가 제일 좋아하는 라미엔을 열 번 정도 사 먹을 수 있는 돈이었다. 해나는 그런 방식으로 돈을 모아 아껴서 사용했다. 해나가 담배를 두 보루 사면 덕기가 한 갑을, 기분이 좋으면 두 갑을 줬다.

해나는 혼자 차를 타고 가서 한국마트를 구경하는 것을 좋아했다. 혼자 자유롭게 있을 수 있는 유일한 시간이었다. 아이쇼핑을 하다 보면 한글로 쓰여 있는 상품들을 보며 한국과 가족에 대한 그리움을 씻어내기도 했다. 한국마트에 있으면 사장님을 포함해 모든 사람들이 한국말을 할 수 있었기 때문에 숨통이 트이는 기분마저 들었다. 어른들은 혼자 와서 구경만 하다가 담배만 사 가는 초등학생 해나가 너무 궁금했다.

"왜 혼자 왔어? 부모님은?" 한국마트에 있는 마트 직원이 해나에게 작은 초콜릿을 줬다.

"저 혼자 왔어요. 부모님은 한국에 있고요." 해나는 초콜릿을 받자마자 뜯으면서 바로 입에 넣어 삼켰다.

"어? 어떻게 너 혼자 중국까지 올 생각을 했어?"

마트 직원은 깜짝 놀라 눈이 두 배는 커졌다.

"히히, 그러게요. 초콜릿 감사합니다."

해나는 인사를 꾸벅하고는 또 다른 과자들을 구경하러 갔다. 해나는 과자와 라면들을 실컷 구경하다 보면 입에 침이 흠뻑 나와 곧 있으면 새어 나올 정도로 물이 가득 찼다. 그러다 우연찮게 평소에 거들떠보지도 않던 술 코너가 눈에 띄었다. 참이슬과 구석 쪽에 쌓여 있는 파란색 박스에 산처럼 쌓여 가득 채워져 있는 맥주가 보였다. 해나가 멍을 때리며 술을 보고 있으니 다른 마트 직원이 다가왔다.

"이걸 왜 봐? 아직 너는 나중에 훨씬 더 커야 먹을 수 있어. 딱 보니까 초등학생인데. 이건 아이들이 마실 수 없는 거야."

"알아요. 그냥 한번 봤어요. 근데 옆에 이건 다른 곳에서도 엄청 보이던데, 무슨 술이에요?" 해나가 쌓여 있는 맥주 박스를 가리켰다.

"이건 버드와이저라는 맥주야. 여기 사람들이 엄청 마셔. 그래도 너는 아직 멀었어."

"그럼요, 제가 이걸 왜 마셔요." 해나는 인사를 하고는 카운터로 갔다. "말보로 레드 두 보루 주세요." 담배를 사가지고는 다시 집으로 돌아갔다.

"오늘은 왜 이렇게 늦게 왔어? 담배 없어서 못 피우고 있었단 말이야." 덕기가 집으로 돌아온 해나에게 바로 잔소리를 했다.

"그냥 구경 좀 더 하다 왔어."

"근데 오늘 버드와이저라는 맥주를 봤는데 그림이 예쁘게 생겼더라고?"

"그거 맥주잖아, 왜? 마셔보고 싶어?" 덕기는 해나를 쳐다봤다.

"무슨 소리야, 그거 술이잖아. 그걸 왜 마셔? 그거 어른 되야 마실 수 있는 거야." 해나는 당황해서 얼굴이 빨개졌다.

"뭐래, 지금 담배도 피우면서."

"이건 그냥 어쩌다 한 번씩 하는 거고……." 할 말이 없어진 해나는 덕기에게 받은 담뱃갑을 괜히 만지작거렸.

얘기를 하다 보니 박제순과 이종영이 들어왔다. 저녁을 먹자며 KFC의 패밀리 세트를 처음으로 사 왔다.

갑자기 치킨이라니?

해나는 신이 나서 내적 댄스를 췄다. 엄청나게 큰 흰색 봉투 안에는 치킨 두 마리에 버금가는 양이었다. 부리나케 식탁 앞에 앉은 세 명은 누가 먼저랄 것도 없이 치킨을 집어 들었다. 바삭하디 바삭한 치킨은 해나 입속에서 춤을 췄다.

"맛있어? 다들 먹으면서 들어. 해나가 한국을 가기로 했어. 이제 시간이 얼마 안 남아서 조그맣게나마 추억을 만들자고 사 왔어. 한 달 정도 뒤에 돌아갈 거니 서로 인사하면서 해나는 돌아갈 준비하면 되겠다."

해나는 입맛이 떨어졌다. 아무 곳도 자신을 원하는 곳이 없다고 생각이 되었다. 한국에서도, 이곳에서도.

"네."

해나는 손에 집은 치킨을 조용히 식탁에 내려놓으며 눈빛도 치킨을 따라갔다.

"그래, 아쉽긴 하다만 어쩌겠냐. 그래도 이렇게라도 조금씩 시간 내보자."

박제순은 인자한 눈빛을 해나에게 보냈다.

"뭐 쓸데없는 말을 하고 있어?" 식탁과 주방을 기웃거리던 종영이 얘기했다.

해나는 자리가 불편해졌다. 바삭하고 고소하게 느껴졌던 식감과 맛이 한없이 퍼석하게 느껴졌다. 자신이 어떻게 행동해야 할지 감이 오지 않았다. 그저 방에 들어가고 싶었다. 대충 먹는 시늉을 하다가 배가 부르다며 방안으로 들어갔다.

방에서 불을 끈 채 창문을 바라봤다. 해나 방은 창문이 굉장히 커서 달이 크게 뜨는 날이면 불을 켜지 않아도 될 정도였다. 처음 눈물을 흘리지 않겠다고 다짐한 날부터 한 번도 운 적이 없는 해나였지만, 그날은 눈물이 차올랐다. 이 모든 것을 혼자 타지에서 조용히 견뎌야만 했다.

도대체 뭘 해야 이 상황이 조금은 나아질까······.

책상에 엎드려 이 상황을 어떻게 받아들여야 할지 감도 안 올 때, 누군가 문을 두드렸다. 해나는 바로 감정을 추스르고, 방문을 열어주었다.

"나갈래?" 덕기는 해나에게 나가자는 제스처를 취했다. 해나가 고개를 끄덕이니 덕기는 보호자들에게 가서 말했다.

"잠시 산책 다녀올게요."

밖으로 나가 해나와 함께 담배를 피웠다. 착잡한 해나의 표정을 보고, 덕기는 은근슬쩍 해나에게 물어봤다.

"술 마셔볼래?"

"그거 마시면 이런 게 좀 나아지려나?"

"나도 예전에 몇 번 마셔봤는데, 그거 마시면 조금 기분이 좋아져."

"그래? 그럼 조금만 마셔볼까? 근데 난 돈 없는데."

"기분 안 좋잖아. 내가 사 줄게. 하나 사서 나눠 먹자."

덕기는 흔쾌히 해나의 맥주를 사 주기로 했다.

둘은 집 근처 작은 마트에 있는 술 코너로 갔다. 한국마트와는 비교도 할 수 없을 정도의 술들이 진열되어 있었다.

"버드와이져 마셔볼래? 그거 한국마트 가서 봤다며."

덕기는 해나가 한국마트에서 봤던 맥주를 제안했다.

"그래."

함께 집 근처 앉을 수 있는 곳으로 갔다. 덕기는 캔맥주를 따서 해나에게 말없이 건넸다. 해나는 아무 말 없이 맥주를 받아 들고는 조금 맛을 보고는 다시 한번 한 모금을 마셨다.

"윽." 해나는 눈썹을 찡그렸다. 그리고는 맥주를 덕기에게 건넸다. 덕기는 맥주를 받아 들더니 꿀꺽꿀꺽 맥주를 마셨다.

"그렇게 마시면 맛있어?" 해나는 깜짝 놀라 덕기를 쳐다봤다. 덕기는 아무 말 없이 해나에게 다시 맥주를 건넸다. 해나는 덕기를 따라 꿀꺽꿀꺽 마셨다.

"뭔지 잘 모르겠어. 어른들은 이걸 왜 이렇게 마시는 거지?" 해나는 맥주캔을 쳐다보며 고개를 갸웃거렸다. 조금씩 맥주를 마시며 얘기를 하고 있는데 시간이 얼마 지나지 않아 해나는 덕기가 하는 모든 말이 웃기기 시작했다. 정말로 기분이 조금씩 좋아지는 듯했다.

"오, 진짜다. 진짜로 조금씩 기분이 좋아지는 것 같아!"

해나는 신이 나서 얘기했다.

"벌써?"

"응, 기분이 뭔가 좋은데?" 해나는 남은 맥주를 마저 나눠 마셨다. 덕기가 해나를 보니 얼굴이 매우 빨개져 있었다.

"뭐야, 얼굴 엄청 빨개. 큰일났네. 이제 그만 마셔. 집 들어가야 돼." 덕기는 해나 손에 있는 맥주캔을 뺏었다.

"큰일났네. 들키면 안 되는데. 머리가 어지럽고 기분이 좋은데 이게 술을 마셔서 그런 건가? 그나저나 나 이제 곧 한국 돌아가는데 오빠랑 더 자주 놀아야겠다." 해나는 신이 나서 수다를 떨었다. 그리고는 앉아 있기가 힘들었는지 일어나서 점프를 해댔다. 덕기는 그런 해나를 보며 담배를 꺼내 피웠다.

"어른들이 술 먹고 담배 피우던데. 그렇게 하면 더 좋나? 나도 한번 피워볼래." 해나는 덕기가 피우고 있는 담배를 받아 피웠다. 몇 분도 채 지나지 않아 해나는 더 기분이 좋아졌다.

"기분도 더 좋고 더 취하는 것 같은데?" 덕기도 술에 취했는지 해나를 보고 웃었다.

"그러게. 너 이제 한국 가면 난 누구 놀리면서 노냐."

"근택이 있잖아. 걔랑 놀면 되지." 이 말을 들은 덕기는 일어나서 해나에게 다가갔다.

"걔랑은 이런 거 못 하잖아." 덕기는 말을 하더니 해나를 갑작스럽게 껴안았다.

"오빠, 뭐 하는 거야? 왜 이래?" 해나는 당황해서 바로 뿌리치려 했지만 덕기는 힘을 주고 놔주지 않았다.

"이제 내가 하고 싶은 대로 할 거야. 너는 내가 하자는 대로 해야 돼. 그러겠다고 얘기해." 덕기는 해나를 꽉 안으며 얘기했다.

"아, 알겠어. 그러니까 이거 놔줘." 해나는 당황스러워했다.

"알겠다고 했다? 그러니까 내가 하자는 대로 해야 돼?"

덕기는 재차 물었다. 그리고는 주머니에서 종이 한 장과 펜을 꺼냈다.

"이게 뭐야?"

"자, 여기에 네가 사인만 하면 앞으로 돈 때문에 울 일은 없을 거야."

"와, 정말?" 해나는 눈을 동그랗게 뜨고 그 안에 적혀 있는 내용을 확인했다.

> ### 각서
>
> 해나는 덕기가 원할 시 어떤 스킨십이라도 해야 한다. 그 신호는 '쌀'이라고 한다. 거부할 시, 심부름 값을 포함한 어떤 돈도 받지 못한다.
>
> 해나 (인)

"그런 게 어디 있어……."

"싫으면 말든가. 돈 없어서 밥도 못 먹고 담배도 못 피우고."

"아, 알겠어. 사인할게." 해나는 각서에 사인을 했다.

"그래. 이제 내가 부르면 어디 있든 와야 돼."

덕기는 해나를 다시 한번 안았다.

나한테 맛있는 것도 사 주고, 돈도 주는 오빠이니 좋은 게 좋은 것이라고 생각하기로 하자.

해나의 볼을 다시 제정신으로 만들기 위해 둘은 열심히 걷고 뛰었다. 어느 정도 시간이 지나자 해나는 조금씩 얼굴색이 돌아와 집으로 돌아갔다. 해나는 잠이 들기 전에 오늘 자신에게 어떤 일이 있었는지 생각했다.

이제 곧 한국으로 돌아가니 그저 좋은 게 좋은 것이라고 생각하자. 그 각서 찝찝하긴 하지만 설마 무슨 일 있겠어?

희망과 동시에 갖게 되는
똑같은 자질구레한 시련들

 다음 날부터 해나는 한국으로 돌아갈 준비를 했다. 아직 구체적인 날짜는 정해지지 않았지만 대략 한 달 뒤라고 알고 있기 때문에 시간이 많지 않다고 느껴졌다. 집안 분위기가 조금은 바뀐 것처럼 느껴졌다. 해나는 매일 보던 눈치를 더 이상 보지 않았고, 하교 후에 집에 돌아가면 바로 방으로 들어가 조금씩 짐을 정리했다. 종영은 더 이상 해나에게 심부름 같은 것을 시키지 않았다. 같은 공간에 함께 있긴 했지만, 없는 사람 취급을 하며 시간을 흘려보냈다.
 "해나 누나 한국 간다며? 대체 언제 가?"
 이따금씩 근택이 눈치 없이 행동할 때가 있긴 했지만, 종영은 근택을 더 이상 나무라지도 않았다. 그러면 근택은 눈치를 보며 자리를 떠났다.

시간이 계속 흘러 출국 날짜가 십일 정도밖에 남지 않았을 때였다. 이제 해나는 방 안에만 있을 뿐, 더 이상 거실에 나가지도 않았다. 자신이 이곳에 있는 것이 이제는 민폐라고 생각했다. 조금만 참으면 집으로 돌아갈 수 있다고 하니 이제 해나는 이곳에 그 어떤 정도 남아 있지 않았다.

그날 저녁, 종영이 방에 있던 해나를 불렀다. 해나는 방에서 나오면서 바지를 만지작거리며 식탁에 앉아 쭈뼛거렸다. 왠지 마지막 인사처럼 느껴져 마무리를 잘해야 할 것처럼 느껴졌다. 종영은 그런 모습을 보며 말하기를 망설이다 고개를 좌우로 천천히 한 번씩 움직이더니 운을 뗐다.

"해나야, 이렇게 둘이 얘기하는 게 처음인 것 같네."

"네." 해나 역시 조심스럽게 말문을 열며 괜히 식탁을 손가락으로 긁었다.

"음, 그래. 원래 이제 곧 한국에 가야 할 거였는데, 안 가게 됐어."

"네?!" 해나는 듣자마자 숙이고 있던 고개를 치켜올렸다.

"음, 해나 어머님이랑 얘기 잘했고, 계속 여기서 꼭 공부해야 된다고 얼마나 그러시던지. 지금까지 밀려 있던 생활비도 다 보내주셨고, 나도 자식 있는 입장으로 부모가 자식 공부시키겠다는데 아예 잘라버리는 것도 아닌 것 같아서 계속 여기에서 공부하는 걸로 정해졌어." 종영은 해나가 처음 보는 따뜻한 눈빛으로 해나를 바라보았다.

"아…… 네." 해나는 복잡한 심정에 말도 제대로 나오지 않았다.

"그래, 대신 부모님이 한국에서 너 공부시키려고 정말 열심히 일하고 계시니까 공부 진짜 열심히 해야 된다. 그리고 사실 내가 지금까지 너희 집에 대해서 오해를 하고 있었던 게 좀 있었어. 그렇게 힘들 줄 몰랐다. 아줌마가 엄청 잘해주지는 못하지만 그래도 계속 여기에서 공부하는 걸로 결정했으니까 너무 아줌마 미워는 하지 말고, 알겠지?" 종영은 말이 끝나자 해나의 손을 살포시 잡았다.

"네, 감사합니다. 공부 열심히 할게요." 말을 마친 해나는 일어나 종영에게 인사를 하고 방으로 다시 돌아왔다.

방으로 돌아온 해나는 혼란스러웠다. 이제 한국을 돌아가서 가족과 함께 살 수 있을 줄 알고 여기에 있는 모든 마음을 다 버렸는데, 다시 주워 담아야 한다는 것이 받아들이기 어려웠다. 더군다나 분명 이곳에 있는 어른들도, 한국에 있는 어른들도 자신을 거부한다고 느꼈는데, 오늘 처음 보는 따뜻한 눈빛으로 자신을 바라보는 것이 어떤 뜻인지 알 수 없었다.

방으로 들어오니 이미 짐 정리도 혼자 다 해놔서 방 안이 어수선한 상태였는데, 다시 다 풀고 이곳에서 공부를 해야

희망과 동시에 갖게 되는 똑같은 자질구레한 시련들

한다니. 자신의 의견은 하나도 물어보지 않고 어른들끼리 결정하고, 번복하고의 과정을 보며 해나는 굉장히 혼란스러웠다. 어른들의 결정에 해나는 움직일 뿐, 자신이 할 수 있는 것은 아무것도 없었다. 심지어 엄마가 자신에게는 연락을 잘 안 하면서 어른들이랑은 연락을 잘하는 것 같아 서러웠다.

새삼 해나는 엄마에게도 조금씩 거리감을 느꼈다. 자신은 아무도 챙겨주지 않는다고 생각했다. 다들 일이 어떻게 진행되는지 알려주지도 않고 결정만 해나에게 통보하는 식이었다. 해나의 감정을 물어보는 어른은 어디에도 존재하지 않았다.

내가 마음을 기댈 수 있는 곳은 아무 곳도 없네. 매일 혼자 이렇게 있다가 차라리 모든 게 끝났으면 좋겠다.

해나가 한국으로 돌아가는 것이 해프닝으로 끝나며 다시 학교로 돌아갔다.

* * *

반년 정도가 지난 여느 날과 다르지 않게 수업을 열심히 듣고 있던 해나는 갑자기 눈을 비벼댔다.

칠판에 있는 글씨가 한국어처럼 보이네? 이게 무슨 일이야? 해나의 눈이 트이면서 외국어가 한국어처럼 보였다. 이때를 기점으로 해나의 외국어 실력이 기하급수적으로 올랐다.

영 교시에 친구들이 책을 읽을 때도 더 이상 자지 않았다. 한 글자씩 더듬대며 읽던 글자도 이제는 어느 정도 속도를 맞춰 읽을 수 있게 되었다. 친구들은 더 이상 해나가 책을 읽는 것을 이상하게 생각하지 않았다.

알림장을 쓰는 것도 오랜 시간이 걸리지 않았다. 친구들과 함께 하교가 가능할 정도로 빨리 쓰게 되었다. 국어 시간에는 글짓기 수업을 하기도 했는데, 한 문장씩 자신의 생각을 쓰기도 했다. 선생님에게 보여주면 잘했다며 칭찬을 받는 횟수도 늘어났다. 친구들의 대답에도 조금씩 말할 수 있게 되었다.

집에서도 이제 나름 편하게 있을 수 있게 되었다. 혼자 숙제를 하거나 덕기와 근택이와 함께 노는 시간들이 늘었다. 근택이는 해나와 세 살 정도 차이가 났기 때문에 너무 어려 늦은 시간이 되기 전까지만 놀고 그 이후에 자기 전까지는 덕기와 함께 시간을 보냈다. 밖에 나가 맥주 한 캔씩 마시거나 담배를 피우며 해나의 주량과 흡연량은 조금씩 늘어갔다.

해나는 일 년밖에 되지 않았지만 이미 엄청난 눈치로 집에서 잘 적응했다. 종영과의 사이도 그럭저럭 괜찮아졌다. 더 이상 종영도 해나에게 심부름을 시키지 않았다. 이제 해나는 덕기와의 이상하고 애매한 관계 말고는 신경 쓸 게 많이 사라졌다.

여느 때와 마찬가지로 평범한 하루를 지내고 있었다. 그날 저녁 메뉴는 매일 똑같이 계란프라이와 고추장이었다. 해나는 이제 이차성장기를 시작하며 밥을 아무리 먹어도 뒤돌면 배고픈 지경에 이르렀다. 그날도 배가 너무 고파 밥과 고추장을 한껏 비벼 먹고도 양이 부족해 물을 계속 먹고 있었다. 열 시가 조금 넘었을 무렵에도 종영과 제순이 집에 돌아오지 않아 해나, 덕기와 근택은 셋이서 놀고 있었다. 저녁밥을 먹고 나서 시간이 몇 시간이 지난 탓에 배고픔에 간식을 몇 개 까먹고 있을 때였다.

제순이 집으로 돌아왔는데 비닐봉지 소리가 부산스럽게 났다. 셋은 인사를 하러 현관문 쪽으로 가니 제순이 KFC 패밀리 세트 두 통을 사 왔다. 그의 얼굴은 아주 얼큰하게 올라와 있었고, 눈이 반 이상은 풀려 있었다.

"치킨들 먹어라!"

입에서는 엄청난 술 냄새가 지독하게 퍼졌다. 그가 사 온 패밀리 세트에는 두 마리가 들어가 있었는데, 조각마다 크기가 엄청나게 컸다. 마침 배가 고팠던 해나는 눈치를 보며 재빠르게 상을 차리고는, 제순이 빨리 먹기를 기다리고 있었다. 어른이 먼저 먹어야 먹을 수 있었으니까 말이다.

"나는 배부르니까 걱정하지 말고 너네 많이 먹어라. 특히 해나, 요즘 배고프다고 엄청나게 먹어대드만, 후딱 많이 먹어."

해나는 말을 듣자마자 치킨 한 조각을 덥썩 들고는 아주 크게 한입 "왕!" 하고 입에다 집어넣었다. 바삭바삭한 식감이 첫입을 만족시키고, 고기와 기름의 환상적인 조화로 고소함을 느낄 수 있었다. 눈이 번쩍 뜨이면서 "미미(美味)"를 외치는 맛이었다. 해나는 게눈감추듯 치킨을 먹었다. 그런 모습을 보고 제순은 한껏 웃었다.

"그렇게 맛있냐? 엄청 잘 먹네. 하하하. 좀 부족한가? 일인당 하나씩 먹여야겠는걸. 해나는 그렇게 먹는데 다 어디로 가는 거야?" 십 분도 채 지나지 않아 한 통 반을 먹어 치워 반 통밖에 남지 않았다. 해나는 먹으면서도 눈을 빠르게 굴리며 그 두 명이 얼마나 빨리 먹는지 계속 쳐다봤다. 자신이 한 조각이라도 더 먹으려면 눈치를 보면서 내 양을 사수해야 했다. 그리고 몇 분 지나지 않아 나머지 반 통도 깔끔하게 비워졌다.

"아휴, 배불러." 해나는 약간의 명을 때리며 식탁에 앉아 있었는데 제순이 해나를 보더니 지금껏 한 번도 듣지 못한 소리를 들었다.

"너 보니까 좀 졸린 것 같은데? 오늘은 아저씨가 재워줄게. 조금 있다 네 방으로 가마."

"네? 괜찮아요." 해나는 순간 자세를 고쳐 앉았다.

"에이, 오늘 맛있는 것도 먹었으니까 아저씨가 재워주는 것까지 서비스해 줄게. 대신 아저씨가 씻고 갈게. 금방 씻어."

제순은 빨간 얼굴로 능글맞게 해나를 쳐다보며 웃었다.

"네……? 진짜 괜찮은데, 네……." 해나는 싫었지만 단호하게 거부할 수 없었다. 눈치를 보며 덕기를 쳐다보니 해나를 보고 있지 않았다.

에이, 그래. 뭐 별일 있겠어? 한 번도 그런 적 없는 아저씨였는데. 그럴 일 없을 거야. 그런데 아줌마는 왜 이렇게 안 오시지?

해나는 새삼 종영의 존재가 그리워졌다.

"아참, 오늘 아줌마는 친구랑 놀고 온대." 제순은 해나의 생각을 읽기라도 한 듯, 종영이 들어오지 않을 것이라는 것을 알려주었다. 종영이 외박을 한 적이 없었기에 해나는 불안했지만, 그래도 섣불리 생각하지 말자고 생각했다.

식탁을 치우고, 해나는 곧장 방으로 들어갔다. 방문에 기대 대처 방법을 생각했다.

"일단 방문을 잠그고 아저씨가 오면 자는 척을 할까? 어떻게 얘기를 해서 거절해야 하지?" 해나는 만일의 사태에 대비하기 위해 베개 뒤에 커터 칼날을 휴지에 싸서 숨겨놓았다. 고민을 미친 듯이 하고 있는 와중에 덕기가 방으로 들어왔다.

"그런 거 아닐 거니까 걱정 마. 혹시나 무슨 일 생기면 내 방으로 곧장 와. 아니면 소리를 질러. 안 자고 있을 테니까."

"응, 고마워." 해나는 생사람을 잡지 말자고 계속 되뇌었지만, 전에 살았던 곳에서의 안 좋은 기억이 자꾸 연상되어 마음이 괴로우면서 불안했다. 해나는 이부자리를 폈지만, 도저히 잘 수가 없었다.

어떡하지? 뭐라고 하고 방에서 내쫓지?

빨리 씻는다는 제순은 금방 오지 않았다. 해나는 제순이 오지 않길 바랐지만, 온다고 했기 때문에 자지도 못하고 이불에 눕지도 못한 채 방바닥에 앉아 이 밤이 빨리 지나가기만을 바랐다.

똑똑. "해나 자니? 아저씨 들어가도 될까?"

해나는 눈에 힘을 주고 방문을 빤히 바라봤다.

괜찮아. 세상 모든 아저씨가 그러는 것은 아니니 그런 기억이 있다고 해서 좋은 뜻으로 온 아저씨를 의심하는 것을 알면 상처받으실 수도 있어. 정신만 차리자. 호랑이 굴에 들어가도 정신만 차리면 살 수 있다고 했어.

"네! 안 자요, 들어오셔도 돼요."

제순이 방으로 들어왔다. 술 냄새와 향긋한 바디워시 같은 냄새가 뒤섞여 해나의 코를 찔러댔다.

"아직 안 자고 있었네? 왜 아직도 안 잤어? 아저씨 기다렸나?" 제순은 약간의 어색함을 없애려고 하는 듯 엄청나게 질문을 해댔다.

"그냥 잠이 안 와서요." 해나는 제순의 눈을 똑바로 쳐다보지 못했다.

"그래? 잠이 안 오면 어떡하지? 벌써 열한 시가 넘었는데, 일찍 자야 일찍 일어나고 키도 크지."

"이부자리도 잘 펴놨네. 이제 누워봐. 아저씨가 재워줄게."

"괜찮아요. 진짜 잠이 안 와서요. 아저씨 먼저 주무셔도 돼요." 해나는 이불에 같이 들어가지만 말자고 생각했다.

"그런 게 어디 있어. 아저씨가 너 재워주려고 온 건데."

해나가 들어올 생각이 없는 것 같자 제순은 해나의 팔을 잡아당겼다. 해나는 순간적으로 힘을 줘서 움직이지 않았는데, 그런 해나를 보고 제순은 약간은 당황한 눈치였다.

"진짜 잠이 안 오나 보네? 음, 그러면 대화를 좀 해보자."

제순은 누우려다 해나 바로 앞에 아빠다리를 하고 앉았다.

"음, 그래. 네가 올해 나이가 몇 살이었더라?"

"저 열세 살이요."

"그래? 열세 살이면 이제 슬슬 이차성장 시작할 때 아닌가? 그럼 막 키도 크고, 다 크고, 생리도 하나?"

해나는 질문에 당황스러워 말을 꺼내지 못했다. 열세 살이 편하게 남에게 자신의 생리를 얘기하는 것은 너무 어려운 이야기였다. 해나가 말을 못 하고 버벅거리니 제순은 계속 말했다.

"에이, 아저씨한테 말하기 어려워서 그래? 안 그래도 돼, 아빠라고 생각하고 편하게 얘기해. 그래야 나중에 종영이 생리대 못 챙겨주면 내가 챙겨줄 수 있잖아."

"아…… 네." 해나는 고개를 숙였다.

"뭘 그렇게 고개를 숙이고 있어? 죄지었어? 고개 올리고 아저씨 좀 봐. 눈을 보고 대화를 해야지." 해나는 고개를 올려 제순의 눈을 쳐다보았다.

"그래, 눈 보고 얘기하니 얼마나 좋아. 이제 아저씨가 우리 해나 생리하는 거 알았으니까 기억하고 있다가 가끔 나도 생리대 챙기고 해줄게." 말이 끝나자마자 제순은 해나의 배 밑을 쳤다. 해나는 너무 깜짝 놀라 제순을 쳐다보았다.

"아, 이러면 안 되나? 그냥 딸 같아서 그러지. 챙겨주려고. 너도 알다시피 아저씨가 아들밖에 없잖아, 아빠랑 딸 사이는 이런 데도 만지고 해도 되는 거 아니야? 아, 위에도 챙겨줘야 하나?" 그러면서 해나의 가슴도 쳤다. 너무 아무렇지 않게 얘기하는 제순을 보며 해나는 눈에 더 힘을 줬다. 하지만 여기에서 제순의 기분을 망쳐서 해나에게 좋을 것이 없었다.

"부녀 사이라고 이렇게 하지는 않는 것 같아요." 해나는 표정 관리를 했다.

"그래? 그럼 부녀 사이에는 어떻게 하나? 어떻게 하는지 알려줘 봐." 제순은 해나에게 아까보다 조금 더 가까이 마주 보고 앉았다.

"잘 모르겠어요. 기억이 잘 안 나요." 해나는 제순의 눈을 쳐다보며 얘기했다.

"그러면 이리 와봐." 제순은 자신의 허벅지를 두 번 쳤다.

"아, 아니요. 아저씨는 아빠가 아니에요."

"그래? 그래도 이리 와서 앉아봐. 얼른."

해나는 제순과 계속해서 실랑이를 했지만, 제순은 절대 포기하지 않았다. 해나는 이러다가는 밤을 새울 수도 있다고 생각하여 마지못해 제순의 말을 듣기로 했다.

"네. 앉을게요." 해나는 자포자기한 심정으로 제순의 허벅지에 비스듬히 앉았다. 해나는 아기보다 덩치가 크니 자세가 영 괴상했다. 제순의 한쪽 팔은 해나의 머리를 받치고 한쪽 팔은 해나의 두 다리를 받쳤다. 해나는 불편하여 "이제 됐죠?"라며 빠져나가려고 했지만, 제순은 바로 힘을 주어 해나를 빠져나가지 못하게 했다. 해나는 다시 불안감이 엄습했다.

"왜 빠져나가? 가만히 있어. 아저씨가 재워줄게." 제순의 술 냄새가 한껏 가까워졌다. 아래에서 위를 쳐다보니 제순의 한가득 수염이 난 턱과 빨개진 볼이 더 잘 보였다. 눈을 어디에다 둬야 할지 모르겠던 해나는 다시 한번 속으로 반복했다.

정신 차리자.

아저씨는 자장가를 불러주었지만 그 자세에서 잠이 올 리가 없던 해나는 빠져나갈 궁리만 하고 있었다.

"이렇게 안고 자장가를 불러주면 잠이 온다는데? 잠이 안 와? 그럼 아저씨랑……." 갑자기 제순은 해나의 입으로 돌진을 했다. 해나는 엄청난 속도로 바로 자신의 입을 손으로 막으며 몸을 비틀어 이상한 자세에서 빠져나왔다.

"이게 지금 뭐 하시는 거예요……?" 해나는 너무 충격을 먹은 나머지 표정 관리를 못 해 한껏 인상 쓴 표정으로 손으로 입을 막고 제순을 쳐다봤다.

"안고 있으니까 진짜 자식 같아서 그랬지. 원래 이렇게 뽀뽀하고 그러지 않나?" 제순은 아무렇지도 않게 해나에게 대답했다. 해나는 눈물이 날 것 같았지만, 여기에서 울면 지는 것이라는 생각에 그것만큼은 피하고자 했다.

"아휴, 이제 피곤하다. 얼른 자자. 너도 얼른 누워." 제순은 이불에 들어가 아무렇지도 않게 누웠다. 해나가 벙쪄서 바닥에 앉아 있으니 제순은 해나의 팔을 아까보다 더 세게 잡아당기며 강제로 눕혔다.

"자면 아저씨는 일어나서 갈 테니까 걱정하지 말고 자."

"네." 해나는 불안해서 잠을 잘 수 없었다. 차라리 불을 꺼서 제순을 빨리 재우는 것이 낫겠다고 생각한 해나는 불을 끄고 되돌아 누웠다. 온몸이 긴장 상태인 해나는 베개 밑에 숨겨둔 커터칼날을 찾았다. 손으로 꽉 붙잡고는 엄마를 찾았다.

엄마…… 엄마…… 나 무서워. 여기 너무 무서워…… 엄마…….

몇 시간이 흘렀을까, 해가 조금씩 뜨는지 방에 해가 들어왔다. 해나는 조금씩 졸렸다. 몸의 긴장이 풀렸다.

이젠 괜찮지 않을까? 할 만큼 한 것 같은데, 아저씨도 자는 것 같고 이젠 자도 괜찮지 않을까?

해나는 잠이 들었다.

잠에서 깨어난 해나는 제순이 자리를 떴다는 것을 알았다. 바로 이불을 들춰 자신이 옷을 입고 있는지 확인했다. 바지를 입고 자서 지퍼도 확인했지만 다행히 아무 일도 없었다.

다행이다. 진짜 다행이다. 근데 왜 잤어? 자면 어떡해.

동시에 자신이 잠이 든 것을 자책하고 있을 때쯤, 덕기가 방으로 왔다.

"괜찮아? 어제 잠 안 자고 있었는데 아무 소리 안 나길래 자버렸네."

"응, 별일 없었어. 근데 좀 무섭긴 했지만. 나도 계속 긴장하고 있다가 잠들었어. 아저씨가 내 위랑 아래랑 건들고, 뽀뽀도 하려고 했어. 여기에서 계속 살아야 해? 이제 이 아저씨도 계속 나한테 그러면 어떡하지?" 해나는 남자 성인과 집을 함께 쓰는 것이 불안해졌다.

"아씨, 그 아저씨도 그랬어? 진짜 왜 그러냐. 다들 변태밖에 없나." 덕기는 성질을 냈다.

"그래도 여기가 마지막이겠지? 내가 어떻게든 피해볼게. 어제 그래도 피해서 뽀뽀는 막았어. 그랬던 것처럼 막으면 돼." 해나는 애써 괜찮은 척 말을 했다.

하지만 이후, 해나의 태도는 조금씩 달라졌다. 집에서 제순과 마주쳐도 눈을 쳐다보지 못했다. 밤에 방에 들어가 문을 잠그고는 다음 날 아침이 될 때까지 나오지 않았다. 제순은 무역업을 해 출장을 자주 다녀 집에 자주 들어오지는 않았지만 제순이 집에 있으면 해나는 불안해 계속 밖에서 시간을 보내며 잠잘 시간이 될 때가 되어서야 집으로 들어가곤 했다. 그리고 매일 집에 들어갈 때마다 종영이 집에 있는지 꼭 확인을 했다. 이제 종영이 있어야 해나는 안심하고 집에서 생활할 수 있었다.

제일 안 좋아진 것은, 해나가 밥을 넘기지 못했다는 것이다. 계란프라이와 고추장으로도 잘 먹던 해나는 밥을 넘기지 못하고 방에 들어가 전부 뱉어냈다. 억지로라도 삼키면 전부 게워냈다. 해나는 그때마다 그날이 생각나며 눈물이 고였지만, 그럴 때마다 정신 차리자를 외치며 아무렇지 않은 척 행동했다. 해나는 날이 갈수록 수척해져 갔다.

덕기는 해나의 일을 다시 한번 순홍에게 얘기했다. 순홍은 한숨을 쉬며 다른 방법이 없을지를 생각했다.

"도대체 왜 이렇게 해나한테만 이런 일이 생기는 거야? 걔가 어떻게 하고 다녔길래?"

"엄마도 알잖아. 맨날 티에 청바지만 입고 다니는데, 걔 치마도 없어."

"일단 알겠어. 생각해 볼게. 생각해 보고, 나중에 다시 연락할게. 너희들이 아직 어려서 누가 계속 케어를 하긴 해야 할 텐데 또 다른 보호자들한테 가면 해나한테 또 일 생길 것 같네."

"그럼 차라리 우리끼리 살고 살림 도우미랑 같이 살면 안 돼? 그 사람을 보호자로 하면 되잖아."

"한번 생각해 볼게. 원래 거기 보호자들 해나 돈 늦게 내는 것 때문에 별로 안 좋아하기도 했고, 지금도 조금씩 내는 것도 늦고. 아, 그 반찬도 부실하다면서? 그러니까 일단 그쪽으로 생각해 볼게."

"응, 생각해 보고 말해줘." 덕기는 전화를 끊고 해나에게 갔다.

"잘하면 또 이사 갈 수도 있겠다. 정해지면 알려줄게."

"진짜? 고마워!" 해나는 자신의 소원이 이루어지길 바라며 계속 바랐다.

얼마 지나지 않아, 해나와 덕기의 이사 소식이 들렸다. 종영은 이때까지와는 다른 분위기로 해나와 아이들을 대했다. 결정이 나니, 제순은 해나와 덕기가 이사를 갈 때까지 집으로 들어오지 않았다. 종영은 더 이상 차로 등교를 도와주지 않았다. 학교는 바뀌지 않으니 근처로 이사를 가긴 하지만, 종영은 다시는 보지 않을 것처럼 대했다.

간식은 아들인 근택에게만 몰래 챙겨주었다. 걸어서 등하교를 하고, 집에서는 똑같은 계란프라이에 고추장이었지만 해나는 이사 갈 날만 손꼽아 기다렸다. 종영이 어떻게 하든 그건 아무 상관이 없었다. 이제 나가기만 하면 모든 것이 해결되고, 행복한 날만 가득할 것이라고 기대했다.

해나 할머니가 이야기를 끝내고 나를 쳐다봤다. 나는 그저 울었다. 할머니에게 아무 말도 할 수가 없어, 그저 울며 할머니를 안아주었다.

"괜찮아. 다 옛날이야기인걸."

해나 할머니는 웃으면서 얘기했다.

"이제 이사 가면 행복하게 사는 거지? 행복하게만 사는 거지?"

3부

중학생 해나

다시 새로운 시작

덕기의 바람대로 아이들만 살고, 가사 도우미 할머니인 윤덕영을 채용했다. 방 하나를 할머니에게 내어주고, 아이들끼리 지낼 수 있도록 했다. 이사를 한 집은 이층집이었다. 1층은 여자 층, 2층은 남자 층으로 나누어 층을 분리했다. 아직 여자는 해나 한 명뿐이지만, 순홍은 이 기회에 다른 여자 아이들을 더 불러올 생각이었다. 순홍은 해나와 덕기가 이사한 달 중국에 찾아와 집 정리를 도왔다.

"다음 달 정도에 다른 아이들이 더 올 예정이야, 그때까지만 할머니랑 셋이 잘 지내고 있어." 해나는 완전히 걱정을 던 눈치였다.

이제는 층도 다르고 할머니와도 함께 살기 때문에 별다른 문제는 없겠다. 친, 외할머니들이 보고 싶었는데 너무 잘

됐어. 이젠 진짜 좋은 일만 있으려나 봐.

덕영이 집으로 들어와 해나와 덕기에게 인사를 했다. 처음 본 덕영은 분홍색 실크 소매를 걷고 해나의 얼굴을 손으로 반죽하는 듯이 만지며 굉장히 이뻐라 했다.

"안녕? 네가 해나구나? 이쁘게도 생겼네. 몇 살이야?"

"안녕하세요, 저는 열네 살이에요." 해나는 오랜만에 느끼는 예쁨을 받는 것 같은 따뜻함에 기분이 좋았다. 덕영은 옆에 덕기를 보며 마찬가지로 인사했다.

"안녕? 너는 아주 키도 크고 멋지게 생겼네. 네가 혹시 그 손자니?"

"네, 안녕하세요."

덕기는 자연스러운 일이라는 듯, 인사를 했다.

"세상에. 이런 영광이 다 있나. 악수 한번 할 수 있을까? 아이고." 덕영은 너무나도 반가워하며 덕기와 악수를 했다.

"이분이 너희와 함께 살 거니까 이제 너무 걱정 말고, 요리도 잘하신다고 하시니까 맛있는 거, 먹고 싶은 거 해달라고 하면 할머니가 해주실 거야." 순홍은 믿음직하다는 듯이 덕영을 쳐다봤다.

"아유, 당연하죠. 먹고 싶은 거 있으면 할머니한테 다 얘기해. 시장에서 장 봐 와서 다 해주마." 덕영은 일흔이 넘은 할머니지만 허리를 꼿꼿하게 세우고 걸을 수 있었다. 머리는 회색기가 다분한 단발이고 분홍색을 좋아해 위아래 세트로 분홍색 옷을 입었다. 해나는 연신 웃는 얼굴로 덕영을 쳐다봤다.

할머니 좋다. 나도 이제는 음식을 마음껏 먹을 수 있는 건가? 할머니랑 매일 놀아야지.

인사를 어느 정도 마치고, 저녁을 먹기 전 잠깐 쉬는 시간을 각자 보냈다. 해나는 방에 가서 혼자 뒹굴거렸지만, 덕영과 놀고 싶은 마음이 더 컸다. 갈지 말지 고민을 하다 덕영의 방을 찾아갔다.

"똑똑, 할머니 들어가도 돼요?" 해나가 덕영의 방문을 두드렸다. 덕영은 아무 말 없이 방문을 열어주었다.

"혼자 왔니?" 방문을 연 덕영은 아까와는 조금 차가운 말투였다.

"네, 할머니랑 놀고 싶어서요! 원래 할머니 되게 좋아하는데 여기 있느라 자주 못 봬서⋯⋯." 해나는 덕영이 너무 반갑다는 눈빛이었다.

"할머니가 좀 피곤해서. 다음에 놀자." 덕영은 해나와 눈도 마주치지 않고, 몸 방향도 마주치지 않은 채 방문을 닫았다. 해나는 약간 소심해졌다.

할머니가 적응하느라 피곤해서 그러실 거야. 다음에 찾아뵈야지. 나도 이제 다 컸는데 애처럼 조르면 안 되지.

저녁을 먹기 위해 모두가 1층 거실로 모였다. 덕영은 정신없이 바쁘게 음식을 준비하고 있었고, 해나는 그런 할머니를 돕고자 다가갔다.

"할머니, 뭐 도와드릴까요?" 해나는 양팔을 걷어붙였다.

"음, 그래? 그러면 상 차리는 것 좀 도와줄래?" 해나는 덕영을 도와 함께 상을 차렸다. 순홍과 덕기는 거실 소파에서 그동안 하지 못했던 대화를 하고 있었다. 해나는 그런 덕기를 보며 부러운 듯 힐긋댔다.

부럽다……. 그래도 이제 함께 놀 사람이 생겼으니까 좋게 생각하자!

해나는 기쁘고 설레는 마음으로 저녁 식탁을 준비했다.

다 같이 모여 밥을 먹는데, 반찬으로 커다란 생선구이가 있었다. 해나는 생선구이를 보고 허겁지겁 밥을 먹기 바빴다. 덕영은 살이 제일 많은 부위에 가시를 발라 덕기의 밥공기에 한가득 쌓아주었다.

"귀한 집안 손자분이신데, 많이 먹어야 잘 크지." 그 모습을 보니 해나는 내심 기대가 됐다.

할머니가 나한테도 생선 살을 발라주지 않을까?

덕영의 손은 덕기에게만 갈 뿐, 해나는 없는 사람 취급을 했다. 해나는 괜히 시무룩해졌다.

괜찮아, 이런 일은 늘 있는 일인데. 너무 개의치 말자. 그래도 이렇게 맛있는 밥을 마음껏 먹을 수 있잖아. 지금은 원장님이 계시니까 할머니가 오빠를 많이 챙겨주는 거겠지.

해나는 한국에서 할머니와 굉장히 친하게 지냈다. 할머니 댁에 가면 해나에게 항상 맛있는 음식을 계속해서 챙겨주고, 예뻐해 주었다. 해나가 알고 있는 할머니라는 존재는 큰 사랑을 주는 사람이었다.

"해나는 밥을 참 잘 먹네. 먹은 게 다 어디로 간 거야? 이제 클 때라 그런지 엄청 잘 먹네." 덕영은 해나가 두 공기를 먹기 시작할 때 해나를 쳐다보았다.

"원래 좀 잘 먹는데 요즘은 확실히 더 배가 빨리 고픈 것 같아요." 해나는 덕영의 그런 관심이 좋았는지 숟가락으로 밥을 크게 떠서 퍼먹었다.

"쟤 근데 밥 진짜 많이 먹어요. 할머니 고생 좀 하실 거예요." 덕기는 밥을 먹는 해나를 보고 걱정된다는 듯이 덕영을 바라봤다.

"아유, 원래 애들이 한창 클 때는 돌도 씹어 먹고 그러는 거지, 이렇게 조그만데 먹으면 뭐 얼마나 먹는다고. 괜찮아."

덕영은 인자한 웃음을 보였다.

"할머니가 잘 챙겨주실 것 같아서 마음이 놓이네. 잘 부탁드려요." 순홍은 덕영에게 다시 한번 잘 부탁드린다며 서로 웃으면서 대화했다. 해나는 마음이 시큰해졌다.

이런 분위기가 얼마 만이야. 가족들 보고 싶다. 그래도 이제는 잘 지낼 수 있을 것 같아. 좋은 일만 있을 것 같아.

해나는 밥을 숟가락에 하나 가득 먹으면서 세 그릇을 먹었다.

다 같이 함께 보내는 시간이 쏜살같이 지나갔다. 이제 순홍이 한국에 돌아갈 시간이 다가왔다. 해나는 그날따라 순홍이 한국에 돌아가는 시간이 아쉬웠다.

"어차피 다음 달에 또 보니까 너무 아쉬워 안 해도 돼. 이제 할머니도 계시니까 너희 잘 돌봐주실 거야. 그러니까 학교 공부 열심히 하고, 그래야 나도 네 엄마한테 계속 해나 여기 잘 있다고 할 말이 생기지, 엄마가 해나 공부시킨다고 얼마나 열심히 일하는데. 여기서 열심히 공부해야지. 알겠지?" 순홍은 해나를 보며 안아주었다.

해나와 덕기는 순홍을 공항까지 배웅을 하고, 다시 집으로 돌아왔다. 덕영이 둘을 마중 나왔다.

"다녀왔습니다. 할머니, 배고파요." 해나는 배에 손을 올리고 동그란 원을 만들며 덕영에게 애교를 부렸다.

"그래? 그럼 할머니가 조금 있다가 금방 맛있는 거 해줄게. 조금만 기다려라. 덕기 너는 배 안 고프니?"

"네, 저는 별로 배 안 고파요." 덕기는 무덤덤하게 얘기했다.

각자 방으로 흩어져 쉬고 있는데, 덕기가 해나의 방으로 들어왔다.

"너 할머니 좋아?" 덕기는 다짜고짜 문을 닫더니 해나에게 물어봤다.

"응, 난 할머니 좋은데, 왜?"

"저 할머니 좀 이상해. 느낌이 이상해. 혹시 모르니까 너무 달라붙지 마. 어떤 사람일 줄 알고."

"그런 게 어디 있어, 할머닌데. 할머니는 좋은 사람이야."

"아니, 저 할머니는 뭔가 좀 이상해. 그러니까 경계를 좀 해."

"알겠어."

"쌀 하자."

"뭐?"

"올라가자."

"응."

해나와 덕기는 2층으로 올라갔고, 해나는 익숙하게 입술을 꽉 깨물었다. 덕기는 손으로 해나의 입을 막고 하고 싶은 대로 해나를 조종했다.

해나는 20위안을 쥐고 1층으로 터덜터덜 내려와 덕영의 방을 찾아갔다.

"똑똑, 할머니. 주무세요?"

"……"

안에서 아무 말이 들리지 않았다.

뒤따라 덕기가 바지춤을 정리하며 1층으로 내려왔다.

"배고프다며?"

"아니, 배 안고파……."

"먹어, 돈 받고 싶으면. 라면으로 먹어. 뭔일 있던 것처럼 행동하지 마. 준 돈도 뺏기 전에, 티 내지 마."

"아, 알겠어."

덕기는 본인 할 말만 하고 2층으로 올라갔다.

순홍이 중국에 오면서 사가지고 온 라면이 있었다. 해나는 물을 올리고 끓기를 기다리고 있다가 스프, 건더기와 면을 넣고 끓이면서 면이 끓기를 기다리고 있었다. 라면이 끓여지면서 라면 냄새가 집에 진동했다. 덕영의 방에서 문이 열리더니 부엌으로 뛰어오는 소리가 들렸다.

"뭐야, 뭐 하고 있는 거야?" 덕영은 깜짝 놀라 부엌으로 들어왔다. 그 소리에 깜짝 놀란 해나는 주춤했다.

"라면 끓이고 있어요……."

"이걸 네가 왜 먹어? 이거 사모님이 아드님 라면 좋아한다고 해서 사 온 건데, 그걸 네가 먹으면 어떡해!"

"아……."

"아드님 먹이는 건데 네가 먹으면 안 되지. 이건 이미 끓인 거니까 네가 먹어라. 줘도 안 먹을 테니. 으휴, 눈치가 없네. 이제부터 부엌에 있는 건 나한테 허락받고 먹어. 안 그러면 혼날 줄 알아." 덕영의 큰 눈이 한껏 해나를 째려봤다. 그러면서 입을 끌끌 찼다.

"네……."

"집에 라면 냄새 가득하니까, 라면을 먹을 거면 방 안에 들어가서 먹든지, 부엌문을 닫고 먹든지 해라. 네 혼자 먹는데 이게 뭐니." 덕영은 본인의 말만 가득 쏟아낸 후, 부엌을 나가 방으로 들어갔다.

"네……."

해나는 눈에 눈물을 가득 머금은 상태로 흘리지 않도록 컨트롤을 하며 면이 익기만을 기다렸다. 라면이 완성되었지만, 눈치가 보여 김치를 꺼내먹기도 어려웠다. 해나는 조용히 부엌문을 닫고, 고요해진 부엌에서 라면을 먹기 위해 식탁 의자에 앉았다. 소리가 나지 않게 빠르게 먹어 치운 뒤, 설거지를 하고 방으로 들어갔다.

코로 먹었는지, 입으로 먹었는지 모를 라면을 먹으며 괜스레 배가 쓰라려 왔다. 갑자기 너무나도 달라진 덕영의 태도에 예전 덕기가 한 말이 떠올랐다.

그래, 여기에서는 아무도 믿지 말자. 믿으면 내가 상처받으니까 아무도 믿지 말자. 항상 의심하자. 해나는 다시금 한번 헤이해졌던 마음을 다잡았다.

덕영은 순홍이 중국을 떠나니 해나에게는 언제 그랬냐는

듯 행동이 바뀌었다. 간식도 주지 않고, 밥도 계란프라이와 김치 정도로 먹이고, 살갑게 대화를 해주지도 않았다. 덕기에게는 간식을 따로 챙겨준다든가, 고기나 생선 같은 반찬을 먹이거나, 항상 따뜻하게 대화를 시도했다. 덕기는 그럴 때마다 개의치 않고 덕영을 받아줬다. 그러면서도 대화는 매번 차가웠다.

정작 해나와 얘기를 할 때는 "그 할머니 좀 이상하지 않냐."라는 식으로 시작했다.

* * *

여느 날 때처럼 해나는 방에서 공부를 하고 있었는데, 덕영이 화를 씩씩 내며 해나 방으로 들어왔다.

"야! 너 왜 사모님한테 이상하게 얘기해?! 말을 어떻게 한 거야?"

해나는 아무것도 모르겠다는 눈빛으로 덕영을 쳐다봤다. 방문 뒤에 있는 쓰레기통을 발로 차더니 화를 씩씩 내고 방을 나가며 중얼거렸다.

"이래서 없는 것들은……."

해나는 순간 알 수 없는 분노가 속에서 일어났다.

내가 왜 이런 말을 들어야 하지?

"제가 뭘요? 제가 뭘 어떻게 했다고요? 밥도 제대로 안 차려주고, 청소도 제대로 안 해주고, 매일 잔소리만 하시고. 저만 차별한 거 맞잖아요? 왜 저한테 뭐라고 그러세요?"

"됐어! 이상한 소리 하지 마! 시끄러워! 어디서 어른한테 말대꾸를 따박따박, 네 부모가 그렇게 가르치든? 없이 자라면서 뭔 말이 이렇게 많아?"

해나는 아무 말 없이 자신의 방으로 가는 덕영을 보며 숨을 가쁘게 내쉬었다.

난 그저 밥을 좀 편하게 먹고 싶었을 뿐인데, 아무리 사는 곳을 바꿔도 밥을 편하게 먹을 수 있는 곳이 없잖아. 그래도 여기서도 쫓겨날 수도 있는 거니까……. 내가 가진 것이 없으니까 주는 거라도 잘 먹어야겠지……. 어떻게 살고, 어떻게 있든 가진 것이 없으면 어떤 대우를 받아도 가만히 있어야 하는 거겠지.

해나가 이런 말을 듣고 있어도 아무도 자신을 도와주지도, 위로해 주는 사람도 없었다. 열네 살에 세상의 아픔을 필터링 없이 느낀 해나는 엄청난 무력감을 느끼며, 가슴 안에서 미친 듯한 분노와 슬픔이 밀려왔다.

해나는 방문을 닫고 울면서 공부를 했다.

울면 뭐해. 공부나 하자.

해나는 스스로 어떤 감정을 가지든 지금 할 수 있는 것에 집중하기로 했다. 부모 욕을 듣고, 없이 자란다는 소리를 들어도 해나가 현실적으로 할 수 있는 것은 아무것도 없었다. 오로지 공부하는 것밖에는 없었다. 공부를 한창 하고 있는데 덕기가 방 안에 들어왔다. 해나는 들어온 것을 보지도 않고 공부에 집중했다.

"나갈래?"

울다 힘이 빠진 해나는 말없이 의자에서 일어났다. 밖에 나가서 함께 담배를 피우고 있는데, 덕기가 표정 변화 없이 말을 건넸다.

"어떻게 하고 싶어?"

"뭘 어떻게 해, 할 수 있는 게 아무것도 없는데……."

"방법이 없지는 않아, 어차피 셋이 한집에서 사는데 짜고 치면 방법이 있어."

"…… 뭔데?"

"네가 할머니 죽여, 나머지는 내가 처리할게."

"무슨 말이야……?"

"할머니가 맨날 너한테 없는 애라고 하고, 부모님 욕하잖아. 진짜 화나지 않아? 네가 싫어하니까 하기만 하면 내가 도와주는 거지. 너는 행동만 하면 돼."

"……."

"한번 생각해 봐. 그 할머니 여기 없으면 네가 이렇게 스트레스받을 일도 없고, 편하게 지낼 수 있을 거야. 내가 칼이랑 시체 치울 비닐도 준비할게. 그냥 찔러서 죽이기만 해."

"그래도 사람을 죽이는 건 아니지. 아무리 화가 나도……."

"자꾸 너 건들잖아. 계속 그러고 살 거야? 일단 내가 칼은 구해놓을 테니까 생각해 보고 결정하면 말해."

해나는 방으로 돌아와서 대화를 계속 생각했다.

아무리 생각해도 말이 안 돼. 아무리 뭐라고 해도 어른이고, 사람을 그렇게 하는 건 있을 수 없어. 말도 안 되는 생각 하지 말자.

머리를 좌우로 여러 번 흔들고, 정신 차리자며 책상에 앉아 다시 공부했다.

저녁밥을 먹을 시간이 되어 하던 공부를 마치고 부엌으로 갔다. 밥그릇이 세 개가 아닌, 두 개밖에 없었다.

뭐지?

덕영이 다가와 해나를 쳐다보지도 않고 식탁에 앉았다. 2층에서 내려온 덕기는 아무 말도 않고 식탁에 앉아 밥을 먹고 있었다. 해나는 어떻게 된 일인지 생각을 하다 스스로 밥을 퍼서 식탁에 앉아 밥을 먹으려 했다. 덕영은 아무 말 없이 해나 앞에 놓여진 모든 반찬들을 덕기 앞에 놓았다. 해나는 덕기 앞에 있는 반찬들까지 팔을 뻗어 집어먹으려고 했다.

"쯧."

아주 작지만 확실한 덕영의 목소리였다. 순간 해나의 시야가 흐려졌다. 간신히 반찬을 밥그릇에 가지고 왔지만 더 이상 밥을 먹을 수 없는 지경이 되었다. 밥에 물을 말아 허겁지겁 먹고는 "잘 먹었습니다."라는 말과 함께 자리에서 일어나 방으로 들어갔다.

할 수 있을까?

해나는 자신도 모르게 이 말이 속에서 불쑥 튀어나왔다. 정말 할 수 있을까? 해도 될까?

덕기가 밥을 다 먹었는지 해나의 방으로 들어왔다.

"나갈래?"

둘은 밖을 나왔다. 해나는 말없이 담배를 계속 피웠다. 덕기는 그런 해나를 보며 아무 말 없이 담배를 계속해서 주었다.

"할래?"

"……"

"진짜 하기만 해. 하고 2층으로 올라와. 나머지는 내가 알아서 할 테니까."

"응……"

"알겠어. 내가 다 준비할게. 언제 할래?"

"모르겠어……"

다시 새로운 시작

"그러면 오늘이 월요일이니까, 금요일에 하자."

"…… 알겠어."

"그래, 잘 생각했어. 담배 더 피울래?"

"…… 응."

"그래, 내가 이 갑 너 줄게. 피우고 싶을 때마다 피워."

"응."

해나는 알 수 없이 속이 울렁거렸지만, 더 이상 참을 수가 없었다. 지금 자신이 맞는 결정을 하는 것이 아닌 것 같긴 했지만, 애초에 해나의 일상은 중국에 간 이후로 비정상 투성이었다. 자신이 기분이 나쁘거나, 아니라고 생각하는 것에도 바뀌는 것은 아무 것도 없고 상황은 더 안 좋아질 뿐이었다. 가만히 있으면 안 좋아질 뿐이었다. 해나의 세상은 자신이 다치지 않으려면 상대방을 해쳐야 살아남을 수 있었다.

해나는 그런 의미에서 살인을 결정한 것이었을까? 머리에 꼬리를 무는 질문들의 대한 답은 알 수 없지만, 해나는 그저 편하게 시간을 보내고 싶었던 것뿐이었다. 아무리 가만히 있어봤자 상황은 불리하게만 흘러가니까 말이다.

화요일이 되었다. D-3. 해나는 붕 뜬 것 같은 느낌이 들었다. 초점이 흐릿해 보이고 평소의 모습이 아니었다. 쉬는 시간에 친구들이 말을 걸어도 대답은커녕 뭐에 홀린 사람 같은 눈빛을 했다.

하교 후 집에 오면 덕영의 잔소리는 계속되었다.

"네가 문제야!"

"네 부모가 그리 가르치든?"

"하여튼 없는 티를 내요."

"어휴, 더러워."

"돈도 없으면서 여기는 왜 왔대?"

그럴 때마다 해나는 아무 반응도 하지 않았다. 그저 덕영의 말을 듣고 있었다.

수요일이 되었다. D-2. 아침 일찍 눈을 뜬 해나는 전날과 다른 눈빛이었다. 눈동자가 흔들렸다.

분명 십계명에는 사람을 죽이는 상상만 해도 사람을 죽이는 것과 똑같다고 했는데, 그러면 나는 이미 살인자가 된 것일까? 이미 살인자라면, 할머니를 죽이든 죽이지 않든 이미 난 더럽혀졌는데, 살인을 하지 않을 이유가 없는 것 아니야? 어차피 이미 더러워진 몸……. 나는 죽이고 싶지 않은데, 이건 할머니가 자초한 일이야. 내가 나쁜 게 아니라, 할머니가 우리 엄마, 아빠를 욕하고, 나를 괴롭혀서 어쩔 수 없는 선택을 하게 된 거야. 난 이미 더럽혀졌어. 난 어쩔 수 없는 거야.

목요일이 되었다. D-1. 덕기는 하교 후 밤이 되자 해나를 불러 집 밖으로 나와 함께 담배를 피웠다.

"진짜 할 거지?"

"…… 응." 덕기는 그 말을 듣고 바지 뒤에서 신문으로 두껍게 감은 종이 뭉텅이를 해나에게 건넸다.

"이거 받아. 내가 준비한 칼. 죽이고 2층으로 올라와. 나머지는 내가 알아서 다 처리할게. 이딴 현실 싫잖아, 네가 내일 끝내기만 하면 네 인생은 편해질 수 있어."

해나가 신문에 돌돌 감춰져 있는 종이를 펼치니 사시미 칼처럼 끝이 날카로운 큰 칼이 나왔다. 그날을 보는 것만으로도 해나는 자신의 한 부위가 찔린 것처럼 시린 느낌을 받았다.

"내가 편해지려면 방법은 이것뿐이야."

해나는 그 자리에서 자신이 갖고 있던 담배 반 갑을 전부 피웠다. 평소보다 많은 연기가 입에서 나왔다. 칼을 품 안에 숨기고 방에 들어가 칼을 펼쳐봤다. 그리고 그 칼로 덕영을 찌르는 상상을 계속했다. 해나의 다리가 미친 듯이 떨리고 금방이라도 토를 하고 싶은 것처럼 헛구역질을 했다.

왜 나는 매일을 이렇게 불안하게 살아야 하지? 내가 뭘 잘못했지? 태어난 게 잘못인가? 내일 할머니를 죽이고 나면 이 불안감이 더 심해지지 않을까? 내가 끝낸다고 해결될 일이야? 평생을 떳떳하게 살 수 없을 텐데? 그렇다고 매일 차별대우를 받으며 살고 싶지도 않아. 너무 힘들어.

금요일이 왔다. D-day. 해나는 잠을 자지 못했다. 그 상태로 등교를 하니 제정신이 아니었다. 수업을 듣는 둥 마는 둥, 친구들이 하는 말도 아무것도 들리지 않았다. 해나는 하루 종일 얼굴을 수천 번 찡그렸다.

그날 밤, 해나와 덕기는 덕영이 잠들기만을 기다렸다. 각자의 방에서 할 일을 하는 듯 시간을 보냈지만, 해나는 죽이는 상상을, 덕기는 시체를 치울 준비를 위해 큰 비닐을 방바닥에 깔아놓고 있었다.

밤 열한 시가 조금 지난 시각, 덕영의 방에서 불을 끄는 스위치 소리가 들렸다. 해나의 이마에는 식은땀이 흐르고 다리는 빠르게 떨었다. 그리고 자신의 방문 뒤에서 서서 나갈지 말지를 계속 고민했다. 방문을 열고 덕영의 방으로 향하기 무서워 2층으로 올라갔다.

"왜 올라와?"

덕기는 겁먹은 해나의 눈빛을 보고도 아무렇지도 않게 타일렀다.

"나 무서운 것 같은데……."

"뭐가 무서워? 네가 한다며? 나 이미 락스며, 수건이며, 비닐이며 다 준비했는데. 갑자기 안 하겠다고 하는 건 아니지? 진짜 웃긴 소리 하지 마."

"아, 알겠어……." 해나는 숨이 막혀왔지만, 무를 수도 없었다.

 조용히 계단을 내려와 다시 방에 들어가 칼을 챙긴 후, 까치발을 들고 덕영의 방으로 들어갔다. 해나는 숨을 쉬지도 않고, 침대로 다가가 덕영의 얼굴을 보았다. 해나의 손끝에는 큰 칼이 쥐어져 있었다. 아무 말 없이 잠을 자고 있는 덕영의 얼굴을 쳐다봤다.

 해나는 덕영의 가슴 부위를 쳐다보며 손에 점점 힘을 줬다. 해나의 심장 소리가 방을 에워쌌다.

 손에 힘을 더 미친 듯이 주고 쥐고 있던 칼을 밖으로 꺼내 덕영의 가슴 위에서 내리치려는 순간, 손에 힘이 빠졌다. 그리고 칼을 쥐고 자신의 방으로 도망치듯 들어가 문을 잠갔다. 방문 뒤에서 문을 타고 그대로 내려앉아 칼을 쥐고 흐느끼며 울기 시작했다.

 나는 살인을 하고 싶지 않아. 이건 내가 원하는 인생이 아니야. 으윽, 진짜 싫어. 여기 너무 싫어. 엄마 나 좀 살려줘. 나 여기 너무 무섭고 싫어. 집으로 갈래. 나 집으로 보내줘. 엄마…….

 해나의 눈물은 멈출 기미를 보이지 않았다.

 한 시간 정도 지난 후, 해나는 칼을 다시 신문에 단단히 말아 2층으로 가지고 올라갔다.

 "…… 미친년."

"…… 이건 아니야."

"미친년아, 네가 한다고 했으면서 장난하냐? 너 때문에 다 준비해 놨는데, 장난해? 시발 진짜, 너 때문에 되는 게 하나도 없어, 알아?"

"그냥 내가 매일 욕먹으면서 살게. 이건 아냐……."

"으휴, 진짜 쓸모없네. 기껏 다 해놨더니, 쯧."

해나는 덕기가 한 욕이 들리지 않았다.

괜찮아, 진짜 죽이진 않았잖아. 괜찮아, 내가 불편하면 돼.

가슴이 미친 듯이 뛰었지만, 더 이상 다리는 떨지 않았다.

"여직 돈이고 뭐고 다 썼는데, 개짜증 나네. 아씨." 덕기는 해나를 나무랐다. 해나는 아무 말 없이 2층 베란다로 나가 담배를 피웠다. 덕기도 해나를 따라 옆에서 담배를 피웠다.

다시는 이런 생각을 하지 말자. 차라리 할머니가 욕하면 싸우자.

해나는 아무 말 없이 칼을 덕기에게 건넸다. 칼을 싼 종이는 축축해져 칼이 비쳤다.

"아, 필요 없어. 갖다버려. 드럽게, 씨." 덕기는 더 이상 해나에게 따뜻한 말을 해주지 않았다. 하지만 해나는 자신이 살인을 선택하지 않은 것에 마냥 웃음이 나왔다. 후련한 마음으로 베란다 구석에 칼을 내던졌다.

"왜 웃어, 뭘 잘했다고. 아씨. 진짜 짜증 나네. 널 믿는 게 아니었어. 이래서 닭대가리한테 뭘 맡기면 안 된다니까. 시키는 것도 제대로 못 하네."

덕기는 해나를 비난하기 바빴지만, 정작 해나는 웃으며 남은 담배를 모조리 태웠다.

* * *

다음 날 아침, 일어나니 덕영은 아무것도 모른 채로 일어나 해나를 본 채도 하지 않고 무시했다.

일어났네. 다행이다.

해나는 나름 기분 좋게 하루를 시작했다. 원래 항상 덕기와 등교를 같이하는데, 덕기는 이미 집을 나간 상태였다. 해나는 오늘만큼은 같이 가지 않을 수 있겠다고 생각하며 혼자 등교를 했다. 다음 주는 순홍과 새로운 사람들이 오기로 했기에 덕영은 순홍을 맞을 준비에 여념이 없었다.

해나는 학교에서 덕기를 마주쳤지만, 덕기는 해나의 눈빛을 무시했다.

학교 끝나고 말하려나? 집 가는 길에 말하겠지.

하교 후, 집에 함께 걸어가는 길에 덕기는 해나에게 아무 말도 하지 않았다.

"오빠, 왜 아무 말도 안 해?"

"……."

"계속 아무 말도 안 할 거야?"

"닥쳐, 병신아. 시끄러워."

"안 죽인 게 다행인 거 아니야? 죽이면 나는 살인자가 되는 건데, 나는 살인자 되기 싫어."

"내 알 바야?"

"…… 뭐?"

"네가 살인자 되든 말든 알 바냐고, 그건 네 일이지, 내 일이 아니잖아. 죽이기만 하면 내가 다 처리해 준다니까 왜 말 안 들어서 내 기분을 이렇게 만들어?"

"그게 무슨 말이야? 내가 살인자 되든 말든 알 바가 아니라고? 애초에 할머니를 죽이라고 한 건 오빠야."

"나는 제안만 한 거지, 네가 하겠다고 했잖아. 그래서 다 준비했더니, 아 몰라. 너 때문에 다 망쳤어. 이제 담배도 없을 줄 알아."

덕기는 이후 해나를 없는 사람 취급했다.

내가 분명 옳은 일을 했다고 굳게 믿고 있었는데, 오빠가 실망하는 모습을 보니 기분이 이상해……. 점점 멀어지는 건가? 오빠마저 멀어지면 안 되는데…….

이제 다음 날이면 원장인 순홍과 함께 새로운 사람들이 올 예정이었다. 해나는 점점 침울해졌다.

다시 새로운 시작

오빠와 사이가 나아질 수 없겠다. 그냥 공부나 하자…….

그날 저녁, 덕기가 해나의 방으로 찾아왔다.

"나갈래?"

해나는 아무 말 없이 책상에서 일어나 덕기와 밖으로 나갔다. 서로 아무 말 없이 담배에 불을 붙였다.

"이제 내 말 잘 들을 거야?"

"…… 응?"

"내 말 잘 들을 거냐고. 저번처럼 그렇게 등신처럼 하지 말고."

"응…….."

해나는 억울한 것이 많았지만, 말을 듣지 않으면 자신이 이곳에서 생활하는 데 너무 힘들 것도 같았다. 해나에게 있어 처음부터 같이 해온 덕기가 자신과 말을 하지 않는다는 것은 어쩌면 제일 무서운 일이기도 했다.

"그래, 맥주 마실래?"

"응."

둘은 동네 마트에서 버드와이저를 골라 근처 아무 시멘트 바닥에 앉았다.

"내일 아침에 공항 가야 되는 거 알지? 일찍 일어나야 돼."

"응. 누구 오는지 알아?"

"여자 한 명에 남자 두 명이라는데. 좀 있을 건가 봐."

"여자? 언니야?"

"그랬다고 했던 것 같은데, 나이 좀 차이 난다고 했던 것 같아."

"아, 그럼 언니구나. 빨리 봤으면 좋겠다."

"스무 살 넘는다고 했던 것 같은데?"

"와, 그럼 나랑 다섯 살 넘게 차이 나는 건데. 좋은 언니였으면 좋겠다."

해나는 더 이상의 불행이 없길 바라며 새로운 사람들을 기대했다.

다음 날, 둘은 아침 일찍 일어나 봉고차를 타고 공항으로 향했다. 해나는 들뜬 표정으로 창문 밖을 바라봤다.

이제 또래들과 함께 살게 되니 괜찮겠다. 지금까지는 어른들이랑 사니까 이런 일이 많았던 거야. 이젠 동갑 친구들이랑 언니도 생기니 일상이 조금은 나아질 거야.

* * *

"안녕! 난 최은수야. 네가 해나구나. 반가워."

"안녕하세요. 강승찬입니다. 옆에 애는 장지석이에요."

"안녕하세요." 셋이 인사를 마치고 해나의 목소리가 올라갔다.

"안녕하세요. 해나라고 합니다."

은수는 목사의 딸이다. 같이 온 지석과 승찬은 일 년 정도 중국에서 살며 중국어를 배우려고 온 친구들이다. 지석은 내성적인 성격으로, 거의 매일 모자를 쓰고 다녔다. 그와 정반대인 승찬이는 체격도 좋고, 목소리도 크고 활발했다. 둘은 한국에서부터 절친일 정도로 친했기 때문에 중국에서도 방도 함께 쓸 정도로 사이가 좋았다.

그렇게 집에 첫 이십 대인 스물한 살 여자 최은수, 해나와 동갑인 남자아이 두 명인 장지석과 강승찬까지 함께 살게 되었다.

해나는 자신과 또래인 친구들과 은수를 보며 설렜다.

이젠 진짜 행복한 일만 있겠지?

빚쟁이에게 도망쳐 온 은수,
그런 언니를 좋아했던 해나

해나는 집에서 첫째로 자라 언니가 있는 친구들을 줄곧 부러워했다. 언니가 있는 친구들은 옷도 함께 입고, 언니들이 동생들을 챙기는 모습을 항상 봐왔기에 그런 친구들이 부러웠다. 그런 해나에게 은수의 존재는 어쩌면 사막의 오아시스와도 같았다. 이 년을 조금 넘게 혼자 중국에서 살면서 기댈 수 있는 언니가 생겼다는 것은 이제 해나의 유학생활에 꽃길만 남은 것처럼 느껴지기도 했다.

은수는 예쁘고 매력적인 얼굴을 갖고 있었다. 키는 168cm, 몸무게는 50kg대 초반으로 콜라병 같은 몸매였다. 웃으면 얼굴에 보조개가 생기고 눈웃음을 동시에 갖고 있었다. 오른쪽 눈 위 끝 쪽에 있는 작은 갈색 점이 그녀의 얼굴을 더욱 매력적으로 부각시켰다. 생글생글하고, 나서는 것을 두려워하지 않는 성격이었다. 해나는 순식간에 은수에게 빠져들었다.

은수 언니는 좋은 사람일 것 같아.

같은 방을 쓰게 된 해나와 은수는 첫날 밤부터 밤을 새우며 대화했다. 같은 침대에서 자게 된 둘은 대화를 나눴다.

"안녕, 잘 지내보자. 어리니까 언니가 말 놓을게~"

"네, 저는 해나예요. 여기 온 지는 이 년 정도 됐어요."

"와, 그럼 중국 말 엄청 잘하겠네? 나는 한마디도 할 줄 몰라."

"괜찮아요, 저도 하나도 말할 줄 몰랐어요. 지금도 잘하는 건 모르겠고, 그냥 옛날보다는 알아듣는 정도예요."

"다행이다. 어차피 같이 지낼 거니까 언어는 걱정 안 해도 되겠네."

"쉬운 건 도와드릴게요."

"그나저나 우리 비밀 하나씩 털어놓을래?"

"비밀이요? 어떤 건데요?"

"대신 이건 말하고 다니면 안 돼. 절대 우리 둘만 아는 비밀이야. 오늘 말한 건 무덤까지 갖고 가는 거야. 알겠지?"

"저는 비밀이 없는데……."

"비밀 없는 사람이 어디 있어. 잘 생각해 봐. 그럼 나부터 말한다?"

"네."

"나는 사실 흡연자야."

"그건 저도 그런데."

"너 열네 살이라고 하지 않았어? 근데 벌써 피운다고?"

"어쩌다 보니 그렇게 됐어요. 다른 어른들은 모르고, 덕기 오빠만 알아요."

"그래? 그럼 우리 담배 피울래? 오늘 하루 종일 내숭 떤다고 담배를 못 피웠더니 답답해."

"네, 좋아요. 대신 밖에 나가야 해요."

"그래, 그러자. 우리 나가서 얘기하자."

둘은 방을 몰래 나와 덕영의 방을 한 번 보고 까치발을 들며 조용히 집을 나갔다.

"와, 이제 살 것 같네. 원래 애기한테 주는 거 아닌데, 원래부터 피웠다고 하니까 주는 거야. 나중에 갚아! 그나저나 원래 셋이 살았어?"

"아뇨, 셋이 산 지 얼마 안 됐어요. 원래 다른 지역에 살고, 다른 집에서 살다가 지금 집으로 이사 왔어요."

"아, 진짜? 사이는 좋아?"

"음…… 오빠랑은 그냥저냥 괜찮은데 할머니랑은 사이가 아주 안 좋아요."

"할머니? 왜?"

"그냥 좀 다퉜어요."

"다퉈? 너 엄청 착해 보여서 아무 말도 못 할 것 같이 생겼는데, 그건 또 아닌가 보네?"

"그냥…… 차별을 좀 많이 해요. 저희 집은 그냥 집사 집안이라면서."

"아, 맞다. 그 남자애 할아버지가 뭐 엄청 유명하다고 하던데? 근데 그게 왜? 집사 집안인 게 뭐 어때서?"

"집사 집안이고, 돈도 많이 없어서 할머니가 차별을 조금 해요."

"헐, 뭐 그런 걸로 차별을 해? 웃기는 할머니네. 너는 그럼 그 할머니 싫겠다."

"아니에요, 싫다기보다는 그냥 억울한 거예요."

"그래? 진짜 착하네. 나는 그랬으면 할머니 진짜 싫어했을 것 같은데. 내가 할머니 쫓아내 줄까?"

"네? 할머니를 어떻게 쫓아내요? 그리고 저희 밥해주시고 집 치워주시는 분인데……."

"밥하고 집 치워주는 사람은 얼마든지 있지. 저 할머니 아니어도. 어때? 할머니랑 살기 싫어?"

"아……."

"괜찮아, 편하게 말해봐. 같이 살기 싫어?"

"그럴 수 있으면 진짜 좋을 것 같긴 해요."

"하하, 진짜? 그래, 내가 쫓아내 줄게. 대신 너도 이제 비밀 알려줘."

"저도 담배 피우는 게 비밀인데……."

"같은 담배 말고 다른 거 얘기해 봐. 뭐 없어?"

"그럼 저는 비밀이 없는데……."

"난 비밀이 하나 더 있어."

"뭔데요?"

"나 여기 빚쟁이들 때문에 쫓겨서 여기 온 거야. 외국까지 오진 않을 테니까."

"네…… 빚이요?"

"언니가 빚을 좀 많이 졌거든. 근데 그 돈이 너무 많아서 못 갚겠더라고. 그래서 한국에서 계속 도망치다가 여기까지 왔어. 걔네들이 여기까지 쫓아오진 않을 것 같아서. 걔네들이 여기까지 오면 난 죽어서 한국으로 돌아가겠지? 아빠는 모르고, 목사님이니까 나 알면 죽어. 그러니까 이거 진짜 아무한테도 얘기하면 안 돼."

"네, 그럴게요."

"얘기하니까 속이 시원하다! 넌 진짜 담배 말고 없어?"

"네. 저는 진짜 없어요……."

"아, 하긴 이제 열네 살이니 비밀이라고 해봤자 뭐 별거 없긴 하겠네. 너랑 그 남자애랑은 무슨 사이 아니야?"

"네? 그냥 오빠, 동생 사이에요."

"아무 감정 없어? 둘은 얼마나 같이 살았어?"

"제가 여기 올 때 같이 온 오빠니까 이 년 정도 같이 살았어요."

"와, 근데 무슨 일이 안 나? 하긴 너무 어려서 뭔 일이 나면 안 되긴 하겠다."

해나는 별다른 답 없이 고개를 끄덕였다.

오빠랑 약간의 스킨십을 한 것 같긴 하지만 날 해친 것도 아니니까 별거 아니지, 뭐.

"그러면 그 남자애 좀 귀엽게 생겼던데, 잘해봐도 되려나?"

"오빠는 저보다 두 살인가, 세 살 정도 많아요."

"그럼 중학교 3학년? 고등학교 1학년? 정도 되겠네. 그 정도면 다 컸지."

"언니는 워낙 예쁘니까 오빠가 좋아할 거예요."

"내가 예뻐? 네 눈에 내가 예뻐 보여? 하하, 고마워."

"네, 엄청 예뻐요. 언니 키도 크고 눈도 크고 성격도 좋고."

"어머, 진짜? 고마워. 너도 이제 키 크고 있으니까 언니처럼 클 거야."

"저도 언니만큼 크고 싶어요."

"그래? 이제 막 클 테니까 언니처럼 클 수 있어. 그러려면 빨리 자야겠다. 이제 슬슬 올라갈까?" 해나는 집을 가는 계단을 오르며 연신 웃는 얼굴이었다.

이렇게 응원해 주고 좋은 말을 많이 해주는 언니를 만나서 너무 좋다. 그나저나 정말로 할머니와 같이 안 살 수 있을까? 그러면 너무 좋을 것 같다.

이후, 순홍이 한국에 돌아가고 나서 은수는 덕영에게 은근슬쩍 청소와 음식에 불만을 드러냈다. 덕영이 청소를 할 때마다 은수는 "아, 제가 할게요."라며 청소도구를 집어 들었다.

"아냐, 할머니가 해야지. 이러려고 여기 있는 건데." 은수는 목사의 딸이라 덕영이 함부로 할 수 있는 존재가 아니었다.

"밥…… 반찬이 이게 다예요? 차라리 라면 끓여 먹는 게 낫겠다. 라면 먹을 사람?" 덕영은 순홍이 한국을 돌아간 후로 덕기와 해나에게 해줬던 것처럼 밥을 해줬다. 계란프라이, 김치, 김 정도를 반찬으로 주었는데 은수는 마음에 들지 않는다며 덕영이 해준 반찬을 먹지 않고 라면을 끓였다. 해나는 내심 속이 시원한 표정이었다.

이것만으로도 지금까지 답답하고 억울했던 게 해소되네. 언니 진짜 짱이다.

덕영은 밥을 먹는 둥 마는 둥 하더니 일찍 자리에서 일어났다.

이런 상황이 계속 흘러가다 보니 덕영은 이제 청소와 밥을 아예 하지 않았다. 은수는 이때를 놓치지 않고, 순홍에게 연락했다.

"원장님~ 잘 지내고 계세요? 저희는 애들이 요즘 조금 힘들어해요."

"응? 힘들어? 무슨 일이니?"

"할머님 일하시는 게 조금……. 며칠 전부터는 아무것도 안 하셔서 제가 애들 밥이랑 집 청소하고 있어요."

"무슨 말이야? 그분이 가지고 가는 월급이 얼만데!"

"정말요? 지금 저희가 다 하고 있어요. 애들 공부도 해야 하는데, 저도 그렇고…… 그럼 이건 어때요?"

"뭐, 방법이 있니?"

"제가 성인이니까 아이들과 합심해서 집을 관리해 볼게요."

"응? 아니, 너도 유학을 간 건데. 애들 보살피기 힘들 거야."

"괜찮아요. 어차피 지금도 다 같이 하고 있고, 애들도 열네 살, 열일곱 살인데 집안일하는 것도 배우고 해야죠, 집안일도 하면서 자라면 나중에 커서 도움이 될 거예요."

"그래도 되겠니? 그러면 원장님이야 너무 고맙지. 돈도 적게 나갈 테고. 지금 할머니한테 월급을 엄청 드리고 있어. 애들이 아직 어려서 어른의 손길이 필요한데 은수가 있으니 충분히 괜찮을 것 같네. 해나는 열두 살부터 거기 있는 거라. 다 같이 집안일을 하면 사회성에도 도움이 되고, 요리도 배울 수 있으니 좋긴 하겠네."

"도움이 될 수 있다면 안 힘들어요."

"정말 누구 집 딸인지. 네가 성격도 좋고, 요리도 잘하고, 피아노를 잘해서 예배에도 도움이 되니 애들한테도 많이 배울 수 있는 기회가 될 것 같네. 그래, 그럼 할머니는 빠른 시일 내에 정리할게. 아이들 좀 부탁할게, 은수야."

"네, 걱정 마세요. 이해해 주셔서 감사합니다. 애들이랑 열심히, 잘 지내볼게요."

며칠 뒤, 순홍은 전화로 덕영에게 방을 빼줄 것을 말했다. 덕영이 방에서 통화하는 목소리는 1층 전체에 전부 퍼졌다.

"네? 그게 무슨 말씀이세요? 갑자기 이렇게 나가라니요?"

"아휴, 미안해요. 애들 그렇게 있으니 드는 돈이 워낙 많아서 말이에요. 저도 애지간하면 당연히 계속 같이하고 싶었는데 사는 아이들이 많아지니 돈이 더 많이 나가네요. 그렇다고 부모들한테 돈을 더 받을 수도 없는 노릇이니, 정말 너무 미안하게 됐어요."

"아니, 아무리 그래도 이건 너무 갑작스러워서. 제가 더 잘할게요. 원장님. 이렇게 내치지 말아주세요."

"충분히 잘해주셨어요. 시간은 한 달 정도 드릴 테니 정리해 주시면 될 것 같아요. 지금까지 너무 감사했습니다. 제가 집에 갔을 때 아이들만 있는 걸로 알고 있을게요."

"아…… 네, 알겠습니다." 덕영은 전화를 끊고는 소리를 질러댔다.

"악! 내가 왜! 악!"

거실 소파에서 TV를 보고 있던 해나는 깜짝 놀라 은수를 쳐다봤다. 은수도 해나를 쳐다보더니 웃으며 속삭였다.

"내가 쫓아내 준다고 했지? 언니는 약속 잘 지키는 사람이야." 해나는 눈을 동그랗게 뜨고, 이내 할머니가 나간다는 것을 깨닫게 됐다.

"고마워요. 정말 고마워요, 언니. 언니는 정말 제 생명의 은인이에요." 이제 더 이상 고통을 받아도 되지 않아도 된다는 마음에 해나는 날아갈 듯이 기뻤다.

"그럼 이제 누가 와요?" 해나는 은수에게 감격에 벅찬 목소리로 물어봤다.

"아무도 안 와. 우리끼리만 살 거야. 완전 좋지?"

"우와."

이제 어른이 없으면 내가 상처를 입을 일도, 불상사를 겪을 일도 없어. 모든 위험 요소가 전부 사라지는 것 같아. 이제 정말 마음 편히 살아도 되겠다…….

해나는 새어 나오는 웃음을 참을 수가 없었다.

"언니가 짱이에요."

"품, 짱이야? 우리 애기 귀엽네. 이제 먹고 싶은 거 있으면 언니한테 얘기해. 언니가 다 해줄게. 이젠 할머니 말 안 들어도 돼. 너한테 못되게 하면 맞서 싸워. 어차피 곧 떠날 사람인데?"

"네, 언니."

덕영은 더 이상 방에서 잘 나오지 않았다. 한 달을 꽉꽉 채워 아무것도 하지 않고 자신의 밥만 챙겨 먹고, 자신의 방만 청소했다. 더 이상 해나와 부딪힐 일도 없었다. 순홍이 오는 전날, 짐을 싸서 나가기 전 씩씩대며 문 앞에서 소리를 질렀다.

"망할 집구석, 기독교 집이라고 편하게 살 수 있을 줄 알았더니 다른 곳이랑 다를 게 없어. 아니, 더 심하잖아! 아주 늙은 사람을 이런 식으로 쫓아내질 않나. 퉤, 망해버려라!"

아무도 할머니를 마중 나가지도 않아 1층은 고요했다. 덕영은 자신의 분노를 집에 한껏 쏟은 후, 집을 나갔다. 하교 후, 집으로 돌아온 해나는 덕영이 사라진 것을 보고 너무 좋아 방방 뛰었다.

"이제 자유다! 자유야!"

"그렇게 좋아? 이제 편하게 지내. 그리고 이제 반말해도 돼." 해나는 이 일을 계기로 은수와 더 가까워졌다.

순홍이 중국에 왔다 한국으로 돌아가고, 한 명의 어른과 네 명의 아이들이 한집에서 살게 되었다. 순홍을 공항에 데려다주고 집으로 돌아가는 길에 은수와 덕기는 한국마트에 들려 소주 한 박스, 맥주 두 박스와 담배 몇 보루를 사 왔다.

"누나, 이게 다 뭐야?" 지석이 덕기가 박스째로 술을 나르는 것을 보고 깜짝 놀라 물었다.

"이제 어른들도 없는데, 우리 세상이야. 저번에 할머니가 쓴 방은 담배방으로 만들 거야."

"담배방이 뭐야?"

"말 그대로 담배방, 담배만 피우는 방! 이제 집 안에서 담배 피울 수 있어. 여자들은 맨날 2층 가서 담배 피우기 힘들잖아, 그러니까 담배방으로 만들어서 쓸 거야." 은수가 그 누구보다 신나서 집을 자신의 장소로 만들어 갔다.

"그리고 오늘 저녁은 고기에다가 술 마시자. 애기들은 술 마셔봤나?" 은수가 나머지 네 명에게 물었다. 덕기는 아무 말 없이 고개를 끄덕거렸으나, 나머지 열네 살 3인방은 서로 눈치를 보고 있었다.

"나는 오빠랑 몇 번 마셔봤어. 근데 맥주 조그마한 거 한

캔씩, 몇 번." 해나가 먼저 커밍아웃을 했다.

"나는 부모님이 주신 거 한두 번 마셔본 것 같은데, 맛없어." 승찬이 이마를 찌푸리며 말했다.

"한번 마셔봐. 그건 부모님이 주신 거고, 이렇게 마셔보면 또 다를 수도 있지?" 은수는 승찬을 설득했다.

"나는 안 마시고 고기만 먹을래." 지석이 고개를 숙였다.

"그래, 우리 지석이는 미래에 목사님이 되셔야 하니까, 봐준다! 대신 원장님한테 말하면 안 된다? 이건 우리들만의 비밀이야. 알겠지?"

"응, 알겠어." 아무도 은수의 말을 거스를 수 없었다. 은수가 보여준 모습들은 왜인지 그녀의 말에 반박을 하면 안 될 것 같은 느낌이었다.

저녁이 되자 은수는 바베큐 파티를 계획했다. 2층에는 야외 베란다가 있었는데, 그곳에서 파티를 하자는 것이었다. 그저 고기를 먹을 수 있다는 것이 좋은 3인방은 일사불란하게 준비를 마쳤다. 해가 조금씩 지고 있을 때쯤, 고기를 구우며 은수가 상기된 목소리로 말했다.

"자, 다들 잔 좀 채워봐. 건배하자!"

다들 뻘쭘해하며 지석을 제외한 나머지 아이들은 잔을 채웠다.

"이제 우리만 있으니 잘 지내보자! 짠!"

아이들은 잔을 비웠다. 해나는 이런 식의 자리가 처음이었는데 잘은 모르겠지만 이제 마음 편히 살 수 있다는 생각에 그저 기분이 좋았다.

"해나야, 어때?" 은수는 해나를 귀엽다는 표정으로 바라보았다.

"맛있는 것 같아." 해나는 쑥스럽다는 듯이 말했다.

"승찬이는 어때? 원샷했네? 또 줄까?" 은수는 승찬을 보며 꽤 놀랍다는 표정을 지었다.

"응, 맛있는데?" 승찬은 빈 잔을 은수에게 가져다주며 만족스럽다는 듯한 표정을 지었다.

"너도 조금 마셔봐, 뭐 어때." 승찬은 지석과 함께 공유하고 싶었는지 채워진 잔을 지석에게 건넸다.

"아냐, 진짜 괜찮아. 나는 고기만 먹을게." 지석은 고기를 집어 먹고 밥을 욱여넣었다.

"애들아, 진짜 기분 좋지 않아? 진짜 너무 좋다~" 은수는 술을 빠른 속도로 들이켰다. 은수는 아이들의 잔이 비워진 때를 확인하고 바로바로 잔을 채웠다. 마실 때마다 건배를 하며 원샷을 했다. 모두 빠르게 취해갔다.

"이젠 일주일에 한 번씩 이렇게 술 마셔야겠다. 오늘은 처음이니까 막내들이 치우자. 나 덕기랑 할 말 있어서 너네는 치우기만 하고 해나 너는 잠깐 2층에서 애들이랑 놀고 있어." 은수는 술이 올라왔는지 담배 한 대를 빠르게 피우더니 덕기를 데리고 1층으로 내려갔다.

막내였던 해나, 지석, 승찬은 그 자리에서 멍을 때리며 앉아 있었다. 4인용 식탁 크기만큼 채워진 신문지에는 고기 기름이 튀어 있었다. 시간이 지나 불투명한 흰색이 여기저기 보였다. 먹다 남은 밥, 고기, 상추와 나머지 반찬들이 하나 가득이었다.

"이거 언제 다 치우지? 괜찮아?" 해나가 얼굴이 빨개져서는 승찬과 지석을 쳐다봤다.

"어떻게 뭐, 치우라니까 치워야지. 아, 치우기 귀찮네. 머리가 어지러워." 승찬은 머리를 손으로 집더니 정신을 차리려 애쓰고 있었다.

"내가 그나마 괜찮으니까 몇 개 더 들고 내려갈게. 너네는 천천히, 하나씩 들어. 어차피 이거 여러 번 왔다 갔다 해야 돼." 술을 한 잔도 마시지 않은 지석이 아이들을 리드했. 겨우 다 치우고 나서 해나는 2층에서 아이들과 함께 이야기를 했다.

"근데 무슨 얘기일까? 얘기하는데 왜 이렇게 오래 걸리지? 나 졸린데." 해나는 연신 하품을 하더니 눈을 비벼댔다.

"모르지. 나는 먼저 자도 되지? 지석이랑 같이 놀아. 조용해서 재미는 없어도 말은 잘 들어줘." 승찬은 지석의 어깨를 손으로 한 번 치더니 방 안으로 들어가 침대에 누워 자버렸다.

"아, 괜찮아?" 지석은 머쓱해하며 해나를 쳐다봤다.

"윽, 아니, 안 괜찮아. 배불러."

"넌 언제부터 여기에서 살았어?"

"나는 이제 이 년 정도 된 것 같아."

"보니까 중국어 좀 하는 것 같던데. 너처럼 있으면 나도 그 정도 할 수 있으려나?"

"에이. 나도 잘 못해."

"그럼 저 형이랑도 계속 같이 있었어?"

"응, 저 오빠 때문에 내가 여기 온 거라."

"왜?"

"저 오빠가 여기 오는 걸 우리 엄마가 알아서 저 오빠 출국 날 맞춰서 나도 온 거야."

"헐, 가족들은 안 보고 싶어?"

"완전 보고 싶어. 엄마, 아빠랑 동생들이랑 친구들이랑. 한국 가고 싶어."

"근데 왜 안 가고 여기 계속 있어?"

"엄마가 계속 지금 한국 돌아가면 죽도 밥도 안 된대. 어쩔 수가 없어." 해나는 말을 마치더니 오랜만에 눈에 무언가가 차오르는 것을 느꼈다.

"어? 울어?" 지석은 깜짝 놀라 어쩔 줄을 몰라 했다.

"뭐래. 난 안 울어. 여기선 울면 안 돼." 해나는 정신을 바짝 차렸다.

"무슨 소리야, 열네 살이 힘들면 울 수도 있지."

"여긴 울면 전부 다 얕봐서 안 돼. 우리 집은 돈도 없고, 명예도 없어서 맨날 어른들한테 무시당하면서 사는데, 울기까지 하면 최악이야. 안 그래도 얕보는데 울지라도 말아야 해."

"…… 힘들었겠네. 그래도 이제 이 집엔 어른들이 없잖아. 우리끼리니까, 조금은 울어도 되지 않을까?"

"고마워, 나중에 울 일 생기면 너한테 와서 울어야겠다."

"그러든가, 조금 잘래? 내가 깨워줄게."

"오, 진짜 그래도 돼? 나 그럼 조금만 잘게. 너무 졸려서 눈이 자꾸 감겨. 오빠 올라오면 깨워줘. 내려갈게." 해나는 다른 침대에 누워 이불을 꽁꽁 싸매고 잠을 청했다. 지석은 해나 옆에 앉아 있다가 시계도 보고, 책도 보며 시간을 보냈다. 시간이 흘러 완전 밤이 되었을 때도 덕기는 올라오지 않았다. 지석도 결국 너무 졸린 나머지 의자에 앉아 졸다가 침대 옆에 엎드려 잠이 들었다.

아침이 되어서야 아이들은 일어났다. 해나는 자신이 2층에서 잠을 잔 것에 깜짝 놀라 재빠르게 1층으로 내려갔다. 하지만 어째서인지 방문을 열면 안 될 것 같은 느낌이 들었다. 해나는 조심스럽게 2층으로 다시 올라갔다. 지석도 계단 소리에 깨어나 해나를 쳐다봤다.

"형 안 올라와서 깨울 수가 없었어. 아무리 기다려도 안 오길래 나도 자버렸네, 미안."

"괜찮아, 안 올라왔는데 어쩌겠어. 근데 방에서 둘이 같이 자고 있는 것 같아. 아무 소리도 안 들려." 해나의 말을 들은 지석은 깜짝 놀라 눈이 커졌다.

"원장님이 절대 그러면 안 된다고 했는데……."

"맞아. 근데 나도 2층에서 잤잖아."

"그건 형이 안 왔으니까 그런 거지. 비밀로 해야겠지?"

"그러게. 우리 엄청 혼날 수도 있어. 아시면 다시 관리하는 분이 생길 수도 있어. 그건 진짜 싫은데."

"그래, 안 그러게 하면 되지. 그러면 거실 소파에서 자는 척하고 있으면 되지 않을까? 이건 우리만 아는 비밀로 하자."

"그래도 돼? 알겠어, 진짜 고마워." 순홍이 다시 새로운 사람을 뽑을까 무서워진 해나는 지석의 말을 듣고 1층 소파로 재빨리 내려갔다. 자고 있는 척을 한지 몇 분 안 되어 방문이 열리는 소리가 들렸다. 해나는 재빨리 눈을 감았다.

"아, 얘 여기서 잤나 보네." 덕기는 소파에서 자고 있는 해나를 보고 한숨을 내쉬었다.

"그렇네. 들은 거 아니겠지? 그래도 지금 자고 있으니까 얼른 올라가서 씻어. 나도 씻어야겠다." 은수도 자고 있는 해나를 보며 알 수 없는 소리를 했다.

덕기가 2층으로 올라가고 얼마 지나지 않아 지석이 내려와 해나를 큰소리로 깨웠다.

"일어나서 방 가서 자. 여기에서 잔 거야? 제대로 못 잤겠는데?"

해나가 조용히 눈을 뜨더니 고맙다는 제스처를 하고 방으로 들어갔다.

은수는 그날을 기점으로 순홍이 은수에게 준 생활비로 담배와 술을 끝없이 사놓았다. 술을 한 박스씩 사놓고 냉장고에 보관을 해두었다. 담배는 한 번 살 때마다 한 보루씩 샀지만 일주일도 안 되어 모두 동이 났다. 은수가 만든 담배방에는 매일 담배 연기가 자욱했다. 방 안에 큰 창문을 하루 종일 열어놓아도 들어가서 몇 대만 피우면 연기가 모든 방을 덮쳤다. 시간이 흐르면서 청소와 밥은 막내들이 할 수밖에 없었다.

은수와 덕기는 밤만 되면 술을 마시기 바빴고, 집에 있는 시간 대부분을 담배방에서 보냈다. 막내들은 학교에서 그나마 마음 편하게 얘기할 수 있었다. 덕기는 이제 학교에도 가지 않았다.

"오늘도 형 학교 안 나왔어?" 학교에서 세 막내가 모이자마자 승찬이가 말문을 텄다.

"그러니까. 오빠 담임선생님이 나한테 찾아와서 물어봤는데 모른다고만 얘기했어." 해나가 아이들에게 얘기했다.

"그래, 모른다고 해야지. 뭐 어쩌겠어. 오늘은 집 가서 누가 빨래할래?" 세 막내는 학교에 모이면 업무 분담을 하고 각자 반으로 돌아가는 룰이 생겼다. 매일 서로 돌아가며 집안일을 했다.

아이들은 그중에서 장 보는 것을 제일 싫어했다. 돈은 은수에게 있었기 때문에 허락을 받아야 음식을 살 수 있었다. 아이들은 언제부턴가 은수와 대화하는 것을 싫어했다. 매일 늦잠을 자고 반복되는 음주와 흡연으로 좋지 않은 냄새가 났다.

"알겠어, 그럼 내가 언니한테 말해서 돈 받을게." 해나가 세 막내 중에서 흡연과 음주를 전부 하기 때문에 그나마 은수와 얘기하는 것이 덜 불편했다.

"오늘은 좀 많이 받아. 맨날 장 보는 만큼만 받으니까 너무 답답해. 돈 좀 받아놓고 많이 사놓자."

"응, 알겠어." 해나는 학교에서 사야 할 물건에 대해 리스트를 짜고 하교를 했다. 집에 돌아오니 은수와 덕기가 집에 없었다.

"언니가 집에 없네? 들어오면 말하자."

숙제를 한창 하고 있는데도 은수는 집에 들어오지 않았다. 하지만 오늘 재료를 사야 내일 밥 먹을 게 있기 때문에 꼭 사야만 했다. 결국 시장이 문을 닫을 때까지 은수는 집에 돌아오지 않았다. 승찬이 제일 먼저 짜증을 냈다.

"누나 왜 안 와? 어디 간 거야, 배고픈데."

"어쩔 수 없네. 내일은 있는 걸로 어떻게든 먹어보자."

세 막내가 내일 아침에 먹을 것을 대충 만들 때까지 둘은 집에 오지 않았다.

"외박…… 하나?" 지석이 은근슬쩍 운을 뗐다.

"에이, 그게 무슨 말이야. 어디서 놀고 있나 보지. 오겠지."

승찬이 지석을 나무랐다.

세 막내는 다음 날 준비를 맞춘 뒤, 방에서 언니를 기다리고 있었다.

"대체 언제 와? 벌써 열두 시가 넘었는데." 승찬이 불만을 터트렸다.

"그러게. 나도 이제 좀 졸린데." 옆에서 공부를 하고 있던 해나가 하품을 하며 기지개를 켰다.

"누난가? 올라오는 소리 들리는데." 지석이 자리에서 일어나 현관문으로 향했다.

은수가 현관문을 부술 듯한 기세로 문을 열고 방으로 들어갔다. 그리고 이어 덕기가 창백해진 얼굴로 은수를 뒤따랐다. 세 막내는 어안이 벙벙했다.

"야, 너 빨리 방으로 들어가." 덕기는 해나에게 소리쳤다. 해나는 방으로 들어가 은수를 쳐다봤다. 그녀가 입은 흰색 로브에 대비되는 검은색 비닐봉지를 들고 서 있었다.

"언니, 취했어?" 해나는 은수를 걱정스럽게 바라보았다.

"응? 아니? 언니 안 취했어. 우리 해나 공부하고 있었어?"

은수는 발을 좌우로 왔다 갔다 거리며 신이 났는지 몸을 들썩거렸다.

"응, 나 숙제가 있어서. 근데 왜 이렇게 많이 마셨어? 괜찮아?"

"응, 당연하지. 괜찮지. 해나야, 문 좀 닫아볼래?" 해나는 은수의 말을 듣자마자 문을 닫고 잠갔다. 그리고는 은수에게 다가갔다.

"해나야~ 여기 앉아볼래?"

"응, 언니. 무슨 일 있어?"

"아니, 아니. 무슨 일은, 아무 일도 없어. 오늘은 우리끼리 오붓하게 자자. 방에 누가 찾아와도 열어주지 말자~"

은수는 입은 계속 웃고 있었지만, 눈빛은 화났는지, 슬픈지 알 수 없었다. 아무것도 알지 못하는 해나는 답답해지고 걱정이 됐다.

"야, 누나 술 못 마시게 하고 문 열어봐." 덕기가 잠겨져 있는 여자방 문고리를 연신 위아래로 힘을 쓰며 세게 건드렸다.

"아니, 문 열어주지 마." 덕기의 말을 들은 은수가 해나에게 열어주지 말라며 신신당부를 했다.

"야, 문 열어! 누나 못 하게 막아!" 덕기는 오른손으로는 문고리를 열려고 하고, 왼손으로는 주먹으로 방문을 연신 쳐댔다.

"언니…… 오빠가 하는 게 무슨 소리야? 뭘 못 하게 막아?"

"아, 우리 애기 해나는 이런 거 처음 보지? 이게 뭐냐면……."

은수는 연신 깔깔 웃어대며, 검은 비닐봉지에서 소주병과 노란색의 무언가를 꺼냈다.

"언니, 이게 뭐야? 본…… 드?"

"맞아! 본드야!"

은수는 혼잣말로 중얼거리며, 소주를 따서 원샷을 했다. 뭘 하려고 하는지 전혀 모르는 해나는 원샷을 한 은수를 걱정스러운 눈빛으로 쳐다봤다. 그녀는 빈 술병 안으로 본드를 전부 짜서 넣었다. 그리고는 비닐봉지에 소주병을 넣고 소주 입구를 검은색 비닐봉지로 쥔 다음, 코 오른쪽을 검지로 막고, 코 왼쪽을 소주 입구에 박고 크게 숨을 쉬고 내뱉었다. 은수는 숨을 아주 크게 들이쉬면서 코로 본드를 마시고 행복하다는 듯이 더 깔깔 웃었다. 그 모습을 본 해나는 충격에 입을 벌리고 서 있었다. 방 밖에서는 덕기가 계속해서 소리쳤다.

"야, 누나 못 하게 해. 문부터 빨리 열어!"

"언니…… 괜찮아?"

"아, 이거? 별거 아니야. 그냥 이렇게 해서 숨 쉬는 거야. 재미있어."

은수는 별거 아니라고 했지만, 해나는 이게 별것이 아니라는 것을 눈치로 알 수 있었다. 해나가 은수를 말릴 수 있는 방법은 없었다. 해나는 당황스러움에 그저 서서 은수가 흡입하는 것만 보고 있었다.

"언니, 나 오빠 문 열어줘도 돼? 나 언니가 너무 걱정돼."

"아니, 오늘 우리끼리만 자기로 했잖아. 열어주지 마. 깔깔. 하, 이제 좀 살겠네." 본드를 연거푸 들이마시던 은수는 괴기스럽게 웃기 시작했다. 처음에는 앉아서 본드를 마셨지만, 나중에는 옆으로 쓰러져 버렸다. 그리고는 더 크게 웃었다.

"너 내가 우습지?"

은수는 그 말을 하고는 눈을 감고 아무 미동도 없었다. 해나는 은수를 살려야겠다는 생각에 방문을 열어주었다. 덕기는 문이 열리자마자, 은수를 업고 2층으로 올라갔다. 해나가 벙쪄 있으니 얼마 지나지 않아 지석이와 승찬이가 내려왔다.

"뭐야? 무슨 일이야? 누나 왜 저래?" 승찬이가 해나에게 질문을 쏟아냈다.

"나도 잘 모르겠어. 그냥 언니가 소주병에 본드를 넣더니 그걸 이상한 사람처럼 코로 흡입했어. 꼭 어딘가에 미친 사람처럼, 귀신이 들린 것처럼……." 해나는 긴장이 풀린 나머지 얘기를 하다 털썩 주저앉았다.

"그게 뭐야? TV에서 본 것처럼 본드 빨고 그런 건가?"

승찬이는 눈썹에 한껏 힘을 줬다.

"그거 맞는 것 같아. 너무 당황스럽고 언니가 걱정된다."

해나는 눈에 초점이 사라져 있었다.

"넌? 넌 괜찮아? 많이 놀란 것 같은데?"

아무 말 없이 옆에서 해나와 승찬이의 대화를 듣던 지석이 조용하고 낮은 목소리로 해나에게 물었다.

"응? 아, 응. 아니, 잘 모르겠어. 이게 뭐지?"

"물이라도 갖다줄까?"

"진짜? 고마워." 부엌에서 물 한 잔을 가져온 지석은 앉아 있는 해나에게 물을 건넸다. 해나는 물을 마시기 위해 두 다리에 힘을 주고 일어났다.

"고마워."

물을 건네받은 해나는 살려는 듯이 벌컥벌컥 물을 마셨다.

"그래, 너도 놀랐겠네. 방 들어가서 조금 진정하고 와."

승찬이 해나가 물을 마시는 것을 보고는 안타깝게 바라

봤다.

"그래야겠어. 근데 너네는 어떡해? 위에 언니랑 오빠가 있는데."

"에휴, 우리는 그냥 소파에 좀 앉아 있다가 오늘은 소파에서 자거나 아니면 눈치 좀 보다가 형이 올라오라고 하면 가야지. 아휴, 내일 학교 가야 되는데 이게 뭔 일이야."

승찬이가 한숨을 쉬었다. 해나는 방으로 들어가 침대에 누워 잠을 청하려 했다. 하지만 자신이 본 상황이 믿기지 않는 마음에 쉽사리 진정하기가 어려웠다.

언니는 왜 그렇게 했을까? 나한테 한 얘기는 무슨 뜻이었을까? 나는 언니를 참 좋아하는데 왜 그런 말을 했을까? 내가 알고 있는 언니는 참 자존감도 높고 멋있는 사람인데, 왜 자꾸 무너지는 모습만 보여주는 걸까? 언니가 힘들지 않았으면 좋겠다.

마침, 덕영에게 어깨너머로 배운 해장국이 생각났다.

내일 언니 해장국이라도 끓여줘야겠다.

다음 날, 아침 일찍 일어난 해나는 냉장고에서 콩나물을 꺼냈다. 조그마한 손으로 서툰 솜씨를 뽐내며 콩나물, 파를 하나씩 닦았다. 그리고는 간장과 소금으로 간을 맞추고 약간의 미연을 넣어 은수를 위한 콩나물국을 끓였다. 그저 언니가 이걸 먹고 속이 조금이라도 풀어졌으면 하는 마음이었다. 정신없이 국을 끓이고 있는데 1층에서 잠을 잔 지석과 승찬이 냄새를 맡고 깨어났다.

"뭐야, 아침부터 콩나물국이야?" 승찬이 두 손으로 한껏 기지개를 켜며 해나에게 다가왔다.

"언니 속 아플 것 같아서, 콩나물국을 먹으면 좀 괜찮다고 해서 아침으로 만들어 놓고 가려고."

"와, 무슨 콩나물국까지 끓여? 대단하다, 나는 얼른 씻어야겠다. 아, 학교 진짜 가기 싫네."

"나도, 그래도 어쩌겠어. 나도 거의 다했으니까 준비 다 하고 씻을게. 같이 가. 너 씻고 지석이도 깨워."

"어차피 부지런해서 알아서 일어났어. 너 끓일 동안 지석이가 1층에서 씻으면 되겠는데?"

"그래, 어차피 빨리 씻으니까." 해나는 등을 돌려 보글보글 끓고 있는 콩나물국을 한 숟가락 떠서 승찬에게 건넸다.

"먹어봐, 간 맞나 좀 봐봐."

"오, 괜찮은데? 맛있는 듯."

국을 먹은 승찬은 눈을 동그랗게 뜨며 고개를 끄덕였다.

"진짜? 다행이다. 그럼 한 번 푹 끓이고 꺼야지. 빨리 둘이 씻어, 나도 씻어야 돼."

둘이 씻으러 화장실에 있는 동안, 해나는 콩나물국을 끓이고 가스레인지 옆에 포스트잇으로 쪽지를 남겼다.

> 언니, 속 아플 것 같아서 콩나물국 끓여놨어. 맛이 있을지는
> 모르겠지만, 먹고 속 풀어. 우리 학교 다녀올게!
>
> －해나

등교를 하고 난 후, 여느 때와 같이 영 교시에 책을 읽는 시간에 해나는 얼굴을 책에 박고 읽으려고 애를 썼다. 이제 해나는 조금씩 반 친구들과 속도를 맞춰가며 책을 읽을 수 있는 정도가 되었다. 반 친구들도 해나가 같이 읽는다는 사실에 익숙해지고 있을 때였다. 하지만 해나는 아직도 스스로가 한참 멀었다고 생각했다. 더 많이 배워서 한국어처럼 중국어를 하는 것을 목표로 책과 사전을 팔에 끼고 살았다. 해나는 수업도 들으면서 자신이 못 알아듣겠거나 전혀 알아듣지 못하는 표현들을 밑줄을 그어놓고, 계속해서 물음표를 쳤다. 쉬는 시간 십 분 동안 해당 과목 선생님에게 질문을 하고, 다음 선생님이 올 때까지 궁금한 것을 해결하지 못하면 점심에 밥 먹고 쉬는 시간이나 방과 후에 교무실에 찾아가서 이해가 될 때까지 질문했다. 선생님들은 해나를 끝까지 이해시키기 위해 노력했다. 해나가 진을 다 빼고 집에 가기 위해 교실에 돌아오면 승찬과 지석이 반 뒷문에서 해나

를 기다리고 있었다.

"빨리 가방 챙겨. 오늘 시장 가야 돼. 냉장고에 먹을 거 없어." 승찬이 배고프다며 툴툴거렸다.

"아, 근데 언니한테 돈 못 받았는데. 어제 너무 취해서 말을 못 했어." 해나는 미안한지 둘의 눈을 보고 얘기하지 못했다.

"아, 맞다. 누나 어제 취했지. 아, 배고픈데. 그러면 나 용돈 있으니까 우리 뭐라도 사 먹고 가면 안 돼? 이러다 아사해도 안 이상하겠네. 내가 살 테니까 우리끼리 몰래 먹고 들어가자. 어차피 들어가면 누나랑 형은 밥 먹었을 거 아니야."

승찬이 주머니를 뒤적거리며 지갑을 꺼내 금액을 확인했다. 십 위안 세 장, 이십 위안 두 장이 있었다.

"나 돈 많다. 우리 소고기라미엔 먹고 갈래?" 해나는 눈이 번쩍 뜨였다. 소고기라미엔은 해나가 가장 좋아하는 중국 라면이다.

"와, 진짜 그래도 돼? 빨리 가자." 들뜬 해나는 가방을 빠르게 챙겨 교실을 나와 발걸음을 재촉했다.

식당에 도착한 세 막내들은 배가 고팠는지 각자 빠르게 자리를 잡고 주문을 했다.

"소고기라미엔 보통으로 세 그릇 주세요. 고수는 빼주세요."

"큰 거 먹어, 큰 거. 먹어도 돼." 이차성징기를 겪고 있는 아이들은 식성이 아주 좋았다. 해나도 남자애들에게 뒤지지 않는 위를 갖고 있었다.

"아냐, 괜찮아. 그럼 돈 많이 써서 안 돼." 해나가 고개를 절레절레 흔들었다.

"나중에 돈 생기면 갚으면 되지. 진짜 특 안 먹어도 돼?"

"응, 괜찮아." 지석도 옆에서 거들었다.

세 막내 중에 그래도 돈이 있는 집이었던 승찬은 매번 이런 식으로 아이들의 밥을 샀다. 승찬이 매번 괜찮다고 했지만, 밥을 얻어먹기에는 두 막내의 자존심이 허락하지 않았다.

얼마 지나지 않아 세 막내들이 주문한 음식이 나왔다. 세 명은 음식이 나온 뒤로 서로 한마디도 하지 않고 밥을 흡입했다. 소고기라미엔은 소고기 육수로 국물을 낸 고소한 국물과 주방장이 직접 만드는 수타면을 넣고 높은 온도에서 푹 끓여 그릇에 담는다. 그리고는 약간의 파와 일곱 장에서 여덟 장 정도 들어가는 얇게 썬 삶은 소고기를 올려 서빙을 해준다. 매운 것을 좋아하는 해나는 거기에 고추기름을 작은 순가락으로 크게 다섯 번 정도 떠서 섞은 후 먹기 시작했다. 라미엔은 육수의 고소함과 고추기름의 매운맛이 섞여 감칠맛이 났다. 고추기름에 섞인 수타면은 젓가락으로 건져 올릴 때 진한 빨간색으로 올라와 보는 사람의 입맛에 침이 고이게 해주는 음식이다. 육수와 고추기름이 섞인 국물은 기름이 엄청나게 떠 있는데, 해나는 면만으로는 배가 차지 않아 항상 국물까지 다 먹었다.

"와, 배불러!"

해나는 마지막 국물까지 목으로 삼킨 후에 그릇을 식탁에 내려놓았다.

"그렇게 맛있냐?" 지석은 그런 해나를 보며 가볍게 웃음을 지었다.

"응, 이게 얼마나 맛있는데. 이거 맨날 세끼로 먹을 수도 있을 것 같아. 이거 진짜 너무 맛있어." 해나는 기분이 좋다는 듯이 웃어 보였다.

"진짜 잘 먹네, 근데 다 어디로 가는 거야? 너는 진짜 신기해. 완전 뼈밖에 없는데." 승찬은 고개를 좌우로 흔들었다.

"뭐래, 나도 많이 쪘거든? 뱃살이 장난이 아니야."

"됐어, 뼈밖에 없구만. 다 먹었으면 이제 집에 가자. 형이랑 누나가 뭐라 하겠다." 세 막내들은 자리에서 일어나 서둘러 집으로 돌아갔다.

집 문을 열고 들어가니, 은수가 해맑게 웃으면서 세 막내들에게 다가왔다.

"얘들아, 잘 갔다 왔어? 너네 배고프지? 시장 가서 장 봐 왔어. 오늘 고기 먹자!" 해나는 그런 은수의 표정을 보며 안도감 반, 걱정됨 반이었다.

"누나, 괜찮아?" 승찬이 세 막내 중 제일 먼저 은수에게 말을 꺼냈다.

"응, 뭐가?" 은수는 여전히 웃으면서 무슨 일인지 전혀 모른다는 식으로 말했다.

"누나 어제 엄청 취했잖아, 기억 안 나?"

"아니, 술이야 뭐. 맨날 마시고 취하는데, 하루 이틀도 아니고? 너네 걱정했어? 진짜 귀엽다." 은수는 꺄르륵 웃으면서 세 막내들의 걱정이 아무것도 아니라는 듯이 말했다. 세 막내들은 재빨리 눈동자를 움직이면서 그들만의 신호를 보냈다.

"그래, 누나는 술 워낙 잘 마시니까. 괜찮으면 됐어." 승찬은 대화를 빠르게 마무리하려고 했다.

"그래, 얘들아. 얼른 씻고 와. 오늘 밖에서 고기 구워 먹게." 은수는 두 남자 막내를 서둘러 2층으로 올려 보냈다. 해나는 씻지 않고 은수의 주변을 맴돌았다.

"해나야, 너는 왜 계속 거기 있어?"

"아니……."

"뭐야. 얼른 가서 씻고 와. 고기 먹어야지~"

"응." 해나는 씻으러 가기 전, 부엌에 들어가 콩나물국의 양을 살펴봤다. 그런데 냄비가 없었다. 해나는 기대감이 차올랐다.

"언니, 일어나서 콩나물국 먹었어? 내가 끓여놨는데."

"아, 그거 네가 끓인 거야? 그것도 모르고, 고마워. 너무 맛이 없어서 한 입 먹고 다 버렸어."

"아, 진짜? 맛이, 없었어?"

"음, 내 입맛에는 조금 안 맞더라고. 덕기한테도 먹여봤는데 맛없다 그래서 그냥 버렸어. 어차피 아무도 안 먹을 것 같아서. 괜히 미안하네?"

"아냐, 입에 안 맞을 수도 있지. 미안해, 언니."

"괜찮아, 이제 신경 써서 안 끓여도 돼. 언니가 대신 나중에 라면 끓이는 방법 알려줄게. 나 해장시켜 주고 싶으면 그걸로 끓여, 알겠지?" 은수는 생긋 웃으면서 해나를 쳐다봤다.

"응, 알겠어. 언니. 라면 끓이는 거 알려주면 그 방법으로 할게."

"아유, 우리 해나는 진짜 너무 착해. 얼른 씻고 와. 고기 먹자."

"응, 언니. 나 씻고 올게." 해나는 씻으러 화장실에 들어갔지만 못내 서운한 마음을 감출 수 없었다.

그래도 나중에 언니가 좋아하는 음식을 제대로 만들어 줘야지. 언니가 기분이 좋으면 나도 기분이 좋을 거니까.

세 막내가 다 함께 저녁을 먹기 위해 일사불란하게 움직였다. 드디어 밥 다운 밥을 먹을 수 있다고 생각한 승찬은 콧노래를 부르며 상을 차렸다. 다시 한번 파티를 위한 자리가 차려졌다.

은수는 자연스럽게 아이들에게 술을 따라줬다. "우리 잘생긴 지석이는 장차 목사님이 되실 거니까 술은 마시면 안 되지." 지석은 항상 술을 먹을 때마다 입에도 대지 않았다.

"자, 학교 다녀온 애들아. 너무 고생했어. 짠!" 다 같이 술잔을 부딪치며 해나와 승찬은 눈빛으로 서로 고생했다는 시그널을 보냈다.

일주일에 거진 다섯 번을 술을 마셨기 때문에 해나와 승찬은 술자리가 자연스러워졌다. 은수가 술을 빠르게 원샷을 하려고 하니, 덕기가 순간적으로 표정을 찡그리며 은수의 손목을 잡았다.

"안 말릴 테니까 천천히 좀 마셔."

"뭐야? 지금 나 막은 거야? 재미있네. 머리에 피도 안 마른 게, 어디 누나한테." 은수는 웃으면서 얘기했지만, 분위기는 싸해졌다.

"그냥 좀 천천히 먹자는 거지. 누나 빨리 취하잖아."

"아, 뭐래. 내가 알아서 해. 너나 잘하세요." 은수는 다시 깨르륵 웃으면서 술잔에 술을 따랐다.

세 막내는 아무 말도 하지 않고 은수와 덕기의 눈치를 보았다.

하지만 눈앞에 있는 고기는 너무 맛있어 보였다. 해나와 아이들은 슬슬 이러한 상황에 적응을 해갔다. 눈치를 보면서도 불판 위에 놓여 있는 고기를 타도록 내버려두기엔 세 막내들은 한창 성장기였다.

"왜 애들 밥 먹는데 뭐라고 그래? 체하겠다. 조금 있다 얘기하자. 얘들아, 얼른 먹어." 은수가 웃으면서 얘기하니 아이들은 쉬지 않고 고기를 먹었다. 둘이 심하게 싸우기라도 하면 고기를 아예 먹을 수 있는 상황이 되지 않기 때문이다.

세 막내는 매일 둘의 눈치를 보며 분위기가 좋으면 편하게 밥을 먹을 수 있었고, 반대일 경우에는 잘 먹지 못했다. 그나마 눈치를 상대적으로 덜 보는 승찬이마저도 나중에는 동화가 되어 은수의 비위를 맞추게 됐다.

어느 정도 고기를 먹으니 깊은 밤이 찾아왔다. 모두 조금씩 취해 각자 대화를 하고 있는데, 은수가 말을 꺼냈다.

"얘들아, 누나랑 형이 중요하게 할 말이 좀 있어서. 너희들은 계속 마시다가 천천히 내려와, 알겠지?" 은수는 덕기의 손을 잡고 1층으로 내려갔다. 옥상에 남은 세 막내들은 이런 상황이 이제 익숙해졌다. 뭐 때문에 둘만 내려가는지도 이제는 알게 되었다.

"야, 우리끼리 짠 하자. 이게 뭐냐? 애들 앞에서." 승찬이 한껏 취해 목소리가 커진 채로 술잔을 집어 들었다.

"야, 들으면 어떡하려고." 지석은 승찬의 팔을 살짝 쳤다.

"그래. 진짜 맨날 똑같네. 오늘 2층 거실에 있는 침대 내가 찜한다." 해나는 승찬에게 술을 따라주며 둘이 건배를 했다.

"그래, 오늘 우리 둘이 다락방 침대에서 오붓하게 잠자자?" 승찬은 술잔을 비워내며 지석에게 느끼하게 말했다.

"뭐래." 지석은 질색하는 듯했지만, 내심 해나와 함께 밤을 새울 수 있다는 사실에 기분이 좋기도 했다. 지석은 어느 순간부터 해나와 2층에서 밤을 새우며 보내는 날이 기다려졌다. 오늘은 왜인지 승찬이 빨리 잤으면 했다.

"너네들은 좋겠다." 둘의 대화를 듣고 있던 해나가 말문을 열었다.

"뭐가?" 승찬이 고개를 갸우뚱거렸다.

"둘이 동성 친구잖아, 나는 여기 오고 나서 동성 동갑 친구가 한 명도 없어. 너네 오기 전에는 완전 애기 취급받았고 말야. 이제 한국에 있던 친구들이랑 연락도 잘 안되고. 학교도 삼 년이나 어린 애들이랑 학교 다니고. 너네들은 동성 동갑이니까 얼마나 든든하겠어. 이런저런 얘기도 할 수 있잖아." 해나는 또 한 번 술잔을 비워내며 말을 한 뒤, 쓸쓸했는지 담배를 꺼냈다.

"야, 동성이 아닌 건 어쩔 수 없지만 그래도 우리가 있잖아. 이 정도면 우리끼리는 거의 가족이지, 안 그래? 지석이 너도 그렇게 생각하지 않아?" 승찬이는 지석을 쳐다봤다.

"맞지, 가족이지." 뭔가 지석이는 마음에 들지 않는 눈치였다.

"어차피 이런 상황인데 우리끼리라도 똘똘 뭉쳐야지. 짠 하자고." 승찬이 해나에게 잔을 내밀었다.

"히, 뭔가 기분 좋아. 여기서 함께라는 느낌을 받고 싶었는데, 너네랑은 그런 느낌이 드는 것 같기도." 해나가 이를 활짝 들어내 보이며 웃었다.

"야, 그나저나 너는 담배 좀 작작 피워. 어째 처음 봤을 때보다 담배가 는 것 같지?" 승찬이 담배 피우는 해나를 보며 잔소리를 했다.

"이거라도 없으면 내가 살겠어? 그나마 이거라도 있으니까 이렇게 버티고 있는 거지." 해나는 속에 있는 연기를 마저 내뿜었다.

"그거 맛있냐?" 승찬은 이전과 다른 호기심 가득 한 눈빛을 보냈다.

"왜? 피워보게? 써서 못 피울걸." 해나는 승찬을 도발했다.

"하, 한번 줘봐. 한 번만 피워볼까?"

"승찬아, 피지 말지." 가만히 대화를 듣고 있던 지석이 옆에서 끼어들었다.

"왜 못 피우게 해? 얘 마음이지. 네가 피우고 싶으면 피우는 거고, 피우기 싫은 거면 안 피우는 거지. 결정은 네가 해.

우리가 뭐 애냐." 해나는 승찬의 결정을 기다려 주었다.

"헤이, 친구. 한 번만 피워보자." 승찬은 은근슬쩍 지석의 허락을 받고 싶어 하는 듯 보였다.

"네 엄마한테 이를 거야." 지석은 꽤나 단호한 목소리였다.

"아, 그냥 궁금해서 그래. 얘가 너무 궁금하게 피우잖아. 한 번만 피우고 다시는 안 피울게. 엄마한테는 비밀로 해줘. 알면 나 어떻게 되는지 알잖아. 아는 분이 왜 그러시지?"

"하. 알아서 해. 해나 말대로 네 결정이지, 내가 네 부모도 아니고." 지석이 고개를 저었다.

"오케이, 좋았어. 한 번만 피워보자. 나도 한 대만 줘."

"그래도 시작하면 못 되돌려, 마지막 기회다." 해나는 승찬에게 그래도 다시 한번 생각해 보라고 말했다.

"아이, 남자가 말을 뱉었으면 지켜야지. 줘!" 승찬은 마음을 굳게 먹은 듯했다.

"에휴." 해나는 마지 못해 담배 한 개비를 꺼내 승찬에게 주었다.

"자, 봐봐. 담배를 이렇게 입에 물고, 내가 담배를 붙여주는 순간, 빨아들여. 우유를 빨대에 꽂아서 먹는다고 상상하고. 그리고 이상하다고 버리지 마. 내가 필 거니까. 절대 땅에 버리면 안 돼." 승찬은 해나 말대로 담배를 입에 물고 불을 붙여줄 때 힘껏 빨아들였다.

"억, 웩, 악! 이거 뭐야?" 승찬은 참을 수 없다는 듯 기침을 연속으로 해댔다. 그런 승찬을 보며 해나는 웃기다는 듯이 배를 부여잡고 웃었다.

"원래 처음에는 다 그래, 처음엔 진짜 맛없어. 겉담배랑 속담배랑 다른데, 방금 네가 잘 빨았으면 속담배했을 거야. 기침하는 거 보니까 제대로 했네."

"이게 뭐가 맛있다고 그렇게 펴? 이해가 안 되네. 겉담배? 그건 어떻게 하는 거야?" 기침을 어느 정도 멎은 승찬이 해나에게 물었다.

"그냥 입에서만 대충 빨고 후 하고 뱉어. 속으로 안 넘기면 돼." 해나의 말을 듣고 승찬은 겉담배를 시도했다.

"오, 이건 확실히 좀 낫네. 이렇게 하니까 좀 필만한 것 같기도 하네."

"그치? 입에서만 머금다가 뱉으니까 부담이 덜하지." 그렇게 세 막내들이 수다를 떨며 담배를 다 태우고 얼마 지나지 않아 승찬이 꾸벅 졸기 시작했다.

"어우, 담배 피워서 그런가? 뭔가 평소보다 더 빨리 취하는 것 같네."

"담배 피우면 더 빨리 취하는 것 같긴 하더라. 눈 보니 곧 자겠네. 먼저 들어가서 자던가." 해나는 승찬의 눈이 감기고 있는 것을 보고 들여보내려고 했다.

"도와줄까?" 지석은 승찬이 방에 들어가는 것을 힘들어할까 부축을 해준다고 자처했다.

"그래, 졸리니까 차라리 자는 게 낫지. 나 그럼 먼저 잔다. 상은 내일 치우자, 오늘 진짜 너무 졸려." 승찬은 연거푸 하품을 해댔다.

"나 승찬이 데려다주고 올게. 술 더 마실 거야?" 지석은 해나를 쳐다봤다.

"응, 난 여기서 담배 더 피우고 있을게. 어차피 금방인데, 데려다주고 와."

"금방 다녀옴." 지석은 승찬을 부축하고 집 안으로 들어갔다.

해나는 문득 술을 마시면 침대까지 데려다주는 지석이 있어 마음 놓고 술을 마실 수 있는 승찬이 부러워졌다.

"언니는 취하면 오빠가 챙겨주고, 승찬이는 취하면 지석이가 챙겨주네. 나는 아무도 안 챙겨주네." 씁쓸한 마음에 해나는 술잔을 다시 채웠다. 한 잔을 마시고 담배를 피우고 있으니 얼마 지나지 않아 지석이 돌아왔다.

"얼마나 마셨어?" 지석이 해나를 걱정스럽다는 듯이 바라봤다.

"한 잔 마셨어. 승찬이는 부럽다. 다들 서로서로 챙겨주는데, 나는 술 취해도 아무도 안 챙겨줘."

"부러워? 부러워하지 마. 그럼 내가 너도 챙겨줄…… 게."

지석은 해나를 제대로 쳐다보지 못하고 문장을 끝마쳤다.

"진짜? 진짜로? 진짜 나 취하면 네가 챙겨줄 거야?" 해나는 똘망한 눈빛으로 지석을 쳐다봤다.

"응, 진짜로 챙겨줄게. 그러니까 마음 놓고 술 마셔도 돼."

"나 이런 말 처음 들어봐, 진짜 고마워." 술에 취했는지, 분위기에 취했는지, 위로를 받은 건지 해나의 눈이 그렁그렁해졌다.

"에휴, 도대체 똑같이 어린 나이에 너는 어떤 삶을 산 거야. 근데 보다 보니 여기 사는 게 쉽지 않아 보이긴 한다."

지석은 서툴지만 진심으로 해나를 위로했다.

"힘들 게 뭐 있어, 다 힘들지. 나만 힘든 것도 아니고. 한국에서 우리 가족들도 힘들게 살고 있을 거야. 나도 그냥 한국에서 같이 힘들었으면 좋겠다. 여기나 거기나 똑같이 지옥이라도 한국은 가족끼리 있으니까 여기보다는 덜 할 것 같아."

해나는 씁쓸하게 미소를 짓고는 한 잔을 더 따라 마셨다.

둘은 한참을 말없이 하늘을 봤다. 딱 마침 보름달이 떠 있는 날이었다. 보름달이 너무 커서 밤인데도 불구하고 세상을 밝게 해주었다.

"이제 슬슬 들어갈까? 시간이 너무 늦어서 슬슬 쌀쌀해지는 것 같기도 하고. 더 마시고 싶으면 안에 들어가서 마셔."

"응, 그래." 둘은 대충 베란다를 정리하고 맥주병과 과자 한 봉지를 챙겨 집으로 들어갔다. 정리를 하다 보니 해나는 조금씩 술이 올랐다.

"너 그냥 정리하지 말고 침대에 누워 있어. 내가 마무리할게." 지석은 위험해 보이는 해나를 보며 한숨을 쉬었다.

"오, 오늘부터 챙겨주는 건가." 해나는 집 안으로 들어오니 술이 올라와 비틀댔다. 침대에 눕자마자 졸음이 쏟아졌다. 지석이 정리할 것들을 계단 앞에다 두고 해나가 누워 있는 침대 앞으로 갔다.

"졸려?" 지석이 해나에게 조심히 물어봤다.

"응, 졸린 것 같은데." 해나가 반쯤 풀린 눈으로 대답했다.

"그럼 자. 얼마 안 있으면 잘 것 같긴 한데." 지석은 해나를 지긋이 바라보았다.

"응, 나 먼저 잘게. 너도 얼른 자. 휴." 해나는 작게 한숨을 쉬었다.

"뭐야, 왜 한숨을 쉬어."

"그냥. 한숨이 나와서 한숨을 쉬는데. 맨정신일 때보다 이렇게 취해 있을 때가 차라리 마음은 편안해."

"뭐라는 거야, 이렇게 마시면 안 되지. 네 나이가 몇 살인데."

"잔소리할 거면 나 잘게."

"빨리 자."

"오늘도 옆에 있어주나?"

"알겠으니까 빨리 자기나 해."

"정말 너는 좋은 친구야." 해나는 베개에 얼굴을 꾸깃거리며 고개를 돌렸다.

"진짜 잘게." 그런 해나를 지석은 아무 말 없이 바라보았다.

일 분,

이 분,

삼 분.

시간이 흐르고 있을 때, 지석이 해나에게 질문을 했다.

"손 잡아도 돼?"

해나는 잠결에 대답했다.

"에? 맘대로 해, 친구잖아." 지석은 아주 조심스럽게 해나의 손을 엉성하게 잡았다.

"잘 자라."

손을 잡고 있다 보니 지석은 얼굴이 붉어졌다. 심장이 빠르게 뛰면서, 졸리던 잠이 깨버렸다. 지석은 순간 아차 싶었다.

"내일 얘 얼굴을 어떻게 보지?"

다음 날, 막내 셋은 등교를 했다. 해나와 승찬이는 졸려서 눈을 비비며 걸어갔지만 지석은 그날따라 모자를 더 푹 눌러쓰고 조용히 걸었다.

"진짜 학교는 누가 만든 걸까? 다들 잘 잤어?" 승찬이가 제일 먼저 말문을 열었다.

"음, 뭐 똑같지. 너네 진도 따라가는 건 괜찮아?" 해나는 새삼 둘의 학교생활이 궁금했다. 자신도 전혀 알아듣지 못했다가 이제야 점점 진도를 따라가고 있는 중이었다.

"응, 그럼. 그냥 잠만 자는데. 진도고 뭐고 할 게 있나?"

승찬이는 아무렇지 않게 대답했다.

"그래도 열심히 들어야지." 조용히 있던 지석이 말문을 열었다.

"진짜 웃기네, 그래놓고 자기도 수업 시간에 침 흘리고 잤으면서. 얘 어젠가? 쉬는 시간에 얘 자리로 갔는데 침 흘리고 있었음." 승찬은 지석에게 맞대응을 했다.

"괜찮아, 잘 수도 있지. 나도 그랬었어." 해나는 이해한다는 듯이 고개를 끄덕거렸다.

"진짜? 너는 언제부터 들렸어? 대체 뭐라고 말하는지 알 수가 있어야지." 승찬은 불만이라는 듯이 투덜댔다.

"나도 얼마 안 됐어, 지금도 잘하는 건 아닌데 뭐." 세 막내가 얘기를 하다 보니 학교에 도착했다.

"학교 끝나고 봐." 세 막내는 등교를 하고부터는 각자의 외국어 실력을 위해 하교 때까지 만나지 않기로 했다. 각자의 실력들을 끌어올리기 위해서였다. 각자 반으로 돌아가서 수업을 들었다.

해나는 요즘 부쩍 많이 들리고, 말을 할 수 있게 되었다. 매일 묵묵히 공부를 한 것이 이제야 빛을 조금씩 발하고 있는 것 같았다. 해나가 학교에서 못 알아듣는 것은 아직 많았지만, 말을 더듬거려도 할 수 있게 되었다.

해나가 다니는 학교는 한 가지 특징이 있었는데, 1학년으로 입학할 때 반이 한번 정해지면 졸업을 할 때까지 똑같은 반 친구들과 생활하게 된다. 담임선생님은 이런 점을 활용해 매주 해나를 위한 질의응답 시간을 만들었고, 이 역시 해나가 중국어 실력이 오르는 데 큰 역할을 했다. 그리고 여전히 물음표 소녀로 지내며 친구들에게 끈질기게 물어봤다. 이 년 정도가 넘는 시간을 계속해서 물어보는 바람에 친구들은 이제 해나가 다가가기만 해도 자신들의 문제집을 보여줬다. 처음에는 해나가 다가오지 않아도 친구들이 먼저 다가와서 알려주었는데 말이다. 어떻게 보면 굉장히 눈치가 보일 수 있는 상황이었지만 해나는 그 어떤 것에도 굴하지 않았다. 좀 더 자세하게 말하면 해나는 아마 그런 감정까지 느끼기에는 여유가 없었을지도 모른다. 오로지 자신 스스로와 한국에 있는 가족들을 생각하며 무시를 받지 않기 위해 자신이 할 수 있는 모든 것을 쏟아부었다. 그렇기에 해나에게 질문이란 어쩌면 아무 힘도 들지 않고, 지식을 취할 수 있는 가장 효율적인 수단이었던 것이겠다. 학교가 끝나고 막내 셋이 모였다.

"가자." 승찬이 얘기했다.

"오늘도 조금 배고프지 않아?" 승찬이가 배를 두드렸다.

"아니, 어차피 집 가서 밥 먹으면 되잖아." 해나는 배가 고팠지만 돈이 없었다.

"그럼 빨리 가자. 오늘은 뭐 먹지?" 승찬이 걸음을 재촉하자, 나머지 두 막내들도 배가 고팠는지 발걸음을 빠르게 했다.

"근데 조금 추워지긴 했다. 며칠 전까지만 해도 밖에서 고기 구워 먹고 했는데. 조금 있으면 못 할 수도 있겠어."

승찬이 아쉬운 듯한 표정을 지었다.

"누나한테 좀 더 말해보자." 지석도 못내 아쉬운 듯했다.

"그래, 언니한테 말해볼게. 그럼 고기를 좀 더 사 줄 수도 있지 않을까?" 해나가 지석의 말에 공감했다.

집에 도착한 후, 세 막내는 은수를 찾았다. 매번 그렇듯이 은수는 담배방에 있었다.

"아, 누나 담배방에 있으니까 네가 얘기해 봐." 승찬은 팔꿈치로 해나의 팔을 가볍게 쳤다.

"응. 그래. 얘기해 볼게." 해나는 무언의 다짐이라도 한 듯 한숨을 짧게 내쉬고 담배방으로 들어갔다.

"언니, 우리 다녀왔어." 해나는 자신도 모르게 은수의 눈치를 보았다.

"응, 갔다 왔어? 벌써 시간이 이렇게 됐나?" 은수는 담배 방에 있는 침대에 누워 있었다. 창문도 열지 않은 상태로 담배를 얼마나 피웠는지 연기가 자욱했다.

"언니. 우리 배고픈데 밥 먹을 거 좀 있어?" 담배 연기에 순간 눈을 감았다 뜬 해나는 은수를 쳐다보았다. 뭔가 이상한 것을 느꼈다.

"언니, 술 마셨어?"

"어? 어떻게 알았지. 들켰네, 조금 마신다고 마셨는데. 흐흐."

하…… 오늘 저녁도 글렀네.

"그럼 언니 피곤할 텐데 밖에서 안 자고 여기에서 자려고?"

"응, 오늘 밥은 너희가 해 먹어야겠다." 은수는 머리 위로 손사래를 치며 그저 귀찮다는 듯한 표정을 지었다.

"알겠어, 언니. 푹 쉬어. 나는 나갈게." 해나는 집에 들어와 미처 내려놓지 못한 팔 교시의 책이 들어 있는 가방이 무겁게 느껴질 참이었다.

"응? 아니? 잠깐 여기 앉아봐." 만사가 귀찮다는 듯이 행동했던 은수가 눈을 번쩍 뜨며 침대에서 일어나 침대 옆 바닥에 앉아 손으로 앞쪽을 가리켰다.

"응, 언니. 왜?" 해나는 은수의 말을 듣기 위해 자리에 앉았다. 앉으면서 무거웠던 책가방을 바닥에 짊어주어 해나의 어깨가 순간적으로 펴졌다. 은수는 해나 앞에 앉아 왼쪽 입술 끝을 올리더니 약간은 쓴웃음을 지으며 담배를 입에 물었다.

"너도 피울래?"

"응."

둘은 사이좋게 불을 나누고는 동시에 연기를 내뿜었다. 그리고 해나는 조용히 은수를 쳐다보며 입 모양을 쳐다봤다. 은수는 그런 해나를 쳐다보며 가만히 있더니 이내 웃으면서 입을 열었다.

"너, 솔직하게 말해. 내가 우스워? 내가 가소롭지? 내가 네 밑 같지?"

"……?"

해나는 전혀 이해할 수 없다는 표정으로 은수의 물음에 대답을 했다.

이게 무슨 말이지? 내가 언니를 좋아하면 좋아했지, 전혀 그런 생각을 해본 적이 없는데? 언니가 왜 이런 질문을 하지? 내가 뭘 잘못해서 오해를 산 거지?

"언니, 그게 무슨 말이야. 그럴 리가 없잖아. 내가 언니를 얼마나 좋아하는데. 왜 그런 질문을 하는 건지 잘 모르겠어."

"웃긴다, 너. 말은 그렇게 해놓고 속으로는 무시하고 있잖

아. 내가 모를 줄 알아? 말 안 해도 다 알고 있어. 그딴 내숭 부리지 마. 진짜 가소로우니까." 은수의 입꼬리는 웃고 있으면서도 눈은 정색을 하고 있었다. 해나는 은수가 술 취해서 단순히 하는 말이 아니라는 것을 알았다.

"언니, 그렇게 얘기하지 마. 진짜 아닌데 무슨 말을 하는 거야. 언니잖아. 내가 왜 언니를 그렇게 생각하겠어?" 해나는 눈썹과 입꼬리를 한껏 내렸다.

"그런 표정 짓지 마, 나 속아. 알겠으니까 일단 가서 밥 먹어. 나는 좀 잘래."

은수는 기어서 침대로 올라가고는 엎드려 눈을 감아버렸다. 해나는 그런 은수를 아무 말 없이 잠깐 쳐다보고는 꼬르륵거리는 배 소리에 서둘러 담배를 끄고 방을 나섰다.

가방이 이렇게 무거웠나?

왜인지 해나의 책가방은 담배방을 들어올 때보다 더 무겁게 느껴졌다. 해나의 방으로 들어가 책가방을 내려놓고 화장실에 가서 손을 씻었다. 2층에서 해나를 기다리고 있던 지석과 승찬은 인기척을 듣고 1층으로 서둘러 내려왔다. 혼자 부엌에 있는 해나를 보고는 서로 얼굴을 한번 마주치고 자연스럽게 들어갔다.

"누나 취했나 보네? 뭐 해 먹지? 냉장고 봐봐." 승찬은 해나의 표정을 살폈다. 지석은 별말 없이 냉장고를 열었다.

"뭐가 별로 없는데. 라면 먹을까?" 지석은 냉장고를 슬쩍 보더니, 텅텅 비어 있는 것을 발견하고는 저녁 메뉴를 추천했다.

"그러자. 내가 끓일게." 해나는 맥아리가 없이 대답했다. 해나는 은수가 했던 말이 계속 머리를 맴돌았다.

왜 대체 그런 말을 했지? 내가 뭘 잘못했지?

"적당히 맵게 끓일 테니까 걱정 말고 거실에서 TV 보다가 상 차려줘." 해나는 라면을 끓일 때 청양고추, 고춧가루와 후추를 잔뜩 넣는 것을 좋아했다. 이와 반대로 지석과 승찬은 매운 음식을 잘 먹지 못해 서로의 균형이 맞지 않았다.

"휴, 다행이다. 그래, 너무 맵게 끓이면 같이 못 먹으니까 좀 적당히 해줘." 승찬이 짧게 숨을 내뱉고는 지석을 쳐다보며 거실로 가자고 손짓했다. 지석은 부엌을 나서며 해나를 한번 보고는 뒤돌아 거실로 향했다. 해나는 부엌에서 라면을 끓이기 위해 준비를 했다. 냄비에 물을 한가득 끓이고 주방 서랍장에서 한국 라면 다섯 개를 꺼냈다. 한창 자라고 있는 성장기 동갑내기들이 세 명이나 있기 때문에 세 개로는 턱없이 부족했다. 물이 끓을 동안 해나는 냉장고에서 고추와 파를 찾았다. 고추는 물에 우리기 위해 송송 썰어 넣어 함께 끓이고 파는 총총 썰어 도마 한편에 두었다. 그리고는 달걀 여섯 개를 꺼내 가스레인지 옆에 조심히 두었다. 달걀이 깨지면 안 되기에 해나는 순간 집중해서 달걀을 일렬로 놓았다. 그러면서도 한편으로는 아까의 일을 생각하고 또 생각했다.

왜 언니가 나에게 그런 말을 했을까? 도저히 내가 뭘 잘못한 것인지 모르겠다. 조금 있다 애들한테 물어봐야지.

냄비에 물이 펄펄 끓으니 고추에 있는 고추씨와 고추가 색이 빠지면서 녹색과 노란색의 중간 색을 띠었다. 해나는 서랍장에서 국자를 꺼내 고추들을 건져 싱크대에 버렸다. 그리고 라면수프와 건더기수프를 차례대로 넣고 냄비 안에 풀어져 있지 않은 수프를 면으로 휘저었다. 면을 순서대로 넣고 뚜껑을 닫고 불을 더 세게 켰다. 그러니 얼마 지나지 않아 라면이 빠르게 끓어올랐다. 해나는 뚜껑을 열어 끓고 있는 라면의 숨을 좀 죽인 다음 달걀을 차례대로 넣고 조금 더 끓였다. 반숙을 좋아하는 친구들을 위해 약간만 끓인 다음 불을 껐다. 마지막으로 파와 후추를 약간 넣어 해나가 원하는 맵기도 놓치지 않았다. 그러는 동안 지석과 승찬은 거실에서 TV를 보고 있다가 냄새를 맡고는 부엌으로 들어왔다. 승찬이는 냉장고에서 김치를 꺼냈고, 지석은 접시, 숟가락과 젓가락을 챙겨 식탁에 가지런히 두고 앉았다. 그러면서도 시선은 TV를 향해 있었다. 해나는 빠르게 라면을 끓이고는 서랍장에서 받침대를 꺼내 식탁에 두었다. 그리고는 너무 무거워진 라면 냄비를 승찬에게 들어달라고 부탁했다. 승찬이 지석보다 덩치가 훨씬 좋았다.

"끙차. 와, 냄새 맡아봐. 진짜 맛있겠다." 승찬은 라면 냄비를 들며 얼굴에 힘을 한창 주더니 종종걸음으로 식탁에 냄비를 놓고 자리에 앉았다. 셋은 8인용 식탁 모서리에 둘러앉아 허겁지겁 라면을 먹었다. 식탁에는 오로지 후루룩 소리만 들렸다. 집에 돌아와 해나가 은수와 이야기를 하느라 시간을 꽤 써버린 탓에 세 막내들은 저녁을 한창 늦은 시간에야 먹을 수 있었다. 면을 빠르게 해치운 세 막내들은 자연스럽게 밥통을 열어 찬밥이 있는지 확인했다. 10인용 밥솥에 3인용 사이즈로 동그랗게 말려 있는 찬밥을 발견했다. 지석은 밥솥을 통째 식탁에 가져와 숟가락으로 밥을 전부 퍼내 냄비에 넣고 꾹꾹 눌렀다. 세 막내들은 김치와 라면 국물에 말은 밥을 크게 떠서 입에 넣기 바빴다. 이십 분도 안 되어 라면 국물까지 모두 해치운 막내들은 이제야 정신이 들었는지 의자에 비스듬히 앉아 멍을 때렸다.

"있잖아, 오늘 언니가 나한테 무슨 말 했는지 알아?" 순간 라면에 정신을 놓은 해나가 다시 정신을 붙잡고 오늘의 일을 지석과 승찬에게 말했다.

"이게 무슨 뜻인지 전혀 모르겠어. 내가 뭘 잘못한 걸까?"

해나는 말을 끝내고는 지석과 승찬을 번갈아 보며 그들의 생각을 물었다. 승찬은 팔짱을 끼며 해나의 말을 듣고 생각을 하더니 해나를 쳐다봤다.

"내가 봤을 때는 잘 모르겠는데. 하지만 누나가 그렇게 얘기를 했으니 우리가 안 보고 있을 때 네가 뭔가를 잘못한 거 아닐까?"

"그래, 나도 그런 것 같다고 생각하는데 도무지 생각이 나질 않아. 난 언니가 좋은데 왜 자꾸 그런 말을 하지? 지석이 넌 어떻게 생각해?" 승찬의 대답을 듣고 시무룩해진 해나가 지석을 쳐다봤다. 고개를 숙이고 생각을 골똘히 한 지석이 곧 입을 열었다.

"나도 잘 모르겠어. 근데 넌 누나한테 잘하지 않아? 네가 설마 뭘 잘못했을까?"

"나는 아무리 생각해도 모르겠으니까 너희한테 물어보는 거야. 정말 모르겠어서 답답하고 괴로워. 요즘 언니가 술 먹고 취하면 이런 류의 얘기를 나한테 자주 하는데 그럴 때마다 답답함이 더 심해져. 그런 게 절대 아닌데 너무 억울하기도 하고……."

"생각을 좀 더 해보고 그런데도 모르겠으면 누나한테 물어보는 건 어때? 물어보면 대답해 주지 않을까?" 지석은 나름대로의 방안을 내주었다.

"그래, 알겠어. 그래봐야겠다. 조금만 더 생각해 보고도 모르겠으면 언니에게 물어봐야지. 고마워." 해나의 얼굴에서 마음을 먹은 듯 다짐하는 표정을 보고는 지석이 아무도 모르게 살짝 웃었다.

"얼른 가서 공부해, 설거지는 내가 한다."

"오, 마침 숙제가 엄청 많이 있어서 시간이 없는 참이었는데. 고마워." 해나는 쌍따봉을 날리며 지석에게 고맙다는 눈빛을 보냈다.

"아, 역시. 좋은 친구야. 그럼 나도 올라가서 숙제를 좀 해야겠어." 승찬도 입꼬리를 한참 올리며 크게 웃었다.

"나 모르는 거 있으면 물어보러 내려와도 돼?"

"당연하지, 오늘 언니 방에 안 들어올 것 같으니까 궁금한 거 있으면 그냥 내려와서 물어봐." 해나는 말을 끝내고 방으로 들어갔다. 책상에 앉아 알림장을 열어보니 끝내야 할 숙제가 하나 가득이었다.

2007년 10월 9일 화요일 숙제

- 언어. 10과 10번 읽기
- 10과 단어 외우기, 내일 받아쓰기
- 10과 연습 문제 풀기
- 영어. 31페이지 단어 외우기(시험 범위)
- 수학. 25 페이지 연습 문제 풀기

가득 쌓여 있는 숙제를 보고 해나는 짧게 한숨을 쉬었다. 특히 영어는 숙제를 풀지 않으면 맞기 때문에 반드시 풀어야 했다.

하지만 은수의 말 때문에 집중이 안 되어 엉덩이를 들썩거렸다.

언니는 내가 중국에서 유일하게 의지하고 있는 언니인데, 내가 어떻게 말해야 믿을까? 지금 이럴 때가 아닌데, 집중해서 공부해야 하는데. 한국에 있는 가족을 생각해서 이렇게 하면 안 되지, 지금 뭐 하는 거야? 가족들은 한국에서 힘들게 일하며 돈을 보내주는데. 이렇게 아무것도 안 하고 시간을 보내면 안 돼. 부지런히 숙제를 해야지. 일단 숙제부터 다 하고 다시 생각하자. 지금은 숙제하는 게 제일 중요해. 해나는 머리를 몇 차례 흔들면서 계속 공부했다.

"完璧归赵? 이건 뭐지. 모르는 단어 투성이네. 사전 찾아봐야겠다."

사전을 찾으며 숙제를 하고 있는데 밖에서 누군가가 해나의 방을 두드렸다.

"누구세요?"

"나 승찬인데 들어가도 돼?"

"응, 들어와."

승찬이는 쭈뼛대며 해나의 방으로 들어오더니 자신이 들

고 온 책을 해나 앞에 내밀었다. 도통 모르겠는지 연필로 동그라미를 열 번 정도 그려 넣은 것을 발견했다.

"이 동그라미 친 곳을 잘 모르겠다는 거야?"

"응. 진짜 잘 모르겠어. 사전을 찾아봤는데도 도저히 알 수가 없네."

"그럼 일단 내가 한번 찾아볼게." 해나는 승찬을 이해시키기 위해 잠시 고민을 하더니, 자신이 평소 공부하던 방법을 알려주기로 했다. 문제를 보고 승찬이에게 어려운 단어를 선택하라고 한 다음, 사전을 꺼냈다. 해나는 사전을 꺼내 글자를 찾은 다음 뜻을 승찬이에게 보여주었다.

"무슨 말인지 알겠어?" 해나가 승찬이 모르는 단어의 뜻이 쓰여 있는 곳을 손으로 가리키며 승찬을 쳐다봤다.

"아니, 잘 모르겠어."

"그치? 잘 모르면 이걸 공책에 그대로 받아적고 내일 학교 가서 친구들한테 뭔지 설명해 달라고 해. 설명을 듣고 네가 정확하게 이해했는지 직접 친구들한테 네 말로 설명을 하는 거야. 친구들이 맞다고 하면 그때 다시 공책을 보고 단어 해설을 봐봐."

"그건 너무 어려운데? 뭐가 이렇게 해야 될 게 많아?"

승찬이는 해나의 공부 방식이 너무 복잡하다며 불만의 목소리를 냈다.

"설명해 주는 사람도 중국인이니까 내가 제대로 이해한 건지 확실하지 않잖아. 이런 방식으로 쓰다가 귀찮으면 한 번씩 한중사전 찾아. 그래도 이렇게 하면 잘 안 까먹으니까 도움이 될 거야."

"그냥 네가 뜻 알려주면 안 돼?"

"그럴 수는 있는데 너 혼자 해보라고. 그래도 모르겠으면 나한테 와. 그땐 내가 한국어로 알려줄게." 해나는 승찬이 건넨 책을 다시 돌려주었다.

"그래. 어렵지만 한번 해보지 뭐. 이렇게 공부하면 너처럼 할 수 있다는 거 아니야?"

"나도 아직 잘하는 건 아니지만, 그래도 빨리 늘걸? 정 모르겠으면 같이 공부하자. 나도 아직 모르는 게 너무 많아."

"그래, 그러면 더 도움이 될 것 같긴 하다. 근데 너는 한번 앉으면 잘 안 일어나니까 매일은 말고 가끔가다 한 번씩 하자. 매일 이렇게 공부하면 엉덩이 아프겠다. 대단한 것 같아."

"나도 앉아서 딴청 많이 부려. 공부하는 시간은 얼마 안 될 수도 있어. 뭐 대단한 거라고, 다 하는데."

"맨날 책상에 앉아서 공부만 하는 것 같은데 뭘. 오늘은 언제 자려고?" 승찬은 해나가 건넨 책을 팔 사이에 끼웠다.

"글쎄, 나도 졸려서 슬슬 자려고. 너는?"

"나도 이제 이것만 대충 정리하고 자야지. 알겠어, 잘자."

승찬은 뒤를 돌아 문을 닫고 방을 나갔다. 하지만 해나는 승찬이 문을 닫고 나서 오히려 잠이 깼다. 승찬의 말은 해나를 들뜨게 하는 데 너무나도 충분했다. 중국에 오고 나서부터 칭찬을 들은 적이 없던 해나는 승찬의 한 마디에 자신이 마치 대단한 사람이라도 된 것마냥 신이 났다.

"아냐. 이게 뭐라고. 누구나 다 하는 건데. 하면 다 이렇게 하지. 내가 하는 게 뭐 대순가. 아무것도 아니지. 괜히 들뜨지 마." 그러면서 해나는 하늘로 높이 올라간 마음을 땅으로 떨어뜨리기 위해 서랍에서 일기장을 꺼냈다.

2007년 10월 9일 화요일

오늘 승찬이가 모르는 것을 물어보러 나한테 왔다. 나는 진심으로 도움이 되었으면 좋겠어서 승찬이에게 내가 하는 공부 방법을 알려주었는데 도움이 될 것 같다고 했다. 그리고 나처럼 공부하면 엉덩이가 아플 것 같다면서 대단하다고 했다.

중국 와서 처음으로 누군가에게 칭찬을 받으니 기분이 참 좋았다. 하지만 이건 누구나 할 수 있는 거 아닌가? 그냥 책상에 앉아 숙제를 풀며 시간을 보내는 것뿐인데. 나는 결코 대단하지 않다. 내가 하는 것은 아무것도 아니지만, 이런 좋은 말을 듣는 것이 오랜만이라 기분이 좋다. 사실 오늘 승찬이가 물어본 문제는 나한테는 그다지 어려운 것이 아니었다. 벌써 중국에 온 지 이 년이 다 되어가니 점점 알아가는 것이 많아진다. 신기하다. 처음에는 인사도 말할 줄 몰랐는데, 지금은 내가 누군가에게 중국어를 알려주는 지경까지 되었다는 것이 신기하다. 이걸 엄마가 보면 참 좋아할 텐데. 가족들이 중국에 왔으면 좋겠다. 가족들이 이제 중국에 놀러 오면 가이드는 할 수 있을 것 같은데. 내가 다니는 학교, 나랑 친한 친구들, 나를 알려주는 선생님들 모두 소개시켜 주고 싶다. 한국에 못 간 지 일 년이 다 되어가는데 엄마, 아빠가 참 보고 싶다. 올겨울 방학에는 한국에 꼭 가야겠다. 한국에서 먹고 싶은 음식들도 너무 많고, 친구들도 보고 싶고, 할머니, 할아버지도 보고 싶다. 여기서 열심히 공부해서 한국 가면 다른 사람들도 나를, 우리 가족들을 무시하지 않겠지? 다들 보고 싶은데, 어떻게 지내고 있을지 모르겠다.

 그나저나 배가 참 많이 고프다. 지금 시간은 열 시가 조금 넘어가는 시간인데, 이때만 되면 배가 조금씩 고파진다. 맛있는 것을 먹고 싶지만 지금 먹으면 살찌니까 먹으면 안 되겠지? 어떻게든 참아야겠다. 더 쪄서 가면 엄마가 나를 못 알아보는 건 아니겠지? 아무튼 오늘은 기분이 막판에 좋은 하루였다. 나도 노력하면 뭔가를 할 수 있는 걸까? 오늘도 가족들이 참 많이 보고 싶다. 특히, 엄마가.

다음 날이 되어 또 다른 하루가 시작되었다. 해나는 재빠르게 등교 준비를 마쳤다. 학교에 가서 영 교시에 오십 분 동안 책을 읽었다. 해나는 계속해서 승찬의 칭찬이 떠올라 얼굴에 미소를 머금으며 읽고 있었다. 해나는 평소와 다르게 입을 쩍쩍 벌리며 더 신경 써서 읽었다.

"이게 누구 목소리야?" 해나의 짝꿍 쉬페이는 눈이 커져 주위를 돌아보았다. 옆을 보니 해나가 목소리를 여태껏 들어보지 못한 성량으로 내며 책을 읽고 있었다. 쉬페이는 해나가 처음 학교 입학할 때부터 짝꿍을 하며 많은 도움을 줬던 친구다. 선생님처럼 해나에게 모르는 것을 알려줬다. 쉬페이는 이제 해나가 잘 읽는 모습을 보며 내심 뿌듯한 느낌이 들었다.

영 교시가 끝나고 해나는 자신의 담요를 챙겼다. 담요를 온몸에 둘렀음에도 추워서 코를 훌쩍거렸다. 쉬페이는 그런 해나를 보고 걱정스러운 듯이 쳐다봤다.

"해나, 괜찮아? 벌써 조금씩 추위를 타나 보네."

"응, 그러게. 올해는 조금 더 빨리 추워졌나?"

"넌 추위 잘 타니까 옷을 더 두껍게 입어야 될 것 같아."

"응, 내일부터 더 두껍게 입든가 해야겠다."

해나는 쉬페이에게 얘기하면서도 속으로는 걱정이 되었다. 입을 외투가 있으려나?

해나는 하교 후 집으로 가 옷장을 뒤졌다. 작년에 정리해 놓았던 겨울옷들을 모조리 꺼내어 바닥에 전시했다. 괜찮은 옷이 있는지 눈으로 확인 후, 괜찮은 디자인을 골라 입어봤다. 하지만 작년에 입던 옷은 그새 작아져 버렸다. 제일 두꺼운 옷을 집어 입었지만 팔이 불편한 것이 올해도 입을 수 없을 것 같았다.

"정 안 되면 그냥 입자. 가뜩이나 엄마가 보내줄 돈도 없는데, 옷 살 돈이 어디 있겠어. 이 정도는 괜찮아."

해나는 팔이 짧아져 버린 옷들을 하나씩 옷걸이에 걸어 정리했다. 다음 날 입을 옷을 준비해 놓고, 숙제를 하기 위해 책상에 앉았다. 정신없이 공부를 하고 있을 때, 덕기가 해나의 방으로 들어왔다. 해나는 아무 말 없이 덕기를 쳐다보았다.

"담배 피울래?"

"응."

덕기는 해나를 데리고 담배방으로 갔다. 둘은 아무 말 없이 불을 주고받고 담배를 피울 뿐이었다.

"올해는 입을 옷 있냐?"

"작년 거 입으면 돼."

"좀 작지 않아? 키 좀 큰 것 같은데."

"괜찮아."

"이번에 엄마 오면 나 말고 네가 통역 좀 해라."

"왜? 오빠 돈 받아야지. 통역하면 돈 많이 준다며."

"네가 해. 매달 하는 것도 귀찮다."

"그럼 나도 돈 주시나?"

"그렇겠지."

덕기는 매달 순홍을 따라다니며 일상부터 예배까지 통역을 했다. 그러면 순홍이 덕기에게 수고비로 용돈을 주는 것이다. 해나는 덕기가 꽤 많은 돈을 받는 것으로 알고 있었다.

"그래, 근데 원장님한테 얘기했어?"

"안 그래도 엄마가 나한테 얘기한 거야. 그러니까 그냥 하면 돼."

"아. 그렇구나. 고마워, 오빠."

둘은 짧은 대화를 끝마치고, 각자 방으로 돌아갔다.

해나의 첫 패딩

 바람은 이전보다 부쩍 차가워졌다. 순홍이 중국으로 들어오는 날이 되었다. 아이들은 여느 때와 같이 부랴부랴 방을 청소했다. 1층 담배방에는 아침부터 방 안에 있는 창문을 전부 열어놓고 페브리즈 한 통을 사용해 담배 냄새를 없애기 바빴다. 2층 베란다에 있는 수많은 재떨이와 맥주병을 치웠다. 은수와 덕기는 시계를 확인하고는 공항으로 가는 차에 몸을 실었다. 해나는 밖으로 나가는 둘을 보며 멍을 때렸다. 시간이 좀 흐르니 추워진 날씨에 몸에 소름이 돋은 해나는 서둘러 창문을 닫고 방으로 돌아갔다.

"밥 먹을래?" 지석이 해나의 방으로 들어갔다.

"그럴까? 원장님 오실 때까지는 시간이 좀 남았으니까 그렇게 하자. 승찬이는 밥 먹을 거래?" 해나는 지석과 함께 방으로 나와 부엌을 향했다.

"당연하지. 걔가 어디 빠지는 거 봤냐." 이미 부엌에서 달걀을 부치고 있는 승찬을 보며 지석이 웃어 보였다.

승찬은 큰 웍에 달걀 여섯 개를 부치고 소금, 간장으로 간을 한 후 밥통을 확인했다. 밥통에는 다섯 명은 충분히 먹을 수 있는 밥 양이 있었다. 밥 코드를 뽑고는 밥통을 들어 모조리 웍에 부어 볶았다. 해나와 지석은 자연스럽게 밥 먹을 준비를 했다. 수저, 김치를 꺼내고 각자의 그릇을 자리에 놓았다.

"자, 이제 다 됐으니까 먹자." 승찬은 김이 모락모락 나는 웍을 두 손으로 들고 서둘러 식탁에 두었다. 세 막내는 부지런히 식탁에 앉았다.

"잘 먹겠습니다." 누가 먼저랄 것도 없이 부랴부랴 밥을 먹었다. 달걀볶음밥은 먹을 음식이 없을 때 재빨리 먹고 해치우기 좋은 음식이다. 누군가에겐 보잘것없는 밥이지만 세 막내에게 달걀볶음밥은 참 소중한 음식이었다.

"이제 곧 오시겠다." 승찬이 밥을 먹다 말고 고개를 돌려 거실에 있는 시계를 확인했다.

"그러게. 얼른 먹고 치우자." 지석도 시간을 확인하더니 먹는 속도를 올렸다.

"원장님 오시면 뭐 먹으려나?" 해나는 달걀볶음밥 마지막 한 숟갈을 씹으며 말했다.

"글쎄. 맛있는 거 먹지 않을까? 그건 모르겠고, 이번에는 집에서 먹을 것 좀 많이 보내줬으면 좋겠다." 승찬도 마지막 한 숟갈을 해치웠다. 승찬의 말을 들은 두 막내는 가만히 있었다. 해나도 속으로는 집에서 먹을 것을 많이 보내줬으면 좋겠다고 생각했지만 당장 더 급한 것은 옷이었기에 걱정이 태산이었다. 세 막내는 서둘러 밥을 해치우고는 설거지를 했다.

"TV 보고 있으면 곧 오실 것 같은데, 거실에 앉아 있자."

승찬이 말을 하며 거실 소파에 앉았다. 세 막내는 아무 말 없이 TV를 보고 있었다.

"아이고. 안녕, 얘들아! 여긴 정말 엘리베이터가 없어서 너무 힘드네." 순홍이 문을 열고 들어왔다.

"안녕하세요, 원장님." 세 막내는 일제히 일어나 현관으로 갔다.

"아이고, 힘들어. 해나야, 물 좀 갖다줄래?" 순홍은 거실 소파에 앉아 숨을 돌렸다.

"여기, 물 드세요. 오시느라 고생하셨어요." 해나는 순홍에게 물을 건네며 눈은 자신의 짐을 찾고 있었다.

"그래, 고마워. 너네 짐 갖고 올라와. 짐이 많아서 언니랑 오빠가 다 못 들고 올 거야." 순홍이 매달 올 때마다 많은 박스를 가져왔는데, 그중 각자 집에서 보낸 박스도 있었다. 세 막내는 순홍의 말을 듣자 일제히 1층으로 내려갔다. 열 개는 넘어 보이는 갈색 박스가 있었다.

"한 명씩 두 번 정도 왔다 갔다 하면 되겠어." 세 막내를 본 덕기는 업무 분담을 했다. 은수와 덕기는 순홍과 몇 시간씩 함께 있느라 피우지 못한 담배를 피우고, 세 막내는 일제히 박스를 들고 계단을 올랐다. 해나와 승찬은 하나씩 자신의 이름을 찾고는 박스를 들었지만, 지석은 그러지 못했다. 지석은 아무 말 없이 아무 박스나 집어 들고는 계단을 올랐다. 각 박스는 부피가 크고 무게가 상당해서 해나가 한 번에 6층까지 들고 올라가기에는 무리가 있었다. 3층까지 올라가고 잠깐 쉬고 있더니 얼마 안 가 지석이 올라왔다.

"괜찮아?" 지석이 자신의 짐을 바닥에 내려놨다.

"응, 조금 쉬다가 올라가면 돼." 해나는 숨을 헐떡였다. 지석은 해나를 따라 같이 쉬고 다시 6층까지 함께 올라갔다.

"넌 내려오지 마. 그냥 우리가 갔다 올게." 지석은 다시 내려가려는 해나를 붙잡았다.

"뭔 소리야. 아래에 짐이 얼마나 많은데. 괜찮아, 나도 할 수 있어." 해나는 지석의 손을 뿌리치고 내려갔다. 지석은 숨을 작게 내쉬고는 따라서 내려갔다. 다시 내려가니 은수와 덕기는 올라갈 생각이 없었다. 세 막내는 그런 모습을 보고도 아무 말도 하지 않고 묵묵히 짐을 들었다.

"어우, 얘들아. 상자를 들고 올라가는 건 말이 안 돼. 너무 무겁잖아. 다들 한 번씩만 더 왔다 가야겠다." 은수는 세 막내를 보고 얘기했다. 이 말을 들은 세 막내는 서로 눈빛 교환을 한 뒤, 머리를 쓰기로 했다.

"어차피 언니, 오빠 할 생각 없는 것 같으니까 그냥 우리가 이거 다 가져가자. 하나씩 올리는 거 어때?" 해나는 승찬과 지석에게 짐을 보며 말했다.

"그래, 그렇게라도 하자. 하나씩 왔다 갔다 하면 시간 너무 많이 걸릴 것 같아." 승찬은 해나의 의견에 동의했다. 지석도 아무 말 없이 고개를 끄덕였다. 세 막내는 박스를 하나씩 들고 1층에 줄을 세웠다. 그리고는 차례대로 반 층씩 짐을 옮겼다. 시월 말의 날씨였지만 세 막내는 허리를 숙였다 폈다 짐을 옮기니 얼마 지나지 않아 땀이 흘렀다.

"아, 몇 층이야?" 승찬이 약간은 짜증을 내며 허리를 펴더니 층수를 확인했다.

"5층." 지석이 흐른 땀을 닦으며 무뚝뚝하게 얘기했다. 해나는 뒤에서 거친 숨을 몰아쉬고 있었다.

"한 층만 더 가면 되니까 조금만 더 힘내자." 해나는 숨을 한 번 크게 내쉬고 다시 박스를 들어 나머지 밑에 있는 박스를 위로 올렸다. 맨 앞에 있던 승찬이 한숨을 크게 쉬더니 약간은 찌푸린 표정으로 박스를 들었다. 집까지 반 층밖에 남지 않았을 때, 은수와 덕기가 올라왔다.

"아니, 애들아. 너네 아직도 옮기고 있어? 하긴, 짐이 좀 많긴 하지. 내가 문 열어줄게." 은수는 계단을 올라가 열쇠로 문을 열었다. 뒤따라온 덕기는 상자를 하나 들고 집으로 올라가 맨 앞에서 승찬이 올린 박스를 넘겨 받아 집으로 들였다.

"아이고. 짐을 만들어서 갖고 오나 했네. 짐이 좀 많지?"

순홍은 소파에서 현관으로 걸어가며 계속해서 들어오는 짐을 쳐다봤다.

"원장님, 어떤 상자 뜯어서 냉장고에 넣을까요?" 은수는 집에 들어온 상자들을 쳐다보며 순홍에게 물었다.

"음, 잠깐만. 이거는 고추장, 이거는 반찬들 넣으면 되겠다." 박스 맨 위에는 고추장, 반찬이라고 쓰여 있었다. 은수는 그 박스들을 끌고 부엌에 들어가서 차례대로 하나씩 냉장고에 넣었다. 짐을 다 넣은 세 막내는 힘이 빠져버려 각자 화장실에서 손을 대충 씻고 거실로 모였다.

"다들 잘 지내고 있었니?" 순홍이 한데 모여 있는 막내들을 보고 얘기했다.

"어디 보자. 다들 조금씩 살이 빠진 것 같은데? 남자애들은 그새 키가 좀 컸나? 해나도 키가 컸네. 살도 좀 빠진 것 같고. 언니가 밥은 잘해줘? 은수가 애들 밥 챙기고 하느라 고생이 많겠네."

"아이, 아니에요. 다들 옆에서 엄청 도와줘요." 은수는 눈을 한껏 내리고 활짝 웃어 보였다.

"그래? 너희들이 누나 많이 도와줘. 언니가 유일하게 성인이잖아. 너네가 안 도와주면 은수 너무 힘들다. 그나저나 다들 뭐 먹을래? 한식당으로 갈까?"

"네! 삼겹살 먹고 싶어요." 승찬이 신이 나서 손을 들고 얘기했다.

"그래, 그러자. 각자한테 온 상자 챙겼지? 위에 이름 써놨어. 챙겨서 방에 놓고 밥 먹으러 가자. 덕기는 아까 불렀던 그 기사님 오라고 하고."

순홍의 말이 끝나자 아이들은 자신의 박스를 챙겨 방으로 들어갔다. 해나는 헐레벌떡 자신의 방으로 들어가 칼을 꺼내 박스 테이프를 뜯었다. 박스를 열어보니 그 안에는 가족들이 해나를 위해 준비해 준 물건들이 하나 가득 있었다.

"아, 옷이네. 다행이다. 옷 진짜 필요했는데." 해나가 혼잣말로 중얼거리며 보내준 옷을 한쪽에 정리했다. 옷을 정리하니 가족이 보내온 편지를 발견했다. 해나의 막냇동생이 편지를 보낸 듯했다.

> 안녕, 큰누나. 보고 싶어. 한국에 언제 와? 다들 보고 싶어 해.
> 사랑해, 큰누나. 한국에서 보자. 별건 아니지만 맛있게 먹어.

그림일기 한 장을 찢어 보낸 해나의 막냇동생은 그림 칸 부분에 해나를 포함한 가족사진을 그리고 밑에 편지를 써서 보냈다. 그림일기 안에 가족들이 한 곳에서 웃고 있는 모습을 보니 해나는 순식간에 코끝이 빨개지며 시야가 흐려졌다.

근데 뭘 맛있게 먹으라는 거지?

해나는 박스를 봤지만 보이는 게 없었다.

잘못 썼나? 라고 생각하며 박스에 온 짐들을 하나씩 정리했다. 얼추 정리가 끝나니 박스 바닥 구석에 웬 휴지 뭉텅이가 보였다.

"이게 뭐지?"

해나는 고개를 갸웃거리며 휴지 뭉텅이를 집었다. 집으니 무엇인가를 싸맨 듯한 느낌이 들었다. 뭉텅이를 집어 들어 펼치니 그 안에 막내가 보낸 것 같은 초콜릿과 사탕 몇 개가 있었다. 해나는 이걸 보더니 순간 눈물이 왈칵했지만 당장 나가야 하기에 머리를 흔들었다. 막냇동생이 싸 준 소중하디 소중한 간식을 그대로 싸서 자신의 책상 중간 서랍에 넣고 열쇠로 잠갔다.

모두 한식당으로 도착해 정신없이 밥을 먹었다. 고기를 하도 구워 연기가 자욱했지만, 그건 아무 상관이 없었다.

"해나야, 여기서 지내는 거 어때?"

다들 정신없이 밥을 먹고 있을 때, 순홍이 해나에게 말을 걸었다. 삼겹살에 눈이 돌아 정신없이 밥을 먹고 있던 해나는 간신히 정신을 차리고 순홍에게 대답했다.

"네. 괜찮아요."

"덕기한테 들었지? 이번 주말에는 네가 처음으로 통역해보는 거야. 통역하면 원장님이 많진 않지만 수고비를 해나에게 줄 거야. 해나 필요한 거 있니?"

"음, 올해 겨울에 입을 잠바가 없어서요."

"그래? 그럼, 원장님이 잠바 따뜻한 걸로 하나 사 줄게. 해나 갖고 싶은 걸로, 어때?"

"정, 정말요? 진짜 감사합니다."

"응, 그러니까 이번 주에 예배 끝나고 잠바 사러 가자. 이번 주 예배 통역 잘할 수 있지?"

"잘은 모르겠지만, 열심히 해볼게요."

"그래. 잘할 거야. 원장님은 우리 해나 믿어."

"네, 감사합니다."

"이거 밥도 많이 먹고, 모자라면 더 시키고. 고기도 모자

라면 더 시켜 먹어."

"네, 항상 감사합니다."

"힘들거나 필요한 거 있으면 원장님한테 꼭 말하고. 알겠지?"

"네. 그런 거 없어요. 감사합니다."

밥을 먹고 집으로 돌아온 해나는 서랍에서 노트를 꺼냈다.

이번 주 주말에 있을 예배를 통역하는 데 연습해야겠다.

고기, 밥을 하도 먹어대서 졸음이 쏟아졌지만, 통역을 잘하면 원하는 잠바를 가질 수 있다는 생각이 수면욕을 이겼다. 한국어와 중국어가 한 번에 섞인 두껍디두꺼운 성경책을 책상 책꽂이에서 꺼냈다.

"자, 원장님이 주말에 설교할 부분을 알려주셨지. 시편 백십팔 편 육 절."

여호와는 내 편이시라
내가 두려워하지 아니하리니.

해당 구절을 반복해서 읽고, 중국어로도 확인했다. 해당 구절을 포함한 다른 구절들도 보면서 통역 준비를 했다.

잘할 수 있을까? 하다가 실수하면 어떡하지? 그곳에는 적어도 몇십 명이 앉아 있는데. 통역을 하다 실수하면 엄청나게 창피할 것 같아. 오빠는 잘하는데, 나는 못하면 어떡하지? 같이 중국에 와서 공부를 시작했는데 오빠가 항상 칭찬도 받고. 이번에 못 하면 다시는 나한테 통역을 안 시킬 수도 있어. 그러면 잠바 말고도 다른 것을 사지 못할 거야. 어떻게 온 기회인데. 실수할까 봐 너무 두렵다. 올해는 잠바를 꼭 사야 하는데, 안 그러면 손목이 너무 추울 것 같아. 너무 걱정이야. 대신 이번에 잘하면 원장님이 한국에 가서 엄마한테 내 칭찬을 하겠지? 그러면 엄마도 기분이 좋을 거야. 아빠도 좋아하겠지? 엄마랑 아빠 생각하면서 집중하자.

해나는 졸린 눈을 비비며 해당 성경 구절을 읽고 또 읽었다. 어떤 식으로 통역을 하게 될지는 모르지만 관련된 단어들을 공책에 정리하면서 하루를 마무리했다.

해나는 다음 날 학교에 가면서도 주말에 있을 통역에 모든 집중을 쏟았다. 몇 번을 봐도 까먹는 단어들은 공책에 따로 정리했다. 쉬는 시간에도 해나의 통역 준비는 멈추지 않았다. 그 모습을 본 해나의 짝꿍 쉬페이는 해나를 대단한 듯 쳐다보며 다가갔다.

"해나야, 또 공부해? 뭐 하고 있는 거야? 도와줄까?"

"아냐, 괜찮아. 이번 주에 처음으로 중국어 통역을 하거든. 그래서 준비 중이야."

"와, 대단한데? 해나 네가 벌써 통역을 하다니. 인사도 말

할 줄 몰랐잖아. 지금은 이렇게 같이 대화도 잘하고. 진짜 대단해. 도와줄 일 있으면 얘기해, 도와줄게."

"고마워. 준비하다가 모르는 거 있으면 물어볼게. 중국어는 아무리 해도 너무 어려운 것 같아."

"그치, 그래도 지금은 이렇게 많이 늘었으니까 희망을 갖고 준비하면 괜찮을 거야."

쉬페이는 해나에게 두 손으로 쌍따봉을 날린 후, 친구들에게 돌아갔다. 해나도 놀고 싶었지만 통역 생각에 머리를 흔들었다.

하교 후, 집에 가면서도 승찬과 지석을 뒤로한 채 공책을 보면서 열중했다. 승찬은 궁금하다는 듯이 해나의 공책을 기웃거리며 물었다.

"뭐해? 일요일에 통역할 거 준비하는 거야? 너처럼 오래 공부했는데도 또 공부를 해야 되나? 으, 중국어 정말 너무 어려워."

"이 년이 뭐가 오래야. 이건 예배 통역이니까, 훨씬 어렵지. 시장 가서 물건 사는 것도 아니고."

"대충해. 뭘 그렇게 열심히 해. 그럼 이제 네가 쭉 통역하는 건가?"

"그건 모르겠어. 근데 잘해서 나쁠 거 없으니까 준비하는 거지." 둘의 대화를 듣고 있던 지석이 나지막하게 말했다.

"대단하네. 벌써 예배 통역도 하고. 나도 하고 싶다." 지석의 꿈은 목사님이라 해나가 통역을 한다는 것은 지석에게 굉장히 큰일처럼 다가왔다. 동갑인 해나가 통역을 한다는 사실이 부럽기도, 자신은 할 수 없다는 것이 부끄럽게 느껴지기도 했다.

"에휴, 나도 그래서 걱정인걸. 막상 했는데 못 하면 너무 쪽팔릴 것 같아. 잘하고 싶은데."

승찬이 대수롭지 않다는 듯 얘기했다.

"에이, 잘하지. 여직 네가 한걸 봤는데. 잘할 거야. 못하면 또 어때? 다음에 잘하면 되는 거 아닌가?" 승찬의 말을 들은 해나는 약간은 씁쓸하게 웃었다.

"못하면 다음이 없을 수도 있잖아."

시간이 흐른 후, 일요일이 되었다. 해나가 느끼기에 그 사이 날씨는 더 추워진 것 같았다. 다 같이 아침부터 준비를 하고, 교회로 나섰다. 해나의 심장에서는 쿵쾅 소리가 반복해서 들렸다. 교회에 도착한 후, 해나는 성경책을 들고 단상 앞에 앉아 있었다. 다리를 심하게 떨고 있었다. 그 모습을 보고 순홍이 다가갔다.

"해나야, 너무 안 떨어도 돼. 틀려도 되고, 마음 편하게 해."

"네. 알겠습니다."

"이제 곧 시작할 것 같으니까 준비하고, 몰라도 괜찮아."

"네."

꼭 잘해서 원장님이 한국에 있는 엄마와 아빠에게 내 칭찬을 해줬으면 좋겠다. 나도 통역을 잘해서 떳떳하게 잠바를 얻고 싶다.

예배가 시작되고, 기도, 찬송, 설교, 찬송, 기도 순으로 느린 듯 빠르게 예배가 흘러갔다.

"아멘."

예배의 끝을 알리는 소리가 들리고 해나는 안도의 한숨을 내쉬었다. 순홍이 해나에게 다가갔다.

"해나야, 중국어를 이렇게 잘했니? 원장님은 진짜 깜짝 놀랐다."

"아, 아니에요. 여전히 잘 못해요. 준비를 좀 열심히 했어요."

"준비를 이렇게 열심히 했다고? 한국에 있는 부모님이 좋아하시겠다. 이거 원장님이 한국에 가서 부모님에게 꼭 말해줄게. 우리 해나가 이렇게 늘었다고."

해나는 그 말을 듣고 그제서야 웃어 보였다.

"정말요? 감사합니다. 아직 많이 부족하지만, 더 열심히 공부할게요."

"아유, 그래, 그래. 얼른 밥 먹고 끝나고 잠바 사러 가자."

순홍이 해나와 대화를 끝내고 다른 사람들에게 가니 승

찬과 지석이 해나에게 다가갔다. 승찬은 부럽다는 듯이 얘기했다.

"이야, 해나~ 열심히 준비하더만 아주 제대로 했네. 진짜 잘한다. 이제 네가 과외해 줘."

"뭔 과외야. 아직 멀었어."

옆에 있던 지석이 자랑스럽다는 듯이 해나를 바라봤다.

"나도 과외해 줘."

"아, 진짜 둘 다 뭐래. 그냥 운이 좋았지. 빨리 밥 먹자."

해나는 부끄러운지 얼른 말을 돌려 밥을 먹으러 식당으로 향했다. 표정은 한결 가볍고도, 내심 웃고 있었다.

밥을 다 먹고, 해나는 다 함께 옷을 사러 향했다. 차 안에서 순홍은 아이들에게 말했다.

"해나가 아주 통역을 잘해서 원장님이 옷을 사 줄 거야. 너희들도 열심히 해서 통역하면 원장님이 옷 사 줄게, 알겠지? 그러니까 다들 공부 열심히 해."

해나는 내심 은수를 쳐다봤지만, 은수는 아무 말 없이 창문 밖을 바라보고 있었다. 순홍의 말을 들은 승찬은 볼멘소리를 냈다.

"해나는 엄청 오래 중국에 있었잖아요. 그러니까 잘하죠. 저희는 이제 반년 좀 넘었는데 어떻게 통역을 해요. 몇 개월 뒤면 한국으로 돌아가는데."

"안 된다는 소리 말고 노력을 해봐. 해나도 너희처럼 처음에는 아무 말도 못 했어. 노력하니까 이렇게 되잖니?"

"네에." 승찬은 퉁명스럽게 말을 뱉고는 조용하게 속삭였다.

"자기가 해보라지. 얼마나 어려운데." 해나는 깜짝 놀라 눈을 크게 뜨고 승찬을 쳐다봤다. 그런 해나를 보고 승찬은 아무렇지 않다는 듯이 말했다.

"맞잖아. 네가 얼마나 어려운 걸 해낸 건데."

말을 들은 해나는 부끄러운 듯이 속삭였다.

"뭐래……." 해나의 얼굴은 다시 빨개졌다.

"아, 그만큼 잘했다는 거지." 승찬은 해나를 향해 고개를 끄덕였다.

도착한 곳은 백화점이었다. 해나는 설마 하는 마음으로 순홍에게 다가갔다.

"제 옷을 여기에서 사는 건가요? 너무 비싸지 않아요? 엄마가 돈 줬어요?"

"이건 원장님이 해나에게 주는 선물이야. 그러니까 걱정 말고 원하는 걸로 골라라. 네가 잘해서 주는 거니까."

"여기는 오빠만 사지 않나요? 정말 제가 사도 되는 거예요?"

"그럼. 엄마한테 돈 달라고 안 할 거니까 이번은 마음껏 보고 정말로 갖고 싶은 걸로 사렴. 알겠지?"

"정말로 감사합니다. 이런 곳에서 옷 처음 사봐요. 감사합니다."

해나는 너무 기쁜 나머지 마음이 벅차올랐다. 백화점에서 옷을 산다는 것이 믿기지 않았다. 눈을 크게 뜨고 마음에 꼭 드는 옷을 찾겠다는 의지로 걸었다. 덕기의 옷을 사는 것이 아닌 자신의 옷을 사러 간 것은 처음이기에 꿈을 꾸는 것 같았다. 해나는 걸으면서도 손으로 볼을 꼬집었다.

안으로 들어서니 수많은 옷들이 전시되어 있었다. 에스컬레이터를 타고 4층으로 올라가 사뿐하게 걸으며 옷을 봤다. 해나는 눈을 이리저리 굴리며 자신이 원하는 잠바를 찾고 있었다. 하지만 가격표를 무시할 수 없었다. 원하는 것을 찾아 가격표를 확인하니 시장에서보다 몇 배는 비싼 옷들이었다. 그래서인지 해나는 자신이 원하는 옷을 자신 있게 얘기할 수 없었다. 눈치를 챈 순홍은 다리를 치며 말했다.

"해나야, 괜찮으니까 가격 신경 쓰지 말고 정말 원하는 걸로 사야 돼. 알겠지? 원하는 걸로 안 사면 원장님이 속상해."

해나는 뜨끔했지만 아무렇지 않게 말했다.

"네, 그럴게요. 감사합니다."

해나는 가게 한 곳마다 꼼꼼히 살펴보며 원하는 옷을 골랐다. 그러더니 한 옷 가게에서 멈춰 섰다.

"어! 이거 이쁜 것 같아요."

"어디 보자, 음. 색깔도 베이지고, 털도 두툼하게 들어 있네. 디자인도 괜찮은 것 같은데? 덕기야, 해나 어떤지 좀 봐줘라."

순홍은 뒤에서 단둘이 있던 은수와 덕기를 불렀다.

"어, 뭐. 자기가 마음에 들면 됐지. 그거 사. 나도 몇 개 골랐어."

순홍은 덕기의 말을 듣고 몸을 돌려 해나를 바라봤다.

"해나야, 이걸로 사고 싶니?"

해나는 눈이 반짝거렸다.

"네. 이게 마음에 들어요."

"그래, 원장님이 그러면 이거 사 줄 테니까 해나 공부 열심히 해야 한다. 알겠지? 한국에서 부모님이 해나 공부 잘하라고 기도 엄청 하고 있어."

"네. 정말 감사합니다. 공부 진짜 열심히 할게요."

"그래. 그럼 이걸로 사자." 순홍은 말을 마친 뒤, 해나에게 옷을 주고 계산대로 가 카드를 긁었다. 점원이 해나에게 물었다.

"봉투에 넣어드릴까요?"

"네, 아! 이거는 입고 가고 입었던 걸로 넣어주세요." 해나는 말을 하며 자신이 입고 있던 잠바를 벗어 점원에게 건네

주고 새로운 잠바를 건네받았다.

순홍이 그런 해나를 보고 미소를 띠었다.

"그렇게 하면 되겠네. 그렇게 좋니? 그러면 원장님도 좋다."

"감사합니다. 원장님. 진짜 잘 입고, 공부 열심히 할게요!"

해나는 너무 기쁜 나머지 웃음을 감출 수 없었다. 환하게 웃으며 잠바를 계속해서 쓰다듬었다. 예쁘고 따뜻한 잠바는 해나를 웃게 했다.

해나는 집에 돌아와서 잠바를 조심스럽게 옷걸이에 걸고 옷장에 넣어두었다. 이제 입기에는 작아진 잠바도 그 옆에 걸어두었다. 잠바만 보면 해나는 웃음을 참을 수 없었다. 그 모습을 본 은수가 알 수 없는 표정으로 물었다.

"해나 좋겠네? 통역 잘해서 옷도 생기고." 해나는 은수가 자신에게 드디어 말을 걸었다고 생각해 기뻤다.

"응! 기분 엄청 좋아! 진짜 꿈같아."

"그래~ 잘 입고 다녀. 얼마나 갈지는 모르겠지만." 은수의 알 수 없는 말에 해나는 고개를 갸웃거렸다.

뭐지? 언니의 말이 뭔가 이상해. 칭찬이 아닌 것 같은데? 에이, 아니야. 언니는 좋은 뜻으로 말한 걸 거야.

"응! 고마워, 언니."

해나는 기쁜 날을 이상한 느낌으로 망치고 싶지 않았다.

책상에 앉아 다이어리를 꺼내 하루를 마무리했다.

2007년 11월 4일 일요일

오늘 드디어 고대하던 잠바를 샀다. 너무 마음에 들어서 평생 입고 싶다. 아, 이것도 이거지만 원장님이 통역을 잘했다고 칭찬해 주셨다. 드디어 칭찬을 받게 되다니, 기분이 너무 좋다. 그리고 한국에 가서 부모님께 내가 통역을 잘했다고 얘기해 주겠다고 하셨다. 진짜 너무너무 행복하다. 부모님이 말을 듣고 행복해했으면 좋겠다. 일을 할 때 조금이라도 힘을 내셨으면 좋겠다. 다들 너무 보고 싶다. 한국에서 힘들어할 텐데, 나만 이렇게 기뻐도 되는 걸까? 고민이 되기는 하지만. 그럴 때일수록 아무 생각하지 말고 공부를 열심히 해야겠다. 내가 잘하면 엄마, 아빠가 좋아할 거야.

공부도 더 열심히 해서 중국어를 더 잘하게 되면 나도 과외라는 것을 해볼 수 있을까? 오늘 승찬이랑 지석이가 내가 통역한 것을 보고 과외를 해달라고 했다. 과외는 진짜 엄청 잘하는 사람들만 하는 거 아닌가? 그렇게 대단한 걸 내가 해도 될까? 난 아직 모르는 것 투성인데. 그래도 잘했다는 것을 들으니 기분이 좋다. 언니는 나한테 아무 말도 해주지 않았다. 언니가 느끼기에는 내가 잘 못해서 그런 걸까? 언니한테도 칭찬을 받고 싶은데. 나는 언니가 좋은데 언니는 내가 별로 좋지 않을 수도 있겠다. 뭔지는 잘 모르겠지만 점점 쌀쌀맞아지는 것 같아 두렵다. 언니랑 멀어지면 어떡하지?

가족들이 너무 보고 싶다. 다들 잘 있겠지? 목소리도 듣고 싶다. 막냇동생이 써 준 편지를 보고 울음이 나오려 했지만 이번에도 잘 참았다. 이곳에서 울면 무시당하니까 절대 울면 안 된다. 울어도 혼자 조용히 울자. 얼른 한국으로 가고 싶다. 가족들이 있는 곳으로 가면 마음 편하게 살 수 있겠지? 다들 보고 싶다. 내가 오늘 이렇게 통역한 것을 들려주면 다들 좋아할 텐데, 좋아하겠지? 좋아했으면 좋겠다. 엄마한테 오늘 있던 일들을 마구마구 얘기하고 싶다. 엄마도 좋아할 텐데. 한국에 가면 엄마랑 많이 얘기해야지.

달라진 집안 분위기

참으로 추운 십이월의 날씨에 해나는 아침에 일어나기가 무서울 정도였다. 침대에서 일어나 바닥을 밟으면 몸속까지 차가워지는 느낌이 들었다. 아침에 일어날 때마다 얼굴에 있는 모든 근육을 써서 한껏 찌푸린 다음, 몸의 근육은 풀지도 않고 축 늘어진 채로 도살장에 끌려가듯 화장실을 향했다.

아, 진짜 학교 가기 싫다. 너무 싫다. 학교를 왜 가야 하는 거지? 정말 너무 가기 싫다.

해나는 얼굴을 찡그린 채로 이를 닦고 화장실을 나와서야 정신이 조금 돌아왔다. 화장실에서 나오자마자 집의 기온이 무엇인가 달라짐을 느꼈다.

뭐지? 뭔가 다른데?

해나는 방으로 들어가 등교 준비를 하고 있었다. 그런데 함께 방을 쓰는 은수의 모습이 보이지 않았다.

언니가 안 보이네? 담배방에 있나?

해나는 별로 대수롭지 않게 생각하며 준비를 마쳤다. 평소 해나를 기다리던 승찬과 지석도 보이지 않았다.

뭐지? 다들 어디 간 건가? 둘은 벌써 학교에 간 건가? 둘만 먼저 갔단 말이야? 너무하네……,

해나는 아침을 먹지도 않은 채 등교했다.

학교에 도착한 해나는 둘을 찾을 새도 없이 공부하기에 여념이 없었다. 수업을 들으면서 못 알아듣는 말은 자신이 알아볼 수 있을 정도로 적고 쉬는 시간이 되면 선생님에게 질문했다. 모르는 단어는 체크를 해놓고 반 친구들에게 물어봤다.

"쉬페이, 미안한데 나 이거 잘 모르겠어."

"해나, 이거 숙젠데? 몰랐어?" 쉬페이에게 모르는 부분을 질문했다가 숙제라는 것을 그제서야 알게 되었다.

"어떡하지? 큰일났네. 혼나면 안 되는데. 다음 시간이 영어 시간이잖아. 큰일났다. 숙제 안 해 온 거 선생님이 보고 나까지 때리는 거 아니야? 이제 못 알아듣는 척도 안 먹힐 텐데."

"해나, 오늘은 우선 내 거 베껴. 내가 숙제한 부분 보여줄게."

"진짜 고마워." 쉬페이는 해나에게 숙제 부분을 보여주었다. 오 분 남짓했던 시간 동안 해나는 쉬페이의 숙제를 계속해서 베꼈다.

영어 시간이 시작되었다.

"오늘 숙제 안 해 온 애들 알아서 나와."

영어선생님은 표정 하나 없이 창백했다. 약간의 분홍색 립글로스만 바른 듯한 입술과 본래 하얀 얼굴이 어우러져 차가운 사람으로 보였다. 숙제를 해 오지 않은 학생들 세 명이 교실 앞으로 나갔다. 그 세 명은 고개를 푹 숙이고 양손을 모으고 선생님을 향해 있었다.

"왜 안 했어?" 영어선생님은 제일 가까이에 있던 학생 멱살을 붙잡고 흔들었다. 그 학생은 선생님을 쳐다봤다.

"죄송합니다."

"죄송한 짓을 하지 말고 숙제를 해 와야지." 선생님은 그 친구의 멱살을 잡고 흔들다 뒤로 밀어버렸다. 친구는 힘에 밀려 교실 문에 부딪힌 다음 중심을 잃고 넘어졌다.

"일어나."

선생님은 그 친구 앞에 서서 양손으로 일으킨 뒤 왼손으로는 친구 어깨 부분을 잡고, 오른손으로는 머리를 오 회 정도 때렸다.

"바보야? 왜 숙제를 안 해 와. 맨날 주는 걸 왜 안 해 와? 게으른 거지."

친구는 아무 말도 하지 않고 맞기만 했다.

"꺼져."

선생님은 그 친구를 실컷 더 때린 뒤, 자리로 보냈다. 그 친구는 선생님에게 인사를 하고 도망치듯이 자리에 앉았다. 선생님은 차례대로 친구들을 때리고 나서 자리에 보냈다.

"안 나온 애들은 숙제 다 해 왔다는 말이지? 숙제 부분 다 펼쳤지? 검사한다."

선생님은 교실 맨 앞부터 뒷짐을 하고는 반 친구들의 숙제를 확인했다. 친구들은 차렷 자세를 하고 선생님의 검사를 기다렸다. 해나 자리에 도착한 선생님은 해나의 책을 들어 검사를 했다. 그리고는 책을 자리에 내려놓았다. 긴장을 한 해나는 선생님이 지나가자 안도의 한숨을 내쉬었다.

"휴, 쉬페이 고마워. 너 아니었으면……."

해나는 쉬페이를 보고는 입을 벙긋거렸다. 쉬페이는 웃으며 고개를 끄덕였다. 침묵의 시간이 흐르고 선생님은 수업을 이어갔다.

수업이 무사히 끝이 나고 해나는 쉬페이에게 다시 한번 말을 걸었다.

"진짜 고마워. 너 아니었음 나도 맞았을 거야."

"에이, 뭘. 근데 아예 못 알아들었을 때 말고는 숙제 안 빼먹고 잘 해 왔으면서 무슨 일 있어? 숙제를 다 까먹고?"

"아냐, 별일 없어. 이상하다. 분명히 알림장에 숙제 다 썼는데. 아직도 모르는 부분이 많아서 그럴 수도 있겠지."

"아무튼 잘 넘어갔으니 다행이다."

"응 맞아. 진짜 다행이야. 살 떨렸어." 해나는 말하면서도 고개를 갸웃했다.

오늘 무슨 날인가? 뭔가 이상하다. 이상함을 느끼면서도 나머지 수업에 집중했다.

학교가 끝나자 해나는 고개를 좌우로 계속해서 돌리며 교문을 나갔다. 승찬과 지석이 교문 앞에서 해나를 기다리고 있었다. 둘을 보자 해나는 내심 기쁜 마음이 들었다.

"뭐야, 너네 왜 아침에 나랑 같이 등교도 안 했어?"

"아, 깜빡했어. 얼른 집에 가자." 승찬이 해나의 눈을 피하면서 걸음을 재촉했다.

"깜빡할 게 따로 있지. 같이 사는데 까먹어?"

"아, 그럴 수도 있지. 얼른 가자." 승찬과 지석은 말을 하면서 한 번도 해나의 눈을 마주치지 않았다. 집에 도착하고 승찬과 지석은 아무 말 없이 2층으로 올라갔다.

언니는 아직 자나?

1층에는 마치 아무도 없는 것처럼 인기척이 없었다. 해나는 고개를 갸웃거리며 과외받을 준비를 했다. 얼마 지나지 않아 과외선생님이 도착해 해나는 2층으로, 승찬과 지석은

1층으로 내려갔다.

시간이 흘러 수업을 마친 후, 승찬과 지석의 수업 시간이 되어 해나는 1층으로 내려갔다. 내려오니 은수가 바쁘게 저녁을 준비하고 있는 듯했다.

"어! 언니. 일어났어? 오늘 어디 갔었어? 하루 종일 안 보이길래."

해나가 반갑게 은수에게 말을 걸었지만 은수는 대답을 하지 않고 자신이 할 것만 했다. 해나는 자리에 서서 부엌에 있는 은수를 빤히 보다 얼굴이 빨개져 자리를 피해 방으로 들어갔다.

"뭐지? 언니가 왜 내 말에 대답을 안 해주지? 내가 뭐 잘못했나?"

해나는 이전 시간을 생각하며 자신이 은수에게 무엇인가 잘못을 한 것이 있는지 계속해서 기억을 밟았다. 하지만 아무리 생각해도 은수에게 잘못한 것이 떠오르지 않았다.

"그러면 나의 어떤 행동이 언니를 기분 나쁘게 했나?" 해나는 자신의 말투와 은수와 했던 대화를 곱씹으며 자신이 무엇을 잘못했는지를 떠올렸다. 하지만 이 역시도 생각이 나지 않았다.

"언니가 못 들었을 수도 있잖아? 조금 있다 저녁밥 먹을 때 언니에게 말을 걸어보자. 그러면 대답해 줄 거야. 밥을 준비하느라 정신이 없어서 못 들은 것일 수도 있잖아?"

해나는 생각 정리를 하고는 책상에 앉아 학교 숙제를 했다. 숙제를 하는 동안 해나의 다리는 쉼 없이 떨렸다.

승찬과 지석의 수업까지 끝나고 저녁 시간이 되었다.

"밥 먹자!"

은수의 말이 떨어지고 일사불란하게 부엌으로 모여 준비를 도왔다. 해나는 식탁에 젓가락과 숟가락을 놓으면서도 은수의 눈치를 봤다.

"누나, 밥 풀까?"

승찬이 밥그릇을 챙기며 은수에게 말을 걸었다.

"응, 그래줄래? 지석이는 냉장고에 김치 있는지 확인 좀 해줘. 아니면 썰어야 되거든?"

"응, 누나."

지석은 냉장고에서 김치를 확인했다. 은수 옆에 있던 덕기는 은수가 끓인 국을 확인하며 가스레인지를 껐다. 해나를 제외한 네 명이 화기애애하게 대화를 나누었다. 해나는 순간 자신만 동떨어져 있는 것 같다는 느낌을 지울 수 없었다.

"다들 맛있게 먹어."

순식간에 밥상을 차리고 모두가 식탁에 앉아 밥을 먹었다.

"김치찌개 어때? 맛있어?" 은수는 걱정된다는 듯이 애들에게 맛있는지 물어보았다.

"오, 진짜 맛있는데? 역시 누나, 요리 엄청 잘한다." 승찬이 맛있다고 국그릇에 코를 박고 먹었다. 지석은 아무 말 없이 고개를 연신 끄덕거렸다. 해나는 얼어붙어 아무런 리액션도 하지 못했다.

"다행이다. 다들 맛있다니. 많이 먹어, 냄비에 찌개 또 있어." 은수는 한껏 웃으며 밥을 먹었다. 해나는 말없이 고개를 숙이고 입에 밥을 넣었다.

밥 다 먹고 설거지하면서 언니한테 물어봐야지.

"와, 누나 찌개 진짜 맛있어. 한 그릇 더 먹어야겠다."

승찬이 빠르게 그릇을 비우고 자리에서 일어났다. 지석이 그를 따라 일어나며 말했다.

"나도 한 그릇 더 먹을래."

애들이 밥을 다 먹는 동안 해나의 밥그릇은 반 공기도 먹지 않았다. 해나는 주방의 공기가 너무 숨 막혀 밥이 잘 넘어가지 않았다. 승찬과 지석은 빠르게 두 번째 그릇도 해치웠다.

"아, 누나. 진짜 잘 먹었다. 잘 먹었습니다. 우리는 먼저 올라갈게." 밥을 다 먹은 승찬과 지석은 2층으로 올라갔다. 1층 식탁엔 은수, 덕기와 해나만 남았다.

"아이씨, 밥맛 떨어지네. 안 먹을래." 덕기는 밥을 먹다 말고 자리에서 일어나 밥그릇과 국그릇을 들었다.

"아, 왜 그래. 김치찌개 맛없어? 맛있다며, 다 먹어야지."
은수는 꺄르르 웃더니 덕기의 팔을 붙잡았다.
"밥맛 떨어져서 못 먹겠는데. 아, 기분 잡치네."
"그래서 내가 만든 찌개 남기겠다고?"
"아, 그건 아닌데."
"그럼 찌개라도 다 먹어. 갑자기 잘 먹다가 밥맛이 떨어지는 건 무슨 말이야?"

은수는 연신 꺄르르 웃어댔다. 해나는 그 웃음이 왜인지 듣기가 불편해졌다. 아무 말 없이 자리에서 일어난 해나는 밥을 다 먹지 않은 채 식사를 마쳤다. 싱크대에서 자신이 먹은 것을 설거지를 하고 있는데, 식탁에서 욕설을 가득 내뱉는 덕기의 목소리가 들렸다.

"아, 밥 먹고 있는데 설거지를 왜 해. 아씨, 기분 더럽네 진짜."

덕기는 해나를 쳐다봤다. 해나는 뒤통수가 따가워 빠르게 설거지를 끝냈다.

"야, 왜 그래. 애 무섭게."

은수는 그렇게 말하면서도 해나에게 아무런 말도 걸지 않았다. 말을 하면서 연신 꺄르르댈 뿐이었다. 해나는 자리가 너무 불편하게 느껴져 방으로 서둘러 돌아갔다. 책상에 앉은 해나는 자신의 심장 소리가 빠르게 뛰고 있다는 것을 알아챘다.

"아냐, 별거 아닐 거야. 언니가 편 들어줬잖아. 괜찮아. 숙제부터 하자."

해나는 숨을 고르고 숙제를 시작했지만 계속 자세를 고쳤다. 귀는 틀어막으려고 해도 은수의 꺄르르 소리가 들려왔다.

"하……."

해나는 숨을 고르고 필통에서 귀마개를 꺼내 귀를 막았다. 이제 집중을 하는 듯한 해나의 공책에는 낙서로 가득 차고 있었다.

"괜찮아, 내가 언니가 보기에 뭔가 기분이 안 좋은 일을 했나 봐. 언제 풀릴지 모르겠지만 당분간은 조용히 있어야겠다. 괜찮아. 언젠가는 언니 화가 풀리겠지? 내가 지금 해야 할 건 공부니까, 공부나 열심히 하자. 이렇게 시간을 허비하면 안 돼."

해나는 자신의 감정을 추스르고 알림장을 보며 다시금 연필을 들었다. 조금씩 시간이 흐르면서 해나는 다행히도 집중을 할 수 있었다. 해나가 책상에 앉아 몸이 꽤 찌뿌둥하다고 느낄 때 즈음, 덕기가 해나의 방으로 벌컥 들어왔다. 해나가 쳐다보니 덕기의 얼굴은 빨갛게 올라와 있었다.

"너 누나가 좀 보재."

"으, 응? 언니가? 알겠어." 해나는 몸을 일으키고는 곧장 담배방으로 향했다.

"언니, 불렀어?"

해나가 담배방으로 들어가니 뿌옇디뿌연 연기가 방 안을 가득 채우고 있었다. 술을 얼마나 마신 건지, 빈 병이 어지럽게 놓여져 있었다. 은수의 볼도 빨갰다.

"응, 내가 너 불렀어. 담배 피울래?"

"응, 언니."

"여기, 내 앞에 앉아봐."

해나와 은수는 서로를 마주 보고는 담배를 피웠다. 은수는 몸을 비틀대며 머리를 한 번씩 왔다 갔다 했다.

"너, 내가 우습지?"

"언니, 그게 무슨 말이야. 나는 단 한 번도 언니를 그렇게 생각한 적이 없어."

"웃기지 마, 네 표정에 보여. 나를 무시하는 듯한 네 그 표정."

"나는 그렇게 생각한 적이 없는데 언니가 왜 그렇게 생각하는지 전혀 모르겠어. 언니는 예쁘고, 키도 크고, 피부도 하얗고, 성격도 좋잖아."

"웃기지 마. 너 지금 나 취했다고 이러는 거냐? 네가 평소에 나 무시하는 거 아무리 숨겨도 나는 알고 있어."

"언니, 제발 그렇게 생각하지 말아줘. 나 정말로 언니 그렇게 생각한 적이 없어. 나는 언니가 너무 부러운데……." 해나는 말을 하다 말고 오른손으로 가슴을 두 번 정도 쳤다.

"아주 조그만 게 싸가지가 없네. 어디 언니랑 말하다가 가슴을 치지를 않나. 이것 봐, 나 무시하는 거잖아."

"언니, 내가 내 가슴을 치는 게 언니를 무시하는 행동이라고? 대체 왜 그렇게 생각하는지 모르겠어. 나 정말 너무 억울해."

"억울해? 와, 얘가 이제 내 앞에서 연기를 다하네? 너 대단하다? 그러고 뒤에 가서는 내가 너한테 이렇게 행동한 것도 욕할 거잖아."

"언니, 나는 하늘에 맹세코 한 번도 언니 안 좋은 얘기를 한 적이 없는데 무슨 말이야."

"하, 됐고. 너 하는 행동이 도저히 별로여서 참을 수가 없네. 네가 나한테 하는 행동이 영 별로여서 말 안 하는 거니까 그렇게 알아. 그리고 다음 날부터 너 아는 척도 안 할 거야. 너랑 한 마디도 안 섞을 거야. 나 당분간 방에서 안 자고 여기에서 잘 거니까 그렇게 알아. 이제 나가. 필요 없어. 나 곧 있으면 가니까 끝까지 아는 척 안 할 거야."

해나는 말을 듣고 말없이 일어서서 방을 나섰다. 너무 답답한 나머지 옷을 챙겨 밖으로 나갔다. 밖의 날씨는 너무 추웠지만 해나는 추위를 느끼지 못했다.

"나는 모든 일을 좋게 생각하려고 하는데, 어째서 안 좋은 일들만 생기는 걸까? 나한테만 안 좋은 일이 생기는 걸까? 모든 세상 사람들이 안 좋은 일을 맞닥뜨리면서 사는 걸까? 세상을 사는 게 이런 거라면 나는 대체 무엇을 보고 살아야 하지? 한국에서 가족들과 있으면 행복하게 살 수 있지 않을까? 도대체 나한테 어떡하라는 거지? 왜 다들 나한테 머리 안 좋다고 하고, 돈 없다고 무시하고, 막 하는 거지? 어디까지 좋게 생각해야 하는 거지? 나한테 지금까지 펼쳐진 일들이 내 나이에 펼쳐질 수 있는 일인 거야? 나는 언제까지 버텨야 하는 거야? 도대체 한국은 언제 갈 수 있는 거야? 언제까지 매일 실망하고 좌절하면서 살아야 하는 거야?" 해나는 눈에 눈물이 차올라 발걸음을 멈추었다.

"힘들다. 정말 너무 힘들다. 그래도 한국에서 나를 믿고 지원해 주는 가족이 있는데 내가 이렇게 무너지면 안 돼. 울면 무너질 것 같으니까, 절대 울면 안 돼. 내가 여기에서 울면서 지내는 걸 가족들이 안다면 너무 슬퍼할 거니까. 울지 말자. 울면 안 돼." 가까스로 끓어오르는 눈물을 붙잡고 다시 마음 안으로 집어넣었다.

"다들 뭐 하고 있을까? 아빠랑 엄마는? 동생들은? 늦은 시간이니까 밥은 이미 먹었겠고……. 자고 있으려나? 날도 추운데 옷은 따뜻하게 입고 있으려나? 한국에 너무 가고 싶다. 한국에 가면 이렇게 안 살아도 되잖아. 매일 눈치 보면서 사는 것도 너무 피곤해. 언니랑 애들이 가면 차라리 좀 괜찮아질까? 아니야, 언니가 가면 오빠가 다시 나한테 올지도 몰라. 차라리 언니가 있는 게 나한테 나은 건가……." 해나는 순간 떠올리고 싶지 않은 기억이 생각났다. 슈퍼로 곧장 달려가 담배를 사서는 대충 보이는 돌계단에 앉아 담배를 피웠다.

"언니가 가면 오빠가 다시 나한테 오는 거 아니겠지……. 정말 아니겠지. 제발 안 그랬으면 좋겠는데. 도대체 나는 어떻게 해야 하지? 한국도 가지 못하고 언니가 집에 있으면 불안해서 가슴이 뛰고, 언니가 없으면 오빠가 나한테 올까 봐 불안해서 마음 졸여야 한다니. 원장님이 오면 같이 오는 어른들은 눈치를 주고 사람 취급도 하지 않고, 원장님이 없으면 언니와 오빠의 기분 따라 매일 눈치 보며 움직여야 하고. 이곳이 정녕 지옥이 아니면 뭘까? 나는 뭘 잘못해서 이곳에서 몇 년 동안 마음 한번 편해본 적 없이 살고 있을까? 내가 무엇인가를 크게 잘못해서 이곳에서 벌을 받고 있는 걸 거야. 그렇지 않고서야 이 일들을 다 어떻게 받아들여야 할까? 내가 죄인이니 이런 일들이 나한테 생긴다고 생각하자." 입김인지 연기인지 모를 하얀 기체가 해나를 계속 맴돌았다.

집에 들어가고 싶지 않았지만, 내일을 위해 결국 들어가야 했다.

"지옥이라고 생각하는 곳도, 지금은 그곳이 아니면 어디서 잘 곳도 없네. 정말 지옥이구나, 이곳은."

해나는 일어나서 아주 천천히 집으로 향했다. 집으로 도착한 해나는 다시 책상에 앉았다.

2007년 12월 5일 수요일

오늘도 마음이 무거운 하루를 보냈다. 언니는 술을 마시고 또 나를 불러 이상한 말을 했다. 나는 언니를 정말 좋아하는데 대체 나한테 왜 그런 말을 해대는지 정말 모르겠다. 언니도 이곳이 살기가 힘들어 나에게 화풀이를 하는 걸까? 언니가 여전히 좋은데, 이제 언니는 내가 좋지 않은가 보다. 오늘 나는, 이곳이 지옥이 맞다고 확신을 하게 되었다. 내가 무엇인가를 잘못해서 이곳에 떨어져 벌을 받고 있는 것이라고. 그렇지 않으면 왜 나에게 이해할 수 없는 일들이 벌어지는지 감당을 할 수 없다. 그래서 가족들과도 떨어져 살고 있는 거라고.

이제 곧 있으면 다들 이곳을 떠난다. 아직 시간이 좀 남기는 했지만, 그래도 나는 한국에 갈 수 있을지 없을지도 모르는데. 나에 비하면 적게 남은 게 아닐까? 세상은 불공평하다는 말이 맞나 보다. 나는 매일 열심히 사는 것 같은데 아무것도 나아지는 게 없으니 말이다.

아무것도 하지 않고 쉬고 싶다. 아무 생각도 하지 않고 잠만 계속 자고 싶다. 근데 그러면 엄마가 슬퍼할 거야. 나의 유학 비용을 위해 밤낮없이 열심히 일하는데, 내가 이런 나약한 생각을 가져서는 안 된다. 엄마가 보고 싶다. 한국에 돌아가고 싶다. 언제쯤 나는 한국에서 살 수 있을까? 지친 내색도 하면 안 된다. 그러면 사람들이 무시할 테니까. 나…… 잘하고 있는 거겠지?

다음 날, 해나는 평소와 같이 일어나 등교할 준비를 했다. 승찬과 지석은 더 이상 함께 등교하지 않았다. 혼자 묵묵히 등교 준비를 하고 학교에 갔다. 해나는 친구들에게 오늘도 연신 질문을 해대며 교실을 누볐다.

"왕친, 이게 무슨 뜻이야?"

"아, 내 책 보여줄게. 책 봐."

해나의 또 다른 친구 왕친은 처음에는 해나에게 하나씩 알려주며 떨어지지 않으려고 했던 친구였다. 하지만 지금은 해나의 질문 폭격에 더 이상 답은 해주지 않고, 책만 보여줬다.

"응, 고마워."

해나는 오늘도 쉬는 시간에 노는 친구들 사이에서 묵묵히 공부했다. 책상 서랍에는 사전을 꼭 넣어놓고 모르는 것이 생기면 바로 사전을 이용해 뜻을 찾아보았다.

하교 이후, 해나는 어깨를 활짝 피고 교문을 나섰다. 승찬과 지석은 더 이상 해나를 기다리고 있지 않았지만 씩씩하게 집으로 향했다.

집에 도착하니 1층에서 해나를 제외한 모두가 바쁘게 저녁밥을 준비하고 있었다. 해나에게 아무도 말을 걸지 않고, 투명인간 취급했다. 해나는 방으로 들어가 곧바로 공부를 시작했다. 밖에선 밥을 먹으며 재잘거리는 웃음소리가 들려왔다. 해나가 귀마개를 착용하고 공부했지만 역부족이었다. 해나는 공책에 "괜찮다."를 쓰면서 스스로 마음을 달래며 잠들었다.

다음 날, 해나는 순간적으로 등에서 엄청난 압박감이 느껴져 눈을 떴다. 해나는 엎드려서 잠을 자고 있던 터라 바로 고개를 돌려 뒤를 향했다. 누군가의 발이 해나 등 가까이에 있었다. 해나는 그 발을 따라 시선을 위로 향해보니 은수가 아무 표정 없이 자신을 쳐다보고 있었다. 그런 해나를 보고 은수는 감정의 동요 없이 말했다.

"일어나."

은수는 발을 거들고 침대에서 내려 방을 나갔다. 해나는 등이 아파오는 것을 느꼈다.

등이 왜 이렇게 아프지? 언니는 왜 발을 내 등 위에 올리고 있었지? 그런데 지금 몇 시지? 해나는 시간을 확인하고는 부랴부랴 화장실로 뛰어갔다. 등교 준비를 마치고는 서둘러 학교로 향했다.

"안녕." 해나는 쉬페이에게 인사했다.

"응, 해나. 안녕. 오늘 시험 잘 준비했어?"

"응? 무슨 시험?"

"아, 못 들었어? 오늘 영어 미니 시험 있다고 했어. 저번 시간에 영어선생님이 알려줬었는데 못 들었어?"

"응. 못 들었는데…… 범위는?"

"지금까지 배운 칠 단원에서 십 단원까지래. 기말고사 치기 전에 보는 건가 봐."

"아, 시험 못 칠 것 같은데. 나도 이제 맞을 수도 있으려나?"

"아니야, 너 공부 열심히 하잖아. 점심 먹고 시험이니까 지금부터라도 얼른 같이 보자. 나도 옆에서 같이 공부하면 돼."

"고마워, 쉬페이." 해나는 재빨리 교과서, 노트와 필통을 꺼내 들고는 집중했다.

"너무 어려운데. 큰일났다. 나 이젠 못 알아듣는 척하는 것도 안 통할 거야."

"괜찮아. 같이 하나씩 말해보자. 차례대로 스펠링 말해보자."

퀴즈를 내려던 해나가 더욱 시무룩해졌다.

"아는 게 아무 것도 없는데?"

"그럼 쉬운 것부터 해보자. 조금 있다 점심시간에 밥 빨리 먹고 같이 볼래?"

"그래, 좋아. 고마워, 쉬페이. 너 아니었으면 어쩔 뻔했어."

해나는 책상 밑 서랍에 영어 교과서를 펼쳐놓고 틈날 때마다 책을 뺐다 넣었다 하며 공부했다. 수업도 따라가면서, 공부까지 하려니 머리가 어지러웠지만 시험을 너무 못 치면 영어선생님께 맞을 수도 있다는 생각에 집중했다. 점심 전 마지막 교시, 중국어 선생님은 기말고사 날짜와 범위를 알려주었다.

"얘들아, 기말 날짜는 십이월 이십 일이다. 범위는 중간고사 범위 이후부터 교과서 마지막 단원까지야. 질문 있는 사람 끝나고 찾아와."

"네!"

점심시간이 시작되고, 해나는 심장이 더욱 떨려왔다. 밥을 퍼놓고 먹는 둥 마는 둥 하며 교과서를 봤다. 옆에서 쉬페이가 그 모습을 안쓰러운 듯 쳐다봤다.

"해나, 밥 먹을 때는 먹어야지. 어차피 이런다고 들어오겠어? 차라리 빨리 밥 먹고 나랑 공부하자."

"아, 아는데. 너무 불안해서. 나 맞기 싫단 말이야."

"에이, 너는 안 때리실 거야. 지금까지 한 번도 때린 적 없잖아."

"그래. 그럼 나 밥 빨리 먹을게."

해나는 밥을 떠서 국그릇에 말고 후루룩 밥을 마시고, 식판을 정리한 다음 자리에서 일어났다. 쉬페이가 그 모습을 보더니 놀래 해나를 쳐다보았다.

"아니, 그렇다고 이렇게 빨리 먹어?"

"너는 천천히 먹어. 나 책 좀 더 보게."

해나는 식판을 반납하고 자리에 앉아 더 집중해서 책을 봤다. 다행히도 평소에 숙제를 잘해서 낯선 단어가 적었다.

"공부하자." 밥을 다 먹은 쉬페이도 자리에 앉았다. 둘은 남은 점심시간 내내 서로 마주 보고 앉아 공부했다. 웃다, 진지하게 하다, 울상을 지으면서 나머지 시간을 공부했다.

점심시간이 끝나고 영어 시간이 되었다. 시험은 지체 없이 진행되었고, 해나는 맞기 싫은 마음에 한껏 집중해서 테스트를 쳤다. 영어선생님은 아무 표정 없이 뒷짐을 지고 교실 앞부터 뒤까지 걸어 다니며 시계를 확인했다.

"자, 시간 끝났으니까 다들 각자 시험지 앞뒤로 돌려."

영어선생님의 말을 듣고 반 친구들은 자신의 시험지를 앞뒤로 교환했다. 해나도 앞에 있는 친구와 교환했다. 해나의 표정은 불안했다. 선생님은 학생들이 시험지를 교환한 것을 확인하고 번호 순서대로 정답을 불렀다.

"칠십 점 못 받은 애들 자리에서 일어서." 영어선생님의 말을 듣고 점수에 미치지 못한 학생들이 슬금슬금 자리에서 일어났다. 그 모습을 본 쉬페이가 해나를 쳐다봤다.

"해나, 너 점수 어때?"

"다행히도 칠십 점은 넘었다. 휴." 둘은 서로를 쳐다보며 안도의 한숨을 내쉬었다. 하루 종일 긴장을 하고 있던 해나는 온몸이 느슨해지며 심적으로 편안함을 느꼈다.

얼른 집 가서 쉬고 싶다. 오늘은 집에 가면 과외만 받고 숙제하기 전에 조금 쉬어야겠다.

학교가 끝난 후 집에 도착하니 승찬과 지석이 거실에서 TV를 보고 있었다. 해나가 집 안으로 들어가니 눈앞에서 은수가 해나를 본 채도 하지 않고 지나쳤다.

오늘도 편안하게 잠을 자기에는 글렀구나.

해나는 말없이 방으로 들어가 책상에 앉았다. 방 밖에서는 해나를 제외한 나머지 사람들이 저녁을 준비하는 소리가 들렸다. 해나는 괴로워 손으로 두 귀를 막았다.

배고픈데……. 그냥 철판 깔고 거실로 나가서 내 밥이라도 퍼올까? 그러기엔 밖의 공기가 너무 무서워. 도대체 내가 뭘 잘못했길래 이제 승찬이랑 지석이까지 나를 모른 척하지? 한참을 혼자 생각하던 해나는 방으로 들어오는 밥 지은 냄새, 김치찌개 냄새에 입맛을 다셨다. 배는 눈치도 없이 시간이 흐를수록 소리 나는 빈도수가 늘어났다.

아, 안 되겠다. 그냥 밥이랑 김치라도 퍼 오자.

참을 수 없는 배고픔에 의자에서 일어난 해나는 방문을 나서기 전, 몇 번의 심호흡을 한 뒤, 얼굴에 철판을 깔고 나갔다. 아무 말 없이 부엌에서 밥그릇을 찾아 밥통을 열었다.

"아이씨, 밥맛 떨어지네."

덕기의 한마디로 시끌했던 분위기가 싸해졌다. 해나의 주걱을 쥔 손이 멈칫했다. 꼬르륵 소리가 멈추고, 해나의 두 손이 미세하게 떨렸다. 해나는 순간 두려움을 느꼈다.

"아, 왜 그래. 애 무안하게." 은수는 덕기를 말리며 한마디 거들었다. 해나는 은수의 목소리를 들으니 눈물이 차올랐다. 해나는 밥그릇을 싱크대에 넣고 다시 방으로 들어갔다. 해나는 입술을 꽉 깨물고 방으로 들어가 다시 책상 의자에 앉았다.

아무도, 이곳에 있는 아무도 내 편이 없다. 동갑 친구들도, 언니도. 내가 뭘 잘못했는지 언제부턴가 나를 투명인간 취급한다. 내가 뭘 잘못한 걸까? 내 존재가 잘못된 걸까? 난 그저 배가 고프니까 밥을 먹고 싶었던 것뿐인데, 왜 나를 부정하는 말을 들어야 하지? 나는 여기에서 도대체 뭐 하는 거지? 내가 원하는 건 한국에서 가족과 함께 있는 건데. 이건 내가 원하는 게 아니야, 근데 난 왜 여기 있는 거지? 여긴 아무도 없는데?

책상에 고개를 박고 눈물을 참으려 배에 연신 힘을 주었더니 배가 아파왔다.

대체 나는 왜 사는 걸까? 여기에 있고 싶지 않다. 언제까지 이곳에 있어야 하는 걸까? 분명 여기에서 공부만 열심히 하면 부모님이 기뻐하는 모습을 볼 수 있는데……. 무섭고 무섭다. 이젠 이런 것들에 익숙해질 때도 됐는데 몇 년이 흘러도 처음 본 것처럼 같은 상처를 느낀다. 아프다. 너무 아프고 무섭다.

해나는 힘없이 가방을 뒤져 교과서와 필통을 꺼냈다. 그리고 공부를 시작했다.

이곳에서 할 수 있는 건 공부니까. 내가 공부만 잘하면 행복해질 거야. 부모님이 행복해하는 모습을 보면 나도 행복해질 거야. 그걸 위해 나는 이곳에서 혼자 공부하고 있는 거야. 그러니까 울 새도 없어, 그냥 공부만 하면 돼. 우는 걸 보이면 또 무시당할 테니까. 우는 건 사치야.

해나는 책을 응시하며 눈을 크게 떴다. 흐릿해 잘 보이지 않던 책의 글자가 조금씩 또렷하게 보였다. 정자세로 바르게 앉아 숙제를 했다. 한참 공부를 하다 시계를 보니, 어느새 열두 시가 되었다.

"아, 이제 자야겠다."

해나는 침대에 누워 잠을 자며 하루를 마무리했다.

다음 날, 해나는 왜인지 모르게 아침 일찍 잠에서 깼다. 눈을 뜨기도 전에 침대가 흔들리고 있는 것 같은 느낌이 들었다. 해나는 조심스레 반대 쪽으로 돌아누워 무슨 일인지 파악하려 했다. 침대에 삐걱 소리가 연신 들렸다.

"아, 미쳤나 봐. 깨면 어떡하려고 그래?" 은수가 속삭였다.

"뭐, 보라면 보라지. 닭대가리가 뭐 어쩔 수 있겠어." 덕기의 목소리였다. 은수는 속삭이듯 끊임없이 웃었다. 해나는 순식간에 잠이 깨며 온몸이 경직되었지만 필사적으로 자는 척을 했다. 계속해서 움직이던 침대가 멈추자 해나의 손에는 땀이 흘렀다.

"거봐, 안 일어났지? 얘 닭대가리라서 뭐 하고 있는지도 모르고 자고 있잖아." 덕기가 침대에 일어나면서 얘기했다.

"아, 재미없어. 아침 먹을래? 장 보고 올까?" 은수의 웃음이 멈추고 옷자락을 감추며 일어났다. 둘은 방을 나가 집을 나섰다.

문소리를 들을 때까지 자는 척을 했던 해나는 눈을 떴다.

몸은 그대로 굳어 있고, 할 말을 잃은 듯한 눈빛이었다.

내가 지금 뭘 들은 거지? 내가 아는 그건가? 담배방에도 침대가 있는데 왜 내 옆에서 한 거지? 이게 뭐지? 하…… 됐다. 학교나 가자.

해나는 몸을 아주 천천히 일으키며, 화장실로 갔다. 준비를 마친 해나는 평소보다 일찍 집을 나섰다. 학교를 가는 길은 너무 추웠다. 숨만 내뿜어도 입김이 나고, 나무들은 겨울잠을 자는 듯 전부 색을 잃었다. 하지만 해나는 이상하리만치 추위가 느껴지지 않았다.

하……, 쉬고 싶어. 피곤해. 학교도 가기 싫어.

해나는 최대한 천천히 걸어 학교에 갔다. 학교에 도착하니 반 친구들은 말도 없이 각자 자리에 앉아 공부를 하고 있었다. 다음 주에 있을 기말고사를 위해서다. 기말고사가 끝나는 마지막 날, 방학이 시작되기에 학생들은 집중해서 시간을 보내고 있었다. 해나도 당연하다는 듯 자리에 앉아 공부했다.

"해나, 공부 좀 했어?"

옆에 있는 쉬페이가 해나에게 물어봤다.

"똑같지 뭐. 항상 하는데 질문도 아직 확실하게 못 알아보겠으니까 말이야. 그래도 공부 열심히 해서 한국 가면 부모님한테 말해줘야지."

"그래. 너 공부 진짜 열심히 하고 있으니까 부모님이 좋아하실 거야."

"그렇겠지? 그래야 할 텐데. 그만큼 성적이 나와줘야 할텐데."

"걱정 마. 이번에는 잘 나올 것 같아. 매일 이렇게 공부 열심히 하는데, 중국어가 확실히 좀 어렵긴 하지? 중국인들도 한자가 너무 많아서 어려워하는데 외국인은 오죽하겠어?"

"진짜 고마워, 확실히 어려운 것 같긴 해."

"해나, 파이팅!"

해나는 하교 후, 다시 집으로 돌아갔다. 집에 도착하면 침묵의 시간이 이어졌다. 방에서 책상에 앉아 필통에서 귀마개를 꺼내 귀에 쑤셔 넣었다. 그저 지금처럼 조용히 지나가기를.

방으로 지석이가 들어왔다. 해나는 공부를 하다 깜짝 놀라 쳐다봤다. 며칠 만에 지석이가 해나에게 찾아왔다.

"뭐…… 해?"

"응? 아, 다음 주에 기말고사니까. 시험공부 하고 있었어."

"아, 방해해서 미안한데 누나가 좀 보자는데."

"아……."

"……."

"언니 술 마셨어?"

"응."

"알겠어, 근데 왜 네가 왔어? 술도 안 마시는 애가."

"형이 나보고 불러오라고 시켰어."

"아, 알겠어. 이것만 정리하고 갈게."

"빨리 오래."

"응, 알겠어. 먼저 가 있어."

"나랑 승찬이는 이제 잘 거야. 누나는 담배방에 있어."

"알겠어."

"괜찮아?"

"뭐가?"

"아니, 그냥 다."

"안 괜찮다고 딱히 뾰족한 수가 있는 것도 아니잖아?"

"미안."

"네가 미안해할 게 뭐 있어. 그냥 내가 언니한테 뭔가 잘못했나 보지. 이젠 나도 모르겠어."

"아······."

"지금도 술 취해서 부르는 거잖아. 난 가서 언니 말만 듣다가 오면 돼. 그냥 이렇게 하루하루 별일 없이 지나가면 됐지."

"그래····· 나 먼저 갈게. 잘 자라."

"응, 너도."

지석이와 대화를 마친 해나는 대충 정리를 하고 담배방으로 향했다. 문을 열자 뿌연 담배 연기가 온 방을 덮고 있었다. 코끝에는 술 냄새와 담배 냄새가 찌르고, 바닥에는 소주병과 과자 한 봉지가 놓여 있었다. 은수가 침대 옆에 앉아 비틀대며 해나를 쳐다보고 있었다.

"아이구, 우리 해나 왔어?"

"응, 언니. 무슨 일이야?"

"담배 피울래?"

"아, 아니. 괜찮아."

"왜, 담배 없어서? 내가 줄게."

"그냥 안 피우고 싶어서."

"뭐야, 지금 너 언니 무시해?"

"무슨 말이야. 그냥 담배를 안 피우고 싶다고 얘기한 것뿐인데."

"네가 만약 나를 좋아하잖아? 그럼 이걸 피워야지! 언니가 준다고까지 얘기했는데!"

"언니 많이 취한 것 같아……."

"아, 됐고. 피울 거야, 말 거야?"

"알겠어. 필게."

"그치, 그치. 우리 해나, 착하다."

"언니 무시하는 거 아니면 하나만 더 들을래?"

"뭔데?"

"쌀. 뭔지 알지?"

"언니가 그걸 어떻게 알아……?"

"덕기가 알려줬어. '쌀'이라고 하면 무조건 네가 걔한테 몸 바쳐야 된다며? 안 그러면 돈도 없다며. 네가 여기 지금 살고 있는 게……. 대체 얼마나 한 거야? 각서까지 썼다며? '쌀'이라고 했는데 네가 말 안 들으면 네 엄마한테 다 이르겠다고 했다며? 네가 나 무시 안 한다고 했으니까 내가 '쌀'이라고 하면 너네 둘이 내 앞에서 하는 건 어때? 내가 그거 보고."

"뭐……?"

"왜 뭐 어때? 어차피 둘이 몰래 했던 거 새롭게 보는 사람 한 명 끼는 건데? 나 안 무시한다며?"

"언니, 제발……."

"나한테 거짓말했네? 비밀 없다며, 엄청난 비밀을 숨겼어. 그러니까 넌 날 처음부터 무시한 거야."

해나는 눈썹을 축 늘어뜨리고, 모든 것을 체념한 눈빛이었다. 그 눈빛을 본 은수가 해나를 빤히 쳐다보며 작은 목소리로 얘기했다.

"내가 네 이런 게 싫다는 거야. 나를 무시하는 듯한 이 눈빛."

"……."

"이것 봐, 이제는 말대꾸도 안 하네? 이게 무시하는 거지, 뭐야."

"……."

"내가 우스워? 이렇게 살고 있으니까 우습지? 아주 아무 것도 아닌 것 같지?"

"그게 무슨……."

"네 눈 보면 알아. 넌 네가 제일 잘났잖아. 나는 이렇게 살고 있으니까 우습게 보는 거고."

"알겠어. 언니 하고 싶은 얘기해. 언니가 가라고 할 때까지 들을게."

"아, 뭐래. 너 그냥 가. 재미없다."

"응. 오빠 불러줄까?"

"어."

"알겠어. 난 갈게. 언니 잘자."

해나는 방을 나와 덕기를 찾아갔다.

"저, 언니가 오라는데……."

덕기는 해나의 말에 대꾸도 하지 않고 자리에서 일어나 담배방으로 향했다.

"더러운 년."

해나는 작고 짧게 한숨을 한 번 쉬고 방으로 들어갔다. 책상에 앉아 공부를 하려는 순간, 해나는 배를 쥐고 고개를 책상에 박았다.

"어. 또 이러네. 배가 왜 이렇게 아프지? 이렇게 앉아 있으면 나아지겠지."

시간이 흘러도 멈추지 않는 통증에 해나는 자세를 계속 고쳐 앉았다. 그래도 통증은 멈추지 않았고, 해나는 이제 책상 밑으로 들어가 턱을 무릎에 괴고 있었다. 그리고 아프지 않기를 기도했다.

"하느님, 배가 너무 아파요. 살려주세요. 너무 아파서 아무것도 할 수가 없어요. 빨리 공부해야 하는데……. 아무도 모르길 바랬던 걸 누군가가 알게 되었네요. 저는 이미 더럽혀진 사람인가 봐요. 사람들이 저보고 더럽대요. 전 도대체 왜 태어난 거예요? 이런 거 겪으라고 태어났나요? 왜? 대체 왜? 언제까지 이렇게 살아야 해요? 이게 삶이라면 안 살면 안 되나요?"

해나는 숨을 참고 통증이 가시기를 기다렸다. 해나는 숨을 참다 복통이 다시 시작되면 들숨, 날숨으로 빠르게 숨을 골랐다. 그러다 또 아프면 숨을 참기를 반복했다. 자세를 고치고, 숨을 조절해도 사라지지 않는 통증에 해나는 이마에 식은땀이 나기 시작했다. 얼마 지나지 않아 온몸에 땀이 찼다.

"제발, 제발 살려주세요. 열심히 살게요."

몸을 떨며 통증이 가시기를 그저 기도하며 기다렸다.

"엄마, 엄마. 나 집으로 갈래. 집으로 보내줘. 나 여기 있기 싫어. 여기 너무 무서워. 불안해. 엄마 와서 나 좀 데려가줘."

다리가 저릴 때쯤, 복통이 멈추며 해나의 땀도 빠르게 식어갔다.

"아. 다행이다. 이제 배가 안 아프다. 하느님, 감사합니다. 더 열심히 공부할게요."

해나는 다시 책상에 자세를 바르게 앉았다.

"공부할 게 많은데. 큰일이다. 그래도 이제 배가 안 아프니까 숙제라도 좀 하고 자야겠어. 그리고 내일은 새벽에 일어나서 등교 전에 공부하고 가야겠다. 그래야 시험 잘 쳐서 엄마, 아빠 기쁘게 해주지."

2007년 12월 12일 수요일

오늘도 무사히 하루가 끝났다. 이제 다음 주면 기말고사이고, 겨울 방학이 시작된다. 아, 밤에 복통이 엄청났다. 식은땀도 나고, 이유는 모르겠지만 은수 언니를 보고 방으로 들어온 직후부터 배가 아팠다. 왜 이렇게 배가 아팠던 걸까? 그래도 다행히 지금은 언제 그랬냐는 듯이 배가 아프지 않다. 배가 아플 때 하느님께 기도했다. 제발, 부디 아프게 하지 말아달라고.

이번 겨울 방학에는 한국에 갈 수 있을까? 한국에 너무 가고 싶지만 비행기 표가 너무 비싸면 이번에도 가지 못하겠지. 이곳에서 내가 엄마를 위해 해줄 수 있는 건 공부 잘하는 것과 쓰는 돈을 조금이라도 줄여주는 것이다. 이번에 만약 한국에 갈 수 있게 되면 꼭 한 번 더 한국에 계속 있고 싶다고 얘기해야지.

한국에 가면 삼겹살, 된장찌개, 나물, 라면, 과자 전부 먹고 싶다. 이곳에서는 배가 항상 고프다. 한창 자라는 시기라 그런 거겠지? 이 일기를 쓰고 있는 지금도 배가 너무 고파서 꼬르륵거린다. 아까는 배가 미친 듯이 아프더니, 지금은 밥 달라고 소리를 낸다. 배는 인격을 가지고 있는 것이 분명하다. 내일 학교에 가면 급식을 좀 더 많이 먹어야겠다.

다음 주에 있을 기말고사를 꼭 잘 봐야지. 잘 봐야 할 텐데. 점수가 나오지 않을까 무섭다. 그러면 내가 이곳에 있을 이유가 없는데. 그러지 않기 위해서 더 많이 공부하고 노력해야지. 시험을 잘 보지 않으면 엄마가 슬퍼할 거야. 요즘 엄마와 아빠는 이메일, 전화도 없다. 나는 버려진 걸까? 왜 이곳에 계속 있어야 하지? 이제 곧 있으면 언니와 애들이 한국으로 돌아가서 그놈이랑 다시 둘이 남게 된다. 무섭다. 나도 한국 정말 가고 싶다. 둘이 있기 싫어. 둘이 있으면 나한테 또 무슨 짓을 할지 모르잖아. 정말 무서워. 한국 가고 싶어. 나도 다들 한국 갈 때 돌아가고 싶다. 우선 지금은 다음 주에 있을 기말고사에 집중하자.

흩어지는 세 막내

 올해의 첫눈이 내렸다. 밖은 영하로 떨어져 나무들은 앙상하기 짝이 없다. 차가운 바람 소리가 쉴 새 없이 몰아치니 나가기가 무서워지는 하루다. 바닥과 하늘은 온통 하얗고 짙은 갈색으로 깔려 있다.
 해나는 조용히 등교할 준비를 했다. 해나의 눈빛은 무언가 다짐이라도 한 듯 조용하지만 행동 하나하나에 절도감마저 드는 지경이었다. 드디어 학기의 마지막인 기말고사를 보는 날이 되었다. 이른 아침부터 책가방을 들고 집을 나섰다. 집 밖을 나서자마자 고개를 푹 숙이고, 장갑을 낀 손을 패딩 주머니에 한껏 구겨 넣었다. 하지만 어쩔 수 없이 나오는 입김은 해나를 더 움츠러들게 했다. 평소보다 빠른 발걸음으로 학교로 향했다.

학교에 도착하니 교실에는 기말고사를 위해 아침부터 일찍 온 학생 두 명이 있었다. 해나는 친구들과 가볍게 눈인사를 하고는 다시 책을 보는 데 집중했다. 차가운 공기와 교실에 얼마 없는 이산화탄소가 공간을 더 오싹하게 만드는 것 같기도 하다. 해나는 서둘러 자리에 앉아 그동안 열심히 공부해 온 자신만의 마스터 노트를 꺼내 들었다.

춥다. 너무 추워. 으으으…….

해나의 떨리는 마음을 대변하는 듯 다리를 연신 떨며 시험 준비를 했다. 수학, 영어, 중국어를 시험 순서대로 차례대로 공부했다.

아, 이게 무슨 뜻이었더라? 이 단어는 계속 봐도 봐도 까먹네.

해나는 중국어를 공부하다 유독 중요한 단어 중 하나의 뜻을 외우지 못했다. 이 단어의 대한 부연 설명이 더 필요하다고 생각하며 고개를 위로 들어 좌우를 보았지만, 교실에 있는 학생들이 너무 집중해서 물어보기가 미안할 정도였다. 해나가 다니고 있는 학교는 유독 학구열이 너무 높아 학생들끼리도 경쟁이 굉장히 심했다. 심지어 숙제도 서로 안 했다고 하지만 막상 수업 시간이 시작되면 안 해 온 학생들이 별로 없을 정도이다. 해나도 이를 알고 있으니 차마 반 친구들에게 물어보기 눈치가 보였다.

아, 어떡하지? 이거 중요한 단어라고 했는데, 시험 칠 때 못 알아봐서 많이 틀려서 점수가 깎이면 안 되는데. 이번 학기 끝나면 한국으로 가서 엄마랑 아빠한테 좋은 성적표 들고 가서 기쁘게 해주려고 했는데. 그게 안 되면 어떡하지? 그럼 한국을 안 가는 게 나으려나? 그건 정말 싫은데. 중국어에서 평균 점수를 다 깎아 먹을까 걱정이네.

해나는 그 단어를 공책 제일 앞에 써놓고 다른 부분을 계속 공부했다. 시간이 흐르니 교실에는 학생들이 들어오기 시작했다. 그저 아무 말 없이 각자의 자리에서 공부를 하는 친구들이 공간의 온도만 조금 높혀줄 뿐, 아무 말도 들리지 않았다.

"해나 안녕! 시험공부 많이 했어?" 해나의 짝꿍인 쉬페이가 옆에 앉았다.

"마침 잘됐다. 진짜 미안한데 이 단어를 아무리 봐도 모르겠어. 내가 이 단어 잘 이해를 못 한 것 같은데 이것 좀 설명해 줄 수 있어? 정말 미안해."

"아, 응. 그래! 무슨 뜻인지는 아는데 외우기가 어렵다는 거야?"

"응, 뜻은 아는데 용법을 잘 몰라서 까먹는 것 같기도 해. 예시 문장 세 개 정도 써줄 수 있어? 보면서 감이라도 익히면 나을 것 같아."

"아, 그럼 쉬운 예로 몇 문장 써 줄게."

쉬페이는 해나를 위해 몇 문장을 써서 보여주었다. 해나는 이마를 한껏 찌푸리며 쉬페이가 쓰는 글자 하나하나를 뚫어질 듯 쳐다봤다.

"그럼 이 단어가 혹시 이렇게 쓰일 수 있다는 거야?"

해나는 자신이 이해한 것을 토대로 쉬페이에게 물었다.

"응, 맞아. 이거야. 이해가 좀 됐나 보다."

"정말 고마워. 네 덕이야. 이제 방해 안 할게. 너도 얼른 공부해."

"알겠어. 시험 보기 전까지 열심히 보고 우리 둘 다 시험 잘 보자."

"나는 아직 멀었지 뭐. 우리 반 일 등이 내 짝이라서 얼마나 다행인지 몰라. 이제 공부하자." 짧은 듯, 긴 대화를 마치고 나서 각자의 공책을 보며 집중했다. 집중한 지 얼마 지나지 않아 시험 일 교시가 시작하는 종소리가 울렸다.

"으아, 이제 시험이다." 해나는 긴장한 듯 목소리가 미세하게 떨렸다.

"잘 봐. 파이팅." 쉬페이는 웃으며 해나를 바라봤다. 종소리가 울리고 첫 교시의 시험 감독을 맡은 선생님이 들어왔다.

"자, 다들 책 덮고! 책상에는 연필이랑 지우개만 놓고 모두 책상 밑으로 넣어."

흩어지는 세 막내

학생들은 모두 책을 닫고 연필 두, 세 자루와 지우개만 놓은 채 책상을 깨끗하게 정리했다. 선생님이 이를 확인하고는 시험지를 각 문단 맨 앞의 아이들 자리에 놓았다.

"자, 돌려."

아이들은 일제히 자신의 시험지를 챙기고 뒤로 돌렸다. 고개를 돌리지도 않고 팔만 돌린 채 시험지를 다음 자리로 넘겼다. 맨 뒷자리에 있던 해나는 시험지를 받고 한숨을 크게 한번 내쉬었다.

제발 시험 잘 봐서 기분 좋게 한국에 갈 수 있게 해주세요.

시험지를 대각선으로 놓고 자신의 이름을 빠르게 적은 후 문제를 풀기 시작했다.

시간은 흘러 시험이 끝나는 종이 울렸다.

"자, 맨 뒤에 있는 애들 앞으로 시험지 전달해라."

시험지를 앞으로 돌린 해나는 바로 쉬페이를 바라봤다.

"이럴 시간 없어. 이 교시 준비해야지." 쉬페이는 해나의 눈빛을 차단하며 바로 다음 시험을 준비했다. 해나는 한국에서 영어도 모른 채 중국으로 왔기 때문에 중국어와 영어를 동시에 공부했다. 그런 해나에게 영어 역시 중국어와 마찬가지로 굉장히 어려운 언어였다. 그런 해나는 영어 교과서를 통으로 외웠다. 해나가 영어 시험을 이 갈고 준비한 것은 이러한 사연이 있었다.

때는 해나가 학교를 다니지 얼마 다니지 않은 때였다. 알아들을 수 있는 언어가 없던 해나는 매시간을 자는 데 보냈다. 그럼에도 선생님들은 아무도 깨우지 않았다. 해나가 어린 나이에 가족의 품을 떠나 외국살이를 하는 사정을 모두 알고 있었기에 그저 바라만 보았다. 여느 때처럼 자고 있는데 누군가가 해나를 깨웠다. 해나 앞 대각선에 있는 학생 우자원이었다.

"해나야, 해나야? 일어나야 해."

"으응?" 해나는 부시시한 머리와 떴는지 안 떴는지 모르는 눈으로 그 친구를 쳐다봤다.

"조금 있으면 영어 시간인데, 그때 미니 테스트를 볼 거야. 그러니까 너도 준비해."

"무슨 말인지 못 알아듣겠어." 우자원은 알아듣지 못하는 해나를 위해 공책에 영어로 Test를 적었다.

"아, 아……." 해나는 대충 눈치로 알아듣고는 일단 끄덕였다.

"나는 중국어도, 영어도 못 알아듣는데 어떻게 하라는 거지? 영어도 가뜩이나 무슨 뜻인지 모르겠는데."

해나는 책상 밑 서랍에서 영어책을 찾고는 책상에 펼쳤다. 한 번도 보지 않은 영어 교과서는 굉장히 깨끗한 상태였다. 해나가 영어 교과서를 꺼내자 우자원은 도와주겠다며 알아들을 수 없는 중국어를 사용하며 해나에게 말을 걸었다. 우자원은 해나의 교과서에 동그라미를 그리며 별표를 쳤다.

"이게 나온다는 건가? 중요하다는 건가? 일단 알겠다고 하고 봐야겠다. 어차피 쉬는 시간에 잠깐 보는 건데 무슨 의미가 있을지는 모르겠지만……."

우자원은 해나의 곁을 떠나지 않고 도와주겠다는 명목으로 중국어와 영어를 섞어 썼다. 듣고 있던 해나의 표정은 조금씩 굳어갔다.

"이해했어?"

우자원은 별표 친 단어를 연필로 눌러가며 해나를 쳐다봤다.

"응. 고마워."

해나는 고맙다고 얘기를 하고는 교과서를 바라봤다. 알 수 없는 영어가 해나의 눈에 펼쳐졌다. 얼마 지나지 않아 영어 시간이 시작하는 종소리가 울렸다.

"파이팅!"

해나에게 힘을 내라며 우자원은 그제서야 자신의 자리로 돌아갔다.

"자, 저번 시간에 얘기한 대로 오늘은 미니 시험을 볼 거야. 보고 있던 책 다 밑으로 내려. 그리고 오늘은 앞뒤 애들 자리 바꿔 앉을 거야. 앞뒤 짝꿍 바꾸고 못 바꾼 애들은 손

들어." 학생들은 조용하지만 빠르게 자리를 앞뒤로 바꿔 앉았다. 쉬는 시간에 해나를 도와준 우자원이 해나의 옆에 앉았다. 영어선생님은 표정이 없는 얼굴로 시험지를 나눠주었다. 교실은 어느 때보다 조용했다. 해나는 공기가 달라짐을 눈치채고 조금씩 심장이 뛰었다. 순식간에 영어 시험지는 해나 앞으로 다가왔다. 영어선생님은 해나옆에서 말도 걸지 않고 서 있었다. 해나는 뭔지 모를 두려움이 느껴져 앉은 채로 선생님을 쳐다봤다. 선생님은 해나 옆에서 교실 전체를 바라보며 반 친구들의 동태를 살피고 있었다. 친구들이 시험지를 다 받은 것을 확인하고서 허리를 숙여 해나에게 나름 설명을 해주었다. 하지만 선생님은 중국어가 아닌 영어로 해나에게 설명을 해주었기에 못 알아듣는 것은 마찬가지였다. 해나는 알아듣는 척을 하며 연신 고개를 끄덕였고, 설명을 다 한 선생님은 교실 앞으로 돌아갔다.

"시작!"

선생님의 말이 떨어지기 무섭게 학생들은 고개를 숙이고 시험지에 집중했다. 해나는 처음 보는 광경에 어깨에 약간은 힘이 들어간 상태로 시험지를 바라봤다. 문제도 영어로 쓰여져 있어 도저히 무슨 문제인지 알 수 없었다. 해나가 알아들을 수 있는 것은 숫자와 그림뿐이었다.

도대체 뭐라고 하는 거야. 문제도 못 읽는데 어떻게 풀지?

해나는 천천히 문제를 읽더니 빠르게 자포자기했다. 문제지에 손도 대지 못한 해나는 힘없이 옆을 봤는데 우자원과 눈이 마주쳤다. 우자원은 초롱초롱한 눈으로 해나를 쳐다봤다. 그리고는 한 번 교탁 쪽을 보더니 자신의 시험지를 은근슬쩍 해나에게 보여주었다.

오? 얘 왜 이러는 거야? 컨닝하면 안 되지 않나?

해나는 망설이며 컨닝을 하지 않고 있었다. 우자원은 그런 해나에게 자신이 한 문제를 풀고 한 문제를 보여주는 식으로 해나에게 시험지를 보여주었다. 한참 고민하던 해나는 무엇인가를 다짐한 듯 눈빛이 바뀌며 연필을 세게 쥐었다. 그리고는 우자원이 보여줄 때마다 교탁을 눈치 보며 빠르게 우자원의 시험지를 전부 베꼈다. 우자원은 그런 해나를 보고는 더 빠르게 문제를 풀고 해나에게 보여주었다.

"걷어!"

영어선생님이 시험이 끝났다는 사인을 알렸다. 아이들은 빠르게 시험지를 앞으로 건네주었다.

"아, 우자원. 고마워, 많이 고마워." 해나는 작은 목소리로 우자원에게 연신 고맙다고 얘기했다.

"괜찮아! 괜찮아!"

우자원은 웃으면서 쌍엄지를 날렸다. 해나는 짧게 숨을 쉬었다.

아무것도 안 푼 시험지보다는 뭐라도 푼 시험지를 내는 게 낫지.

이 일을 기점으로 둘은 굉장히 빠르게 친해졌다. 하지만 그들의 악연은 그다음 영어 시간부터 시작되었다.

영어 미니 시험이 끝나고 다음 날이 되었다. 영어 수업 시간이 되어 선생님이 교실로 들어왔다. 선생님과 학생들은 인사를 하고 선생님이 교탁에서 학생들의 이름을 불렀다. 호명된 해나가 앞으로 나가면 선생님은 시험지를 주었다.

"해나."

해나는 자신의 이름이 불리자 약간은 긴장한 듯 상기된 얼굴로 교탁으로 나갔다.

"Perfect!"

영어선생님은 해나에게 칭찬을 하며 시험지를 건넸다. 점수를 본 해나는 눈이 두 배로 커지며 가슴이 빠르게 떨렸다.

이게 뭐야? 백 점이잖아? 그럼 우자원도 백 점이겠지? 우자원 공부 진짜 잘하는구나. 내가 너무 잘하는 애 시험지를 컨닝했네. 선생님이 기대하면 어쩌지? 큰일이다.

해나는 얼떨떨해하며 자리로 돌아갔다. 우자원은 해나 쪽으로 몸을 돌렸다. 해나는 자신의 시험지를 보여줬다.

"고마워. 백 점. 너도 백 점."

해나는 서툰 중국어로 우자원에게 다시 한번 고마움을

표했다. 우자원은 해나의 시험지를 보더니 활짝 웃으면서 엄지를 치켜올렸다.

"우자원." 우자원은 기쁘게 교탁 앞으로 나가 시험지를 받았다. 시험지를 받은 우자원은 곧바로 표정이 사라지며 울 것 같은 표정으로 자리로 돌아왔다.

왜 그러지?

해나는 친구가 금방이라도 울 것 같은 모습에 신경이 쓰였다. 우자원에게 물어보고 싶었지만, 영어 시간 내내 해나 쪽을 바라보지 않았다. 수업 시간이 끝나고, 우자원은 머리를 책상에 박고 울기 시작했다. 서럽게 우는 친구의 목소리는 학생들의 시선을 끌기 충분했다.

"야, 왜 울어?"

한 친구가 우자원에게 물었다. 우자원은 기다렸다는 듯이 고개를 들고 서러운 듯한 목소리로 친구에게 쏟아냈다. 말을 다 들은 친구는 해나를 쳐다봤다. 이 대화를 알아들을 리 없는 해나는 그 친구를 같이 쳐다봤다. 그 친구는 우자원의 시험지를 꺼내 해나에게 보여주었고, 해나는 점수를 확인했다. 해나는 우자원의 시험지를 전부 베꼈지만, 우자원의 시험 점수는 팔십구 점이었다. 어떻게 된 일인지 이해가 된 해나는 가만히 우자원의 시험지를 쳐다보았다.

"아……."

해나는 굉장히 당황했다.

똑같은 내용인데 왜 둘이 점수가 다르지? 해나는 자신의 시험지를 꺼내 우자원의 시험지와 비교했다. 둘은 똑같이 적었지만 점수가 엄연히 다르다는 것을 확인했다. 우자원의 친구는 얼굴에 있는 모든 근육을 사용해 찌푸린 표정으로 해나를 쳐다보고는 교실에서 나갔다. 얼마 지나지 않아 영어선생님이 뒷문으로 들어와 앉아 있는 해나에게 눈을 맞추려 허리를 숙였다. 그리고는 인상을 쓰며 무엇인가를 말했다. 알아듣지는 못하지만 영어선생님의 화난 듯한 표정과 빨개진 얼굴색을 보고 상황이 좋지 않게 흘러가고 있다는 것을 알았다.

"못…… 알아듣겠어요. 죄송합니다."

해나는 금방이라도 울 것 같은 표정을 하고 말을 꺼냈다. 영어선생님은 해나가 알아듣지 못한다고 하자 허리를 한껏 세우고 아무것도 하지 않은 채로 몇 분 정도를 해나 앞에서 서 있다 다시 교실 밖으로 나갔다. 해나의 심장이 미친 듯이 쿵쾅거렸다.

컨닝을 한 건 분명 내 잘못이 맞지만, 쟤가 나한테 보여준 건데……. 잘못했지만 억울해.

상황을 지켜보고 있던 우자원이 해나와 눈이 마주쳤다. 우자원은 자신이 피해자라고 생각하는 듯한 표정을 지었다.

해나는 너무 어이가 없었다.

다시는 절대로 도움받지 말아야지. 내가 공부해서 너보다 더 점수 잘 받을 거야.

그때부터 해나는 중국어 단어를 공부할 때 영어 단어도 함께 외웠다. 수업 시간에는 졸지 않고 집중했다. 모르는 것은 매번 이해가 될 때까지 선생님에게 질문했다. 마치 드라마처럼 해나의 영어 성적은 가파르게 상승했다. 중국어 실력보다 영어가 빨리 늘었다.

그리고 현재, 해나는 이제 영어로 문제를 이해하고 풀 수 있을 정도로 실력이 많이 올랐다. 그때 이후로도 우자원과 영어 성적으로 다투었다. 한두 문제 차이로 우자원과 실력을 나란히 할 정도로 해나는 성장했다. 해나는 이를 바득바득 갈았다.

이번만큼은 우자원을 기필코 이길 거야.

해나는 끊임없이 중얼거리며 영어 교과서를 빠르게 복기했다.

영어 시간이 시작되고, 해나는 매우 빠르게 머릿속에 있는 단어들을 꺼냈다. 시험지를 보자마자 해나는 확실히 이전과는 달랐다. 전혀 알아보지 못했던 검은 글씨는 영어로 인식이 되었고, 바로 해석까지 되면서 책 어디 쪽에 나오는 문장인지 연상됐다.

다 기억난다. 다 기억나.

빠르게 시험을 쳤고, 마지막 중국어 시험 시간이 되었다. 해나는 잠시 멍을 때렸다.

얼마나 늘었을까? 지금까지 수없이 책을 봤다. 어떤 단어들은 보고 또 봐도 유독 외워지지 않는 단어들도 많았다. 끝없이 자책하기 바빴다. 아무리 외우고, 쓰고, 들어도 다음 날 되면 까먹는 양이 반, 새로 보게 된 단어가 반이지만, 반만 풀어도 소원이 없겠다. 지금까지 열심히 공부했다고 엄마, 아빠에게 보여줘야지. 그럼 다들 좋아할 거야. 해나는 떨리는 심장을 조용한 호흡으로 가라앉혔다. 하나, 하나씩 조심스럽게 읽고 풀었다.

* * *

시험이 끝나고 며칠 지나지 않아 방학 날이 되었다. 아침부터 해나 만이 1층에서 부지런히 등교 준비를 하고 있다. 1층은 온기가 사라진 지 오래다. 해나는 아무 표정 없이 가방을 챙겨 등교했다. 교실에 도착하니 책상에 놓여 있는 수학 시험지가 해나를 반겼다.

구십칠 점.

해나가 받은 수학 점수다. 해나는 담담히 시험지를 받아 들고 어떤 문제를 틀렸는지 확인했다. 그리고 두 번 접어 가방 안에 넣었다. 반 친구들은 방학에 들떠 교실에 엄청난 소음을 냈다. 한 명의 목소리가 마치 열 명의 목소리를 대변하는 듯했다. 얼마 지나지 않아 영어선생님이 들어와 각자 시험지를 나누어 주었다. 방학이라 그런지 영어선생님은 교탁에서 절대 볼 수 없는 미소를 지어 보였다. 해나는 가만히 자신의 이름이 불리기를 기다렸다. 반 친구들의 이름이 모두 호명되고, 마지막으로 영어선생님은 해나를 불렀다.

"정말 잘했다."

"네? 감사합니다."

"한국 잘 다녀오고, 다음 학년 때 보자."

"네. 감사합니다."

해나의 감사 인사를 듣고 영어선생님은 환하게 웃으며 시험지를 주고 교실을 나갔다.

백 점.

해나는 안도의 한숨을 내쉬었다. 아무 소리도 들리지 않고, 자신이 가진 결과를 느끼기 바빴다. 사과, 호랑이의 스펠링도 몰랐던 해나는 결국 자신의 힘으로 백 점을 받았다.

"와, 해나 백 점이야? 하긴 진짜 열심히 했잖아. 진짜 대단해!"

해나를 평소에 응원했던 친구가 해나의 시험지를 보더니 교실에 모든 아이들이 들리게 큰 소리로 소리쳤다. 반 친구들은 하나둘씩 해나를 쳐다봤다.

"진짜 대단해."

"해나 진짜 열심히 했잖아."

"매일 공부만 하더니. 대단해."

모든 친구들이 해나를 칭찬했다.

엄마, 아빠가 진짜 좋아하겠다. 나 진짜 열심히 공부했어. 이 시험지 가지고 가면 엄마, 아빠가 많이 칭찬해 줄 거야. 빨리 한국 가고 싶다.

그저 부모님에게 칭찬을 받을 생각에 들떠 기쁜 표정을 마음껏 표현했다. 그리고 마지막, 담임선생님이 들어갔다. 해나의 담임선생님은 중국어를 가르쳤기 때문에 중국어 시험지만 받으면 모든 학기가 끝났다.

"자, 조용히 하고!"

교실은 순식간에 조용해졌다. 선생님은 조용해진 교실을 바라보며 얘기를 시작했다.

"다들 이번 방학도 잘 보내고. 고향 가는 애들은 다쳐서 오지 말고. 너희가 나한테는 제일 좋은 학생들이다. 수고했다. 지금부터 호명하는 학생들은 시험지 들고 집으로 가면 돼." 선생님은 차례대로 아이들의 이름을 호명했다. 학생들은 선생님에게 시험지를 받고 포옹과 인사를 하고 자리에 앉았다.

"왜 안가? 집으로 가라니까?"

"해나 점수 보고 가려고요."

"그래." 담임선생님은 미소를 띠었다.

아이들이 반쯤 호명됐을 즈음, 해나의 이름이 불렸다.

"해나."

해나는 자리에서 일어나 교탁으로 갔다.

"네가 공부 열심히 한 거 모르는 친구들이 없어. 지금 봐. 방학이라 집에 가라는데도 다들 네 점수 보고 가겠다고 기다리잖니. 정말 고생했다. 중국어도 얼마나 많이 늘었니. 처음 우리가 만났을 때는 인사도 서툴게 말했는데 이제는 반 친구들과 경쟁하며 공부하고 있네."

선생님은 말을 마친 뒤 해나에게 시험지를 주었다. 아이들은 숨을 죽이고 해나의 표정을 주시했다.

"네가 애들에게 몇 점 받았는지 알려줄래?"

"…… 구십 점이요."

"와!!!"

반 친구들은 해나의 점수를 듣고 교실이 떠나라 박수와

환호성을 쳤다. 해나는 눈물이 고였다. 우는, 웃는 얼굴이 합쳐진 표정으로 반 친구들의 축하를 받았다.

"해나야. 정말 고생했어. 넌 이제 중국어를 잘하는 학생이 되었구나. 친구들에게 한마디 할래?"

선생님의 말이 끝나자 친구들은 박수를 멈추고 조용해졌다. 모든 눈이 해나를 향했다. 해나는 아주 크게 숨을 들이마시고 뱉었다.

"내가 이 점수를 받게 된 건 모두 너희들 덕분이야. 한 명, 한 명이 나의 선생님이 되어줘서 고마워. 매일 물어봐서 진짜 많이 귀찮고, 쉬는 시간에 놀고 싶었을 텐데 항상 도와줘서 정말 고마워. 난 이제 이 시험지를 들고 한국에 가서 부모님에게 보여줄 거야. 그리고 너희들 얘기를 꼭 할게. 정말 고마웠어!"

"안녕!"

반 친구들은 해나에게 인사를 해주었다. 모든 방학식이 끝나고 해나는 들뜬 마음으로 집으로 돌아왔다. 한껏 가라앉아 있는 공기에 해나도 다시 숨을 죽였다. 방으로 들어가 책상에 앉았다. 조용히 앉아 가방에서 시험지를 꺼내 책상에 펼쳤다.

"엄마, 아빠 이제 한국 가서 보여줄게. 나 공부 진짜 열심히 했어. 이걸 보고 엄마, 아빠가 좋아했으면 좋겠다."

자신의 중국 생활이 주마등처럼 지나갔다. 이 점수를 얻기 위해서 너무 많은 노력을 한 스스로가 자랑스러웠는지, 부끄러운지, 가여운지 모르는 채로 고개를 숙이고 숨을 참으며 울었다. 이 점수를 받은 것만으로도 한국에서 엄마, 아빠의 사랑을 듬뿍 받을 상상을 하며 행복함에 나오는 눈물일지도 모르겠다.

"해나야, 방에 있어? 잠깐 얘기 좀 할 수 있을까?"

한동안 대화가 끊겼던 승찬과 지석이었다. 해나는 곧바로 눈물을 옷으로 닦고 호흡을 가다듬었다.

"응, 잠깐만. 곧 나갈게."

해나는 운 얼굴을 감추려 빠르게 눈물을 닦고 거울을 확인했다.

"무슨 일이야?"

승찬과 지석이 우물쭈물하다 승찬이 먼저 입을 뗐다.

"시험 끝났잖아. 잘 봤어? 공부 열심히 했잖아."

"아…… 응. 잘 본 것 같아."

"다행이네. 넌 공부 열심히 했으니까 잘 봤을 줄 알았어. 축하해."

"너넨 잘 봤어?"

"우리는 중국어도 잘 모르잖아. 별로 못 풀었어."

"시험 물어보려고 부른 거야?" 해나의 질문에 승찬과 지석은 서로를 한 번 바라보더니 지석이 운을 뗐다.

"미안해."

"응?"

"미안해. 우리가 얘기를 안 하려고 했던 건 아닌데, 어쩌다 보니 상처를 준 것 같아. 정말 미안해."

"아…… 얘기해 줘서 고마워."

"우리 원래 일 년만 있기로 했잖아. 이제 다음 주면 승찬이는 한국을 떠나. 그래서 얘기하려고 온 거야. 사과도 하고. 우리는 너랑 계속 놀고 싶었어."

"넌? 너도 승찬이랑 같이 가는 거 아니야? 둘이 한 쌍이잖아."

"나도 원래는 승찬이랑 같이 가려고 했는데, 한 달 정도 좀 더 있으려고. 이 상태로 한국 돌아가는 게 아쉬워서."

"이제 방학해서 학교도 못 가는데 어떻게 공부하게?"

"학교에서 방학 때 하는 수업 있지 않아? 그거 신청해 놨어. 듣고 가려고."

"아, 그거 나도 방학마다 듣긴 했어. 수업 들으면 도움 많이 될 거야."

조용히 둘의 대화를 듣고 있던 승찬이 해나를 한 번 슥 쳐다보고 입을 열었다.

"나도 미안해."

"뭐야. 너 사과도 할 줄 아네. 지석이가 했잖아. 괜찮아."

"나도 사과할 줄 알지. 난 같이 노는 거 재미있었어. 그래서 계속 놀고 싶었는데 뭔가 무서웠나 봐."

"응, 나도 알아. 그러니까 괜찮다고 하는 거야. 난 지금도 매일 언니 눈치 보면서 사는데 뭐. 이젠 익숙해. 지금이라도 말해줘서 고마워."

"나중에 너도 한국에 오면 셋이 놀자. 그때 엄마한테 말해서 맛있는 거 사 달라고 할게. 같이 맛있는 것도 먹고, 노래방도 가자."

"그래. 하루 종일 놀자."

"집 전화번호 알려줘. 넌 한국에 언제 갈 거야?"

"나도 아마 한 달 뒤에 갈 것 같긴 해. 나도 이번 방학에 수업 하나 신청해 놔서 그거 듣고 가려고."

"방학 때 한국 안 가고 또 무슨 수업을 들어? 그냥 가지. 지석이는 이제 가니까 듣고 가려고 하는 건데."

"나도 바로 가고 싶은데 기껏 배워놓은 거 한국 가면 다 까먹을까 봐 공부 좀 더 하고 가야 편할 것 같아서."

"하여튼, 진짜 대단해. 나 한국 가면 지석이랑 많이 놀아줘. 얘가 말이 좀 없잖아."

"그래. 집에서는 모르겠지만 밖에 가면 놀자."

"이젠 안 그래도 돼. 누나도 다음 주에 나랑 같이 한국으로 가."

"뭐? 언니가 한국을 간다고?"

"응. 다음 주면 누나도 가고, 나도 간다." 해나는 승찬의 말을 듣고 심장이 뛰었다.

"아……."

"원래 누나도 우리랑 같이 왔잖아. 지석이만 한 달 더 있다 가는 거고."

"그럼 우리 마지막으로 밥이라도 한번 먹어야 될 텐데."

"누나랑은 모르겠지만 우리끼리는 술 먹자!"

"그래. 어차피 한국 가면 술도 못 마실 텐데."

"그럼 좀 이따 나갈래? 지금은 누나랑 형 없으니까 둘이 집 들어오면 우리는 나가자. 우리가 먼저 나갈 테니까 넌 한 오 분 정도 있다가 나와."

"응. 알겠어."

아, 너랑 이렇게 대화하니까 좀 살 것 같아. 형이 누나 눈치 보니까 우리까지 같이 보고. 진짜 여기서 눈치만 늘어서 가는 것 같아. 중국어는 하나도 안 배운 것 같은데. 그럼 좀 이따 저녁에 보자. 우리는 이제 올라가 있을게. 누나가 보면 뭐라고 할 거야."

"응. 올라가."

"좀 이따 봐."

승찬과 지석이 2층으로 올라갔다. 해나는 방으로 들어가 문을 닫고 다시 책상에 앉았다. 1층은 고요함으로 가득했다.

언니가 간다고? 하긴, 언니도 일 년만 있다가 갈 사람이었으니까. 근데 언니 가고 오빠가 다시 나를 만지면 어떡하지? 아니야. 오빠는 내가 같은 공간에 있는 것만 봐도 욕하고 싫어했으니까 이제 그럴 일 없을 거야. 그럼 다행인데. 그나마 지석이라도 있어서 다행이지, 그나저나 지석이까지 한국 가면 어떻게 해야 하지? 나도 같이 한국으로 영영 가고 싶다. 나는 계속 여기 있는 건가? 가족이 있는 한국으로 돌아가고 싶어. 나도 다른 애들처럼 집에 들어가면 부모님이 있고, 엄마가 차려준 밥 먹으면서 살고 싶어. 대체 언제까지 여기 있는 거지? 이러다 죽을 때까지 여기 있는다고 해도 나는 결국 아무 말도 못 하고 끝을 맞이할 것 같아. 이번에 한국에 가면 엄마에게 또 말해봐야지. 그래도 오늘 애들이랑 사이가 풀어져서 다행이다.

해나는 시험지를 한 번씩 접어 맨 첫 번째 서랍에 넣고 자물쇠로 잠갔다. 매일 활짝 펴 있었던 책상 위의 책들은 모두 닫혀 책꽂이에서 나란히 잠을 자고 있었다. 해나는 고개를 오른쪽으로 돌리고 책상에 엎드려 모든 생각을 멈추고 방 우측에 있는 창문을 바라보았다. 창문 밖의 하늘은 약간은 어두운 하늘색을 띠고 있었다. 구름 한 점 없는 하늘을 바라보며 해나는 아무 소리도 내지 않고 조용히 그저 바라만 보았다.

은수와 덕기가 집으로 들어왔다.

"진짜 왜 이렇게 추워?"

은수가 말을 하니, 2층에 있던 승찬과 지석이가 내려와 둘을 반겼다.

"누나, 형 왔어?"

"아, 배고프지 애들아? 누나가 오늘은 김치찌개 해줄게."

"오늘은 나가서 먹으려고. 누나랑 형 둘이 밥 먹어."

"응? 왜?"

"다음 주면 나 한국에 가기도 하고, 지석이는 여기 있으니까 둘이 같이 돌아다니면서 얘기도 할 겸 나갔다 오게."

"그래? 알겠어. 그래도 김치찌개는 먹고 싶을 테니까 너희 들 것도 해놓을 테니까 집에 와서 배고프면 데워 먹어."

"응, 알겠어."

은수와 이야기를 마친 승찬이 지석을 바라보았다.

"우리 그럼 이제 슬슬 나가자. 나가서 뭐 먹을지 보자."

"그래."

"얘들아, 해 빨리 지니까 너무 늦게까지 있다가 오면 안 돼. 나가서 맛있는 거 먹고 와." 은수는 남자애들과 이야기를 마치고 나서는 해나가 있는 방으로 들어갔다.

"뭐야. 집에 있네?"

해나가 책상에 엎드려 있는 모습을 본 은수는 아무 말 없이 문을 닫았다.

"누나, 우리 다녀올게!"

승찬은 큰 소리로 은수에게 인사를 했다. 인사를 들은 해나는 책상에서 일어나 옷장으로 몸을 돌렸다. 옷장을 열어 자신이 가장 좋아하는 노란색 티와 긴 청바지를 입었다. 흰색 양말을 신고 아이보리색 패딩을 입었다. 네이비색 목도리와 검은색 장갑을 챙기고 방문을 열었다. 은수와 덕기는 담배방 안에서 크게 웃고 있었다. 해나는 조심히 현관문을 열고 나갔다.

"왔어? 누나가 뭐래?"

승찬이 해나를 보고 물었다.

"담배방에 있어서 안 마주쳤어."

"차라리 잘됐네. 뭐 먹을래?"

"추우니까 소고기라미엔 먹자."

옆에 있던 지석이 들떠서 말했다.

"그래, 나 그거 좋아해."

해나는 지석의 말에 찬성했다.

"너넨 그거 진짜 좋아한다. 맛있긴 한데 너무 자주 먹었어. 가게 가서 나는 다른 메뉴 먹어야지."

세 막내는 서먹해지기 이전에 자주 갔던 가게로 향했다. 식당에 도착해 항상 먹던 메뉴를 시키고 셋은 십 분도 안 돼서 각자 곱빼기를 해치웠다. 밥을 다 먹은 후에 마트에 가서 각자 마시고 싶은 술과 음료수를 샀다. 그리고 자신들의 집에서 멀리 떨어진 아파트 단지에 있는 벤치에 앉았다.

"야, 진짜 엄청 추운데. 괜찮아?"

승찬이 입술을 덜덜 떨며 해나와 지석에게 말했다. 지석은 아무 말 없이 고개를 끄덕였고, 해나는 아무 말 없이 맥주캔을 따서 승찬에게 건넸다.

"마시자, 취하면 안 추워."

"그래, 짠!"

세 막내는 마지막 술자리를 가졌다. 승찬과 해나는 맥주를, 지석은 오렌지 주스를 마셨다.

"추워서 그런지 술이 아주 잘 들어가네."

승찬이 만족스러운 듯 맥주캔을 쳐다봤다.

"너는 여름에도 더워서 술 잘 들어간다고 하더니, 겨울에도 추워서 술이 잘 들어가?" 해나가 기가 찬다는 듯이 승찬을 쳐다봤다.

"그런가 보지. 그래도 오늘은 유독 좋네. 너랑 얘기 안 하고 누나, 형이랑 마셨을 때는 눈치 엄청 보였거든. 누나가 기분 조금이라도 안 좋으면 셋 다 누나 비위 맞추고 그랬어. 누나가 술 마셔서 취하면 형이랑 맨날 싸우고 술자리는 우리 둘이 다 치우고. 진짜 싫었음."

"너도 취해서 내가 대부분 치웠지 않아?"

승찬의 말을 듣고 있던 지석은 어이가 없다는 듯이 말했다.

"왜 그래, 나도 몇 번 같이 치웠잖아."

"어휴."

지석은 승찬에게서 고개를 돌리고는 혀를 찼다.

"아무튼 그래서 우리 셋이 마시니까 얼마나 좋아? 이렇게 마시는 날이 그리웠는데, 마지막이라니. 내일도 마실까? 내일모레도?"

"그러든가. 내일모레면 원장님 오시니까 마시려면 내일 마셔야지."

해나는 승찬의 말에 동의했다.

"그래. 그러자. 어차피 방학이라 늦잠 자도 되고! 이제 나는 한국 갈 날만 남았으니까 할 일도 없어!"

"부럽다."

해나가 승찬을 바라봤다.

"뭐가 부러워? 너도 한국 가잖아. 한국 가면 이제 나는 이렇게 술도 못 마시고, 엄마 잔소리 들어야 해. 나는 네가 부러운데?"

"가족이랑 같이 있을 수 있잖아. 그게 부러운데."

해나는 눈동자를 위로 치켜올리더니 오른쪽으로 굴리다 밑으로 시선이 향했다.

"넌 진짜 한국에 가고 싶구나." 승찬이는 그런 해나를 바라봤다.

"괜찮아, 나도 언젠가는 가지 않을까?"

해나는 조금 목소리를 낮춰 말했다.

"그래. 넌 진짜 꼭 빠른 시일 내로 한국에 갔으면 좋겠다. 가기 전에 파티를 해보자고!" 승찬은 옆에 서 있는 지석이에게 어깨동무를 하며 딱 들러붙었다.

"아유, 얘는……."

지석은 웃으면서도 한숨을 쉬며 승찬이와 눈을 맞췄다.

* * *

이후, 시간은 빠르게만 흘러갔다. 승찬이는 해나와 지석과 함께 더 열심히 놀았다. 평소와 똑같이 함께 밥을 먹고, 술도 마시며 나머지 시간을 보냈다. 그리고 마지막 날이 다가왔다.

해나는 여섯 시 즈음 눈이 떠졌다. 무엇인가 엄청난 일이 생길 것만 같은 그런 날인 느낌이었다. 침대에서 일어나 발바닥을 방바닥에 내리니 차디찬 한기가 빠르게 몸을 타고 올라왔다. 침대에 앉아 가만히 눈을 감고 있으니 조용한 적막이 고막을 채웠다.

"빨리 화장실만 다녀와야겠다."

해나는 몸을 일으켜 까치발로 움직였다.

"이젠 이렇게 하지 않아도 되는 걸까? 오늘만 지나면 조금은 편해질까?"

해나는 중얼거렸다. 화장실을 다녀와서 방문을 닫고 책상에 앉아 있으니 얼마 지나지 않아 방 밖은 북적거렸다. 해나를 제외한 사람들은 몸을 씻고, 옷을 갈아입고, 캐리어를 현관에 두며 부산하게 움직였다. 해나는 책상에 엎드려 조용히 밖의 소리를 듣고 있었다. 해나 입 주변이 수증기로 흥건해질 때쯤, 누군가 해나의 방문을 두드렸다.

"이제 다들 나간대. 나와서 인사는 해야 되지 않겠어? 승찬이한테라도 인사해야지." 지석이 방문을 열며 조용하게 소근거렸다.

"응."

해나는 말을 마치자마자 귀에서 자신의 심장 소리가 들려왔다. 빠르게 손과 발에는 땀이 찼다. 용기를 내 밖으로 나가니 현관 앞에서 캐리어를 밖으로 빼려고 하던 참이었다.

"아이씨, 아침부터 기분 잡쳤네."

덕기는 해나를 보더니 모두가 들리는 목소리로 말했다.

아무 말 없이 옆에서 쳐다보던 은수는 해나를 힐끔 보더니 밖으로 캐리어를 나르기 시작했다. 현관에 있던 여섯 개의 크고 작은 캐리어가 빠르게 밖으로 나갔고, 승찬이 곧 터질 듯한 책가방을 매고 서 있었다.

"그래도 나 가는데 밖에서 인사해 주면 안 돼? 우리 언제 볼지 모르잖아." 승찬이 해나를 봤다.

"내가 나가면 언니, 오빠가 기분 나빠하지 않을까? 이미 안 좋아진 것 같긴 하지만."

"에휴, 뭔 상관이야. 누나도 이제 가는데. 몰라, 이날 되니까 뭘 그렇게 눈치 봤나 싶네. 지석이가 지켜줄 거야. 쟤가 안 써서 그렇지 복싱해서 힘이 좋아. 그냥 같이 내려가자. 어차피 누나, 형은 밑에서 담배 피우고 있을 거니까 시간 좀 있어."

"그래, 알겠어."

해나는 방으로 들어가 대충 겉옷을 챙겨 입고 다시 나왔다. 그리고 셋이 물건을 하나씩 들고 계단을 내려갔다. 세 막내는 내려가는 동안 아무 말도 하지 않았다. 지석이 빠르게 내려갔다 해나의 짐을 들어주려 빠르게 계단을 올라왔다.

"조심히 내려와."

지석은 해나의 짐을 들며 계단을 내려갔다. 해나가 뻘쭘하게 1층으로 내려와 트렁크를 보며 어쩔 줄 몰라 했다. 승찬이 말을 걸었다.

"떠날 때까지 잘 있다가 한국으로 와. 만나서 재미있게 놀자. 눈치 보지 말고. 너무 힘들면 지석이한테 도와달라고 하고."

"응, 그래. 조심히 가고 잘 살아. 가서 먹고 싶은 거 마음껏 먹어."

"아, 그래! 한국 가자마자 라면부터 먹어야겠다. 진짜 여기선 라면 종류가 한 개밖에 없으니 다른 거 먹고 싶어."

말을 하다 보니 은수와 덕기가 차 쪽으로 담배를 다 피우고 다가왔다. 그 모습을 본 승찬은 아무 말 없이 지석이와 짧지만 진하게 포옹했다.

"자, 넌. 악수!"

승찬은 해나에게 손을 내밀었고, 둘은 악수를 했다.

"안녕."

승찬은 차에 타면서 웃음을 잃지 않았다. 해나와 지석은 멀어져가는 차를 보며 멍하니 서 있었다.

"춥다. 올라가자."

봉고차가 시야에서 사라지니 지석이 해나를 봤다.

"그래."

해나는 지석과 함께 집으로 올라갔다.

* * *

은수와 승찬은 인천공항에 도착해 인사를 나눴다.

"누나, 잘 지내."

"너도 잘 지내."

서로 각자 갈 길을 가려고 등을 돌려 발걸음을 옮겼다. 은수가 택시를 잡으려는데 앞에 검은색 정장을 입은 덩치 큰 남자 몇 명이 은수를 쳐다봤다.

"시발……."

"내 돈 갖고 잘 놀다 왔어? 너 찾느라 목이 빠졌어 내가 지금~ 너 목사 딸 아니래, 너 주워 왔다는데?"

"그게 무슨 말 같지도 않는 소리야?"

"이거 봐, 너 못 믿을까 봐 내가 증거까지 갖고 왔어."

남자 한 명이 종이를 건넸다. 그 종이에는 은수가 목사의 딸이 아니라는 증거가 선명하게 찍혀 있었다.

"이게 뭐……."

"너 부모도 없는 자식이네?"

은수는 사람들에게 끌려가 더 이상 집으로 돌아가지 못했다.

다시 시작된 악몽

집 안으로 들어온 해나는 새삼 고요해진 집을 바라봤다. 무표정인 표정이었지만 약간은 미소를 보이는 것 같기도, 곧 울 것 같기도 한 표정이었다.

"난 피곤해서 좀 자려고, 넌?"

지석이 2층으로 올라가려다 계단 중반에서 몸을 돌려 해나를 바라봤다.

"심심하면 같이 거실에서 TV 봐도 되고."

지석은 해나의 표정을 보더니 다시 1층으로 내려왔다.

"응? 아니야. 너 졸리다며, 가서 좀 자."

해나의 표정은 똑같았다.

"에이, 나 잠 다 깼어. TV나 보자."

"진짜 괜찮은데……."

지석은 해나의 말을 무시하고 팔을 낚아채 거실 소파에 해나를 앉혔다. 해나는 별 다른 저항 없이 소파에 앉아 TV를 응시했다. 둘은 꽤 오랜 시간을 별말을 하지 않았다. TV에서는 재미있는 한국 예능이 재방송을 하고 있었지만 그건 아무래도 상관없는 듯 보였다.

"무슨 생각해?"

입술을 묘하게 잘근거리던 지석이 먼저 입을 뗐다.

"아무 생각 안 하는데?"

"안 하기는, 얼굴에 걱정투성이라고 쓰여 있는데?" 해나는 지석의 말을 듣고 목을 숙여 긴 생머리로 얼굴을 가렸다.

"우리끼리는 얘기할 수 있잖아. 승찬이도 얘기했고. 막말로 나도 조금 더 있는 거지, 너보다는 먼저 가는 건데. 가기 전이라도 네가 나를 써먹어야 하지 않겠냐."

"……"

"……"

"무서워."

"뭐가?"

"이제 언니 갔으니까."

"누나 갔으니까 괜찮은 거 아냐?"

"아니야. 되려 언니 있었을 때가 나았을 수도."

"……"

지석은 해나의 말이 잘 이해가지 않았다.

"뭔지는 잘 모르겠지만. 그냥 평소처럼 무시하겠지. 별다른 게 있겠어? 심하면 대놓고 욕하는 거 말고는 괜찮지 않나."

"…… 그래."

해나는 머리가 터질 것 같았다. 괜찮을 거라고 생각하지 못했다. 생각의 생각을 하다 정신을 차리고 눈을 떴더니 소파에 누워 잠을 자고 있었다.

"일어났어? 곧 있으면 형 올 시간인데. 방으로 들어가서 더 자."

해나가 자기 전과 똑같은 자세로 있던 지석이 두 팔을 번쩍 올려 기지개를 폈다.

"응. 나 들어가서 좀 더 자야겠다. 너 피곤하다고 했는데 나만 잤네."

"괜찮아. 나도 올라가서 좀 자면 돼. 조금 있다 형 오면 일어나면 되겠다."

둘은 각자 방으로 흩어졌다. 해나는 입술을 이로 뜯으며 표정을 찡그렸다. 방에 들어가 문을 잠그고 그대로 책상 아래로 내려가 다리를 감싸고 앉아 머리를 다리 안에 넣었다.

쿵.

덕기가 돌아왔다. 현관문이 닫히는 소리를 듣고 해나는 자리에서 벌떡 고개를 들었다. 해나의 귀가 한껏 쫑긋해졌다.

쿵, 쿵, 쿵.

덕기는 곧바로 2층으로 올라갔다. 해나는 안도의 한숨을 내쉬고는 창문 밖을 가까이에서 볼 수 있는 오른쪽 침대 끝으로 가 앉았다. 턱을 괴고는 온몸에 힘을 풀었다. 눈을 감고 흐르는 시간에 몸을 맡겼다. 해나의 걱정과는 다르게, 덕기는 해나에게 말을 걸지도, 방에 찾아오지도 않았다. 밥을 먹을 때만 1층으로 내려와 부엌에서 밥을 먹고 다시 올라가는 식이었다.

괜찮은 건가?

해나는 처음에 덕기가 내려올 때마다 얼굴색이 창백해지고 다리를 떨었지만, 이틀 정도가 지난 후에도 별다른 행동이 없어 내심 긴장을 풀어갔다.

내가 너무 예민했던 것일 수도 있겠지?

조금씩 마음을 놓고 있던 해나는 하루를 무난하게 보내는 듯했다.

* * *

여느 날과 다르지 않던 날. 아무도 내려오지 않은 삼십 평 남짓한 1층에는 오로지 해나만이 방에서 집을 지키고 있었다. 책상에서 할 일 없이 책을 읽고 있던 해나는 문득 고요함에 살짝 닭살이 돋았다.

겨울이라 너무 추워서 그러나? 이제 곧 있으면 지석이도 한국으로 돌아갈 텐데 하루 정도는 같이 놀아야 하지 않나?

이날도 앞에 며칠과 다르지 않게 흘러갔고, 금세 밤이 찾아왔다. 해나는 잠을 잘 준비를 마치고 잠자리에 들었다.

"…… 야."

"…… 해나야."

"으응? 누구야?"

누군가가 해나를 손으로 팔을 살짝 씩 흔들어 가며 깨웠다.

"지석이?"

해나가 떠지지 않는 눈을 간신히 떠서 보니, 지석이 해나의 방에 들어와 일어날 때까지 깨우고 있었다.

"무슨 일 있어? 이 시간에?"

지석은 단 한 번도 해나의 방을 함부로 들어온 적이 없었기에 어떤 큰일이 생긴 줄로만 알았다.

"미안해."

"무슨 소리야? 미안하다니?"

"……."

해나는 순식간에 잠이 깨며 눈이 커졌다.

"형이 너 불러. 올라오래."

지석은 해나의 눈을 마주치지 못하고 허공을 바라보며

말했다.

"아……."

"네가 안 가면 내가 못 올라가."

"내가 안 올라가면 너 어떻게 한대?"

"우리 엄마한테 나 중국에 있었던 일들 전부 말할 거래."

"네가 뭘 했다고?"

"그런 자리를 가진 것 자체가 엄마한테는 큰 충격이고 상처일 거야. 엄마를 실망시킬 수 없어."

"……."

해나는 아무 말 없이 지석이를 바라보았다.

"알겠어. 내가 올라가기만 하면 너희 엄마한테 말 안 한다고 한 거지? 이럴 줄 알았어. 며칠 동안 조용하다 했어."

"정말 미안해."

"네가 뭐가 미안해. 네 잘못 없어. 괜히 이런 일에 말리게 해서 내가 미안하지."

"하, 이런 상황 진짜 싫다. 지켜준다고 말만 해놓고 결국 밤에 널 깨워서 부르는 꼴이라니."

"괜찮아. 내가 미안해. 괜히 괴롭히려고 그러는 거야. 이런 짓은 나만 당하면 되는데……. 올라가 볼게. 피곤하면 침대에서 좀 자고 있어."

"너 혼자 위로 보내고 나 혼자 여기서 어떻게 자."

"안 듣는 게 좋을 것 같은데."

"하……."

"괜찮아. 나 올라갈게. 문 닫고 최대한 귀 좀 막고 있어."

"진짜 미안하다."

해나는 침대에서 일어나 평소와 같은 표정으로 2층으로 올라갔다. 그곳은 마치 아무도 없는 듯이 고요했지만, 해나의 귀는 그 어느 때보다 예민하게 서 있었다. 다락방으로 들어가니 덕기가 이부자리를 펴놓고 머리만 조금 밖에 내놓은 채 이불로 덮여 엎드려 있었다.

"왜 불렀어?"

해나의 물음에 덕기는 아무 말 없이 몸을 해나 쪽으로 돌려 아무 말 없이 쳐다봤다. 해나의 심장이 뛰었다.

"왜 불렀냐고."

해나의 목소리가 미세하게 떨렸다. 덕기는 아무 말 없이 이불을 젖혔다. 속옷까지 입지 않은 덕기의 나체가 해나의 눈에 들어왔다. 구역질이 올라왔다. 눈물이 차올라 금방이라도 떨어질 것만 같았다. 하지만 여기서 울면 안 된다는 것을 해나는 그 누구보다 잘 알고 있었다.

"뭐 하는 거야?"

"들어와."

"내가 왜? 언니 가니까 다시 나야?"

"그건 그거고."

"나 볼 때마다 벌레 보는 듯이 했으면서. 이게 뭐 하는 거야?"

"그땐 그때고. 다시 우리 둘만 남았잖아."

"싫어. 내려갈 거야."

"쫓겨나고 싶어?"

"뭐?"

"너 돈도 못 내고 여기 살고 있는데 내가 엄마한테 말해서 너 봐주고 있는 거야. 알지?"

"그래. 차라리 쫓아내. 어차피 여기 올 때부터 난 한국 가고 싶었어."

"방구석에 처박혀서 매일 쳐 울기만 하던 거 기껏 챙겨주고 놀아주니까 눈에 뵈는 게 없어?"

"뭐?"

"너 한국에 가면 네 엄마가 좋아하겠다? 어차피 네가 한국 돌아가고 싶다고 해도 네 엄마는 계속 여기 있으라고 하잖아. 네 애미나 너나 돈 없으니까 이딴 소리나 듣고 크는 거야. 미친년이 돈도 없으면서 애새끼는 왜 외국으로 보내서 지랄이야. 우리가 피해받잖아. 그러니까 누가 돈도 없으면서 돈 많은 사람들이 하는 거 따라 하래? 돈이 없으면 몸이라도 받쳐야 내가 참든가 말든가 할 거 아냐. 한국에 못 있으니 여기 있을 수밖에 없는데 그러려면 내 말을 잘 들어야겠지? 안 들으면 여기서 어떻게 살래? 내가 너 쫓아낼 건데. 내가 엄마한테 지랄하면 너 바로 쫓아내는 거 일도 아냐. 너도 몇 년 동안 나랑 살아봤으니까 알 거 아냐? 오늘은 아무 것도 안 하고 잠깐 같이 누워만 있으면 보내줄게. 그러니까 잔말 말고 들어와."

해나는 아무 말 없이 이부자리 안으로 들어가 덕기 옆에 누웠다.

"자, 이거 봐. 내가 널 강압적으로 당긴 게 아니고 네가 스스로 이곳으로 들어온 거야. 맞지? 이걸 강제로 했다고 생각하면 안 된다? 네가 네 발로 들어온 거야."

해나는 온몸이 떨렸지만 아무렇지 않은 척하려 숨을 참았다.

"언제까지 이러고 있어야 하는데? 조금만 있다가 바로 내려갈 거야."

"이제 막 누워놓고 뭘 그렇게 빨리 가? 안 건드릴 거라니까?"

"알겠어."

해나는 이불 속 안에 있던 자신의 양손을 꽉 잡았다. 무서운 만큼 꽉 잡아 손이 금방 차가워졌다.

"그래도 오랜만에 이렇게 누워 있는데 눕기만 하고 마는 건 좀 아쉽지 않아?"

말이 끝나기 무섭게 덕기는 누워 있는 해나의 몸 위로 올라가 제압했다. 덕기의 성기가 해나의 배를 쿡쿡 찔러대 해나는 소름이 돋았다. 그리고는 덕기 입술이 해나의 입술 바로 위로 떨어졌다.

"싫어!"

해나는 위아래 입술을 감추고 고개를 사정없이 양옆으로 흔들었다.

"조용히 해. 1층까지 여기 있는 일 소문 낼 일 있어?"

덕기는 해나의 두 손을 왼쪽 손으로 제압하고 다른 한 손으로는 해나의 입을 막았다.

"싫어! 싫어!!!!!"

해나는 발까지 동동 구르며 덕기의 손에서 빠져나오려 했다.

"야, 죽고 싶냐? 안 닥쳐? 여기서 너 죽이는 수가 있어."

덕기의 손으로 이미 해나의 얼굴이 거의 다 가려졌다. 덕기의 손가락 사이로 해나의 눈물이 새어 나왔다.

"아, 존나 더럽네. 왜 울고 지랄이야. 닥쳐. 밑에 저 거지도네 비명 소리 들으면 널 더러워할 거야. 넌 이미 더러운 몸이니까."

덕기는 해나의 입에서 손을 뗀 후, 빠르게 해나의 속옷으로 손을 가져갔다. 이 순간 힘이 약간 풀리는 틈을 타, 해나는 두 손을 풀고 자신을 제압하고 있던 덕기의 손을 자신의 입으로 가져가 있는 힘껏 물었다.

"아!"

덕기의 힘이 더 풀린 것을 느낀 해나는 양 다리를 들고 있는 힘껏 덕기의 성기를 발로 찼다. 그리고 빠르게 몸을 돌려 일어났다.

"아, 시발……."

"싫어! 너랑 이딴 짓 하기 싫어. 마음대로 해. 죽일 수 있으면 죽여. 오빠는 할머니도 못 죽이면서 나한테 죽이라고 시켰으면서. 죽여. 나 죽기 전에 오빠 반드시 죽이고 나도 죽을 거니까. 쫓겨내든지 말든지 어차피 내가 편하게 쉴 수 있는 곳은 아무 데도 없고 몸도 더럽혀질 대로 더럽혀졌으니까. 이딴 식으로 살 바에 차라리 밖이 마음이 편할 거야. 어디 마음대로 해봐."

"미친년."

해나는 덕기의 욕설을 들으며 몸을 돌려 다락방을 나왔다. 계단을 내려오는 해나의 모습은 참으로 처참했다. 상의는 늘어날 대로 늘어나 목 부분이 가슴팍까지 끌려 내려갔다. 머리는 산발이 되어 자르지 않고는 정돈이 안 될 것 같은 정도였다. 해나의 팔목에 힘을 얼마나 주었는지 양 팔에 빨간 손가락 자국이 올라왔다. 팬티는 오른쪽은 내려가고, 왼쪽은 그대로 있는 상태로 좌우 대칭이 맞지 않았다. 소리도 내지 않고 눈물을 흘리며 내려오는 열다섯 살 해나의 모습이었다. 해나는 방으로 들어가기 전, 눈물을 멈추고 양손으로 자신의 머리카락을 한번 대충 쓰다듬고 들어갔다. 방으로 들어가니 지석이 눈물을 흘리며 해나를 쳐다보고 있었다.

"괜찮아? 너, 너 대체 이런 일을 얼마나……."

"미안해. 시끄러웠지. 그래도 오늘 처음으로 난 나를 지켜냈어. 오늘은 아무 일도 없었어."

해나는 말을 흐리며 미소를 지어 보였다. 아무 말도 못하는 지석을 보며 해나는 책상에 놓여 있던 휴지곽에서 휴지를 몇 장 꺼내 지석에게 주었다.

"놀랐지? 울지마. 이런 건 들으면 안 되는데."

"너 나랑 동갑이야……."

"난 괜찮아. 그래도 오늘 진짜 있는 힘껏 나를 지켜냈어. 이제 다시는 당하지 않을 거야. 어디에서 살든 이곳보다는 나을 테니까. 나도 한국 갈 거야. 엄마가 안 받아주면 나를 받아주는 어딘가로 가서 살면 돼."

지석은 해나의 말을 들으며 그저 울기만 했다. 우는 것밖에는 할 수 있는 것이 없었다. 지석의 눈물을 보며 해나는 다시 한번 다짐했다.

"나도 너 가면 무조건 한국으로 돌아갈 거야. 가족 품에서, 엄마, 아빠랑 동생들이랑 같이 살래. 너무 지친다."

"그래, 나도 한국 가면 도와줄게. 너희 엄마가 또 안 된다고 하면 내가 도와줄게. 너는 가만히 있어. 내가 다 얘기해줄게."

"하하, 고마워. 완전 힘이 된다."

"화장실에서 정돈 좀 하고 잘래? 나는 1층 소파에서 잘 테니까. 물, 물이라도 갖다줄까? 물 마실래?"

"응."

지석은 해나의 말이 떨어지자마자 부엌으로 달려가 냉장고에서 차디찬 물을 꺼내 컵에 따른 후 해나에게 가져다주었다.

"끅, 끅, 히끅, 히끅."

해나는 별말 없이 지석이 가져다준 물을 마셨다. 단지 이상한 끅끅거리는 소리가 났다.

"고마워."

"나는 나가서 소파에 있을 테니까 얼른 자."

지석은 컵을 받아 들고 방에서 나왔다. 해나는 지석이 나간 것을 보고 문을 잠갔다. 그리고는 그 상태 그대로 침대에 들어가서 이불을 뒤집어썼다. 힘을 주지 않아도 눈물이 멈추지 않았다.

"아."

해나의 배에서 갑자기 엄청난 복통을 느꼈다. 해나는 바로 몸을 일으켜 무릎을 꿇고 허리를 숙였다. 두 손은 기도 손을 했다.

"살려주세요. 저 살고 싶어요. 배가 너무 아파서 숨을 못 쉬겠어요. 제발 살려주세요."

해나는 지속된 복통에 숨을 한 번 크게 들이마시고는 참았다. 숨을 쉬지 않으면 복통도 느껴지지 않는 느낌이 들었다. 그리고 다시 숨을 들이마시면 마치 사납게 밀려오는 파도처럼 복통이 배로 느껴졌다. 다시 해나는 기도를 했다. 배에서 통증이 느껴지지 않을 때까지……..

꽃길을 꿈꾸는 해나

 다음 날, 집은 변함없이 고요했지만 많은 것이 바뀐 듯했다. 지석은 모든 시간을 1층에서 보내며 더 이상 덕기와 말을 섞지 않았다. 덕기는 1층에 내려오지 않았다. 현관문에 2층으로 올라가는 계단이 있었기에 마음만 먹으면 1층을 가지 않을 수 있었다. 해나는 조용히 한국에서 전화가 오기만을 기다렸다. 그리고 책상에서 책을 읽고 공부하며 시간을 보냈다. 거실에 나와 TV를 보지도 않았다. 아무도 장을 보지도 않았기에 밥을 먹을 수도 없었다. 하루에 한 끼, 해나와 지석은 밖에 나가 밥을 사 먹었다. 시간은 빠르게 흘러 다음 날이면 지석이 떠나는 날이었다.

 "이제 끝이다." 지석이 말문을 열었다.

 "그러게. 부러워. 축하해."

"너도 꼭 탈출할 수 있기를 바라."

"이번에 한국 가면 정말 제대로 말할 거야. 다시 중국에 돌아온다면 내 삶이 어떻게 되려나. 똑같겠지."

"무슨 소리야. 꼭 한국에서 살 수 있게 내가 도와줄게. 한국 도착하면 꼭 연락해."

"고마워. 네가 가고 나서도 오 일 정도는 혼자 있어야 하는데 벌써 걱정이야."

"밥은 꼭 챙겨 먹어. 부탁이다."

"내가 뭐 먹기 싫어 안 먹나. 못 먹는 거지."

"미안해."

"갑자기?"

"처음에 너 봤을 때 중국어 하는 거 보고 되게 부러웠어. 나도 너처럼 하고 싶어서 오래 있고 싶었어. 근데 그럴 형편도 안 되고 난 너처럼 강하지도 못해. 그래서 네 결과만 보고 마냥 부럽고, 초반에는 질투 같은 것도 조금 있던 것 같아."

"나도 여기 있을 형편 안 되는데 이렇게 해서 어찌어찌 여직 있는 거야. 집 옮길 때마다 어른들이며 내 또래며 전부 무시하고, 학교에서는 언어 못한다고 무시당하고, 돈 없고 닭대가리라고 무시당하면서 살았는데 뭐. 그거에 비하면 이 정도 결과가 뭐 그렇게 의미가 있나 싶어."

"무슨 소리야. 그렇게 살면서도 넌 결국 네 존재를 학교에 보여줬잖아. 이제 아무도 널 무시하지 않아."

"너야말로 무슨 소리야. 집에서 내가 어떻게 사는지 제일 잘 알면서. 그나마 학교에서는 무시 안 당할까? 그것도 잘 모르겠네. 그냥 이젠 평범하게만 살고 싶어. 남들처럼 부모님이랑 싸우면서 아무것도 아닌 걸로 다투고, 화해하고. 같이 맛있는 거 먹으면서 시간 보내고, 공부하기 싫다고 찡찡대면서 공부를 미룰 수 있을 때까지 미루면서. 엄마한테 혼나면 아빠한테 가서 위로받고, 아빠한테 혼나면 엄마한테 가서 위로받고. 동생들이랑 아무것도 모를 때처럼 그저 재미있게 놀면서. 어릴 때처럼 아무것도 모른 채로, 그게 세상에 최대 행복인 것처럼 말이야. 평범한 것을 지루하게 느끼면서 평범하게 살고 싶지 않다며 친구들과 예쁘게 꾸며도 보고, 내 마음을 몰라준다며 부모님께 투정도 부리면서. 그렇게 살고 싶다."

"한국 가면 꼭 그렇게 살 수 있을 거야."

"글쎄. 어쨌든 가족들 품이니까 여기에 비하면 비교할 것도 없이 천국이지."

"그래. 설사 만나지 못해도 각자 행복하게 살고 있자. 다시 만날 때까지."

"그래. 너도 엄마랑 행복하게 살아."

지석이 한국으로 돌아가는 날이 왔다. 해나는 전날 잠을 자기 전까지 몸을 뒤척이며 쉽게 잠에 들지 못했다. 그래도 오로지 한국 가는 날 만을 위해서, 그날만을 바라보며 살면 마음이 조금은 편해지는 듯했다. 적어도 한국에 가면 모든 지옥이 끝날 거라고, 가족들과 함께 평범하게 살 수 있을 것이라고 믿었다.

지석이 중국어를 편안하게 하기에는 약간 문제가 있어 해나가 공항까지 가는 차를 잡아주었다. 해나가 중국어를 막 조금씩 하기 시작할 때 알게 된 기사 아저씨는 이제 해나가 중국어로 타자를 치는 것을 보고 이따금씩 놀랬다. 아저씨는 친절하지만 일도 잘해서 차를 타고 가야 하는 모든 일정에는 아저씨가 늘 함께했다. 해나는 아저씨에게 전화를 걸었다.

"아저씨, 어디세요?"

"응. 곧 오 분 정도면 도착해. 짐이 많으면 집에서 기다려. 짐 내리는 거 도와줄게."

"괜찮아요. 이 친구는 짐이 별로 없어서. 제가 같이 도와서 내리면 금방이에요. 이제 내려갈게요."

"그래. 짐 가지고 조심히 내려와라." 해나가 밖을 나갈 준비를 하니 지석이 해나의 방문을 노크하고 들어갔다.

"나 이제 거의 준비 다 했어."

"그래? 아저씨도 거의 다 오셨대. 짐 가지고 내려가면 될 것 같아. 짐은 얼마 없지?"

"응. 여기서 생활한 건 그래도 일 년 정도인데, 물건을 안 사니까 올 때랑 비슷하네. 가방 두 개 정도?"

"와, 진짜 얼마 없네. 원래부터 안 사는 건 알고 있었지만 그 정도라니. 아무튼 내려가자. 나한테 가방 하나 줘."

"됐어. 나 혼자서도 충분히 들어."

"근데 짐은 어떻게 쌌어?"

"새벽에 자다가 일어나서 몰래 올라가서 대충 챙겼지."

"그래. 이제 내려가자."

둘이 짐을 챙겨 내려가니 아저씨가 웃음을 띠며 아이들을 맞았다.

"아저씨, 안녕하세요."

"아, 해나. 안녕. 친구도 안녕. 이야 먼저 온 친구들은 다 갔네. 너는 한국 언제 가려고? 올해도 안 갈 거야?"

"아니요. 저도 다음 주에 갈 거예요. 오늘 만나서 말씀드리려고 했어요."

"아, 그래? 그럼 가면 언제 돌아와? 그때 마중 나갈까?"

"음, 아뇨. 이젠 저도 가면 안 돌아올 것 같아요. 이번에 한국 갈 때 짐 전부 챙겨서 가려고요.

"정말? 너까지 간다고? 이런. 이제 그럼 사람이 없겠네."

"아니에요. 원장님은 계속 이곳 운영하신다고 했으니까 오빠도 계속 있지 않을까요?"

"아, 그러니? 그럼 덕기만 남는구나. 그럼 새로운 아이들이 계속 오겠네. 해나가 떠나면 너무 슬플 것 같은데. 그날은 어떻게든 시간 빼놓을게."

"감사해요. 오늘 이 친구도 잘 부탁드려요. 아시다시피 말을 잘 못해서. 가기 전까지 말 많이 하면서 가주세요."

"이 친구가 저번에 보냈던 친구들 포함해서 마지막인가? 해나는 공항 안 가?"

"가고 싶지만 왕복은 너무 비싸서요. 죄송해요, 아저씨."

"죄송하긴. 알겠어. 대신 우리는 너 공항 가는 날 가면서 신나게 얘기하자."

"네, 친구 잘 부탁드려요." 아저씨는 지석에게 짐을 받아 트렁크에 짐을 실었다. 해나는 지석을 향해 몸을 돌렸다.

"조심히 가. 건강하고, 행복하게 살아. 여기 있던 일 전부 잊어."

"아니, 안 잊을 거야. 여기 와서 널 알게 되었는데? 절대 안 잊을 거고, 못 잊을 거야. 한국 오면 진짜 꼭 연락해. 내가 준 연락처 버리지 말고. 연락 안 하면 내가 네 집 번호 알아내서 연락할 거야."

"알겠어. 조심히 가. 아저씨한테 부탁해 놨으니까 가면서 대화 좀 해."

지석이 차를 타고 문을 닫자마자 창문을 열었다.

"안녕."

"잘 가. 아저씨 애 잘 좀 부탁드려요. 저희는 다음 주에 만나요."

"그래. 추우니까 얼른 들어가."

지석을 태운 차가 조금씩 멀어져서 보이지 않을 때까지 해나는 바라보았다.

"이제 나도 갈 준비 해야겠다."

해나는 방으로 들어가 자신의 방을 전체적으로 훑어보았다. 그리고 자신의 물건만 방 중앙으로 모았다. 다음 주면 새로운 연도로 넘어가니 해나가 중국에 있던 시간은 대략 사 년 정도이다. 그 시간 동안 적다면 적고 많다면 많은 짐이 쌓였다. 처음 중국에 도착했을 때부터 사용했던 노트 세 권, 처음으로 소리 내어 읽었던 중국어 교과서, 처음으로 백 점을 받았던 영어 시험지, 잉크가 닳아버린 수많은 검정색 볼펜들, 중국어 공부를 위해 사용했던 작은 사이즈의 화이트보드, 부모님과 동생들이 한국에서 보내준 편지들 그리고 처음으로 통역을 하고 그 대가로 받은 두꺼운 베이지색 패딩. 수많은 이야기를 담고 있는 물건들이 마치 쓰레기장에 있는 쓰레기처럼 순서 없이 쌓여 작은 탑을 만들었다. 그 작고 작은 해나만의 결과들은 어느 순간 감당할 수 없을 만큼의 수많은 노력의 증거가 되었다.

"이렇게 뭐가 많았나? 한국 가면 엄마랑 아빠 보여줘야지. 생각보다 많네. 엄마, 아빠가 좋아하려나? 좋아했으면 좋겠다."

해나는 작은 탑에서 시험지를 모으고 모아 하나의 뭉텅이를 만들어 깔끔하게 정리하고 반으로 접어 책가방 제일 앞쪽에 넣었다. 그리고 체육대회에서 받은 상과 전교 임원에 선발되었을 때 받은 배지를 챙겨 비닐봉지에 넣어 조심스레 감쌌다. 그리고 노트들과 편지들을 챙겼다. 옷을 챙기려 보니 대부분이 구멍이 뚫려 있어 한국에 가서 못 입을 것 같은 옷들 뿐이었다. 해나는 그런 옷들을 전부 모아 쓰레기봉투에 넣었다. 살던 기간에 비해 챙긴 짐은 터무니없이 적었다.

"뭐야, 지석이랑 다를 게 없잖아. 걔한테 뭐라고 할 처지가 아니었네." 해나는 빠르게 짐 정리를 마쳤다.

"이번에는 정말로 한국으로 아예 가야 해. 이젠 물러설 곳이 없어."

해나의 시간은 느린 듯 빠르게, 빠른 듯 느리게 흘러갔다.

* * *

앙상하게 얽혀 있는 나무가지들과 풀 위로 소복하게 눈이 쌓여 있다. 들리는 소리라고는 앙칼진 바람 소리가 나무에 올라가 있는 눈을 이따금 밑으로 치워버렸다. 아무도 밟지 않는 바닥이 그 어느 때보다 하얗게 느껴졌다. 오로지 보이는 것은 눈에 뒤덮인 6층짜리 아파트, 나무, 시멘트 바닥이었다.

차가워진 코끝이 해나의 잠을 깨웠다. 얼굴 빼고는 이불 안에 감춰두고 자는 동안에도 몸을 따뜻하게 데우던 해나는 눈을 뜨자마자 차가워진 코끝을 오른쪽 손 엄지와 검지로 잡고 체온으로 데웠다. 해나는 방금 눈을 떴지만 빠르게 정신을 차렸다. 오지 않을 것만 같은 날이 현실로 다가오니 설레는 마음밖에는 들지 않았다. 재빠르게 화장실로 달려가 거울을 봤다. 그 거울 안에는 수많은 과거의 해나가 울고 있었다. 변기에 앉아 배를 부여잡고 울다 해결이 안 돼 바닥에 꿇고 앉아 울며 목 안으로 눈물을 삼킨 날, 세수를 하다 눈물이 나와 물을 틀어놓고 하염없이 울던 날 그리고 화장실 바닥에 벽을 대고 앉아 눈물 소리가 새어 나가지 않게 두 손으로 입을 틀어막고 울던 날까지 모든 날들이 해나의 뇌리를 스쳤다. 아무 표정 없이 세수하고 방으로 들어가 나갈 준비를 했다. 이제 막 준비를 마칠 때 즈음, 아저씨에게 연락이 왔다.

"해나야, 이제 곧 도착해. 준비 다 했니?"

"네. 이제 거의 다 했어요."

"그래, 짐이 많을 테니 아저씨가 올라갈게. 기다려."

"네. 감사합니다."

짐을 모두 챙겨 현관문 앞으로 오니 이불 정도를 넣는 캐리어 두 개와 기내용 캐리어 한 개 그리고 곧 터지기 일보 직전인 책가방 한 개가 해나가 중국에 살았었던 사 년의 증거였다.

"내 짐이 여기로 나오다니. 이제 드디어 집에 간다."

해나는 아저씨가 올라오기를 기다리며 거실 소파에 앉아 있었다. 문득, 덕기에게 인사를 해야 하는지 고민이 됐다. 뭐가 어찌 됐든 처음부터 끝까지 함께 살았던 유일한 사람이기에 마지막까지 고민이 됐다. 조금 기다리니 아저씨가 벨을 눌렀다. 해나는 빠르게 뛰어가 현관문을 열어줬다.

"안녕, 해나. 준비 다 했니? 가자. 짐은 여기 있는 거 다 챙겨가면 되지?"

"안녕하세요, 아저씨. 제가 책가방이랑 들 수 있는 건 다 챙길게요."

"그래, 조심히 내려와. 이게 다니? 생각보다 적네." 아저씨는 말이 끝나기 무섭게 무거운 짐들을 챙겨 문밖으로 뺐다. 그리고 어깨에 짐을 하나 이고는 밑으로 빠르게 내려갔다.

"그래. 어차피 영원히 다시는 안 볼 텐데." 해나는 조심히 2층으로 올라갔다. 다락방이 있는 방문을 여니 덕기가 잠을 자고 있었다.

"나 갈게."

해나가 속삭이듯 인사를 했으나 덕기는 눈을 뜨지 않았다. 해나는 조용히 문을 닫고는 빠르게 집을 나왔다.

"안녕. 다시는 보지 말자." 해나는 나머지 짐을 챙겨 1층으로 내려갔다. 빠르게 짐을 모두 실은 아저씨가 해나를 도와줬다.

"감사합니다."

"뭘. 네가 떠나다니. 믿기지가 않네. 그래도 마지막을 아저씨가 데려다주니 마음이 조금은 편하구나."

"네. 아저씨 이제 가요."

"그래, 이제 갈까?"

"네."

아저씨는 시동을 걸었다. 해나는 동승석에 앉아 덤덤한 표정으로 안전벨트를 맸다. 차가 출발하며 집을 벗어났다. 해나는 사이드 미러로 멀어지는 집을 바라봤다.

"정말 안녕. 다시는, 영원히 보지 말자. 이제 행복한 날만 있는 거야."

매일 자신과 싸우지 않는 날이 없었다. 매 순간이 고난의 연속이었다. 왜 이렇게까지 힘들어야 하는지 이유를 알 수 없었다. 왜 해나에게 이런 시련이 닥쳤는지, 하늘이 버린 건지, 어떻게 살아가든 아무도 신경 쓰지 않는 건지. 대체 왜 아무도 해나의 아픔에는 눈곱만큼도 관심이 없는 건지. 아무도 찾아주지 않는 그 방에서 해나는 매일 밤을 불안과 싸웠다.

오로지 해나를 건드리려는 사람들만이 해나의 방문을 열었다.

한국을 떠났던 열두 살부터 한국에 돌아오는 열다섯 살까지. 유학 시작부터 끝까지 자신이 사는 공간에서 성추행, 성폭행, 왕따, 무시, 비하 그리고 압박을 견뎠다.

해나는 힘들 때마다 책상 서랍 첫 번째 칸에 커터 칼날 하나를 휴지에 돌돌 싸서 힘들 때마다 서랍을 열고 한참을 쳐다봤다.

그건 진심이 아니었다.

살고 싶음에 눈을 부릅뜨고 당장 할 수 있는 것에 집중했다. 입술에서 피가 나올 때까지 깨물었다. 피딱지가 마를 새도 없이 깨물고 또 깨물며 매일을 보냈다. 그리고 드디어 해나의 눈물이 가득 잠겨 있는 그곳을 떠났다.

이제 그저 편안함 만이 앞길에 있길, 해나는 그것만 바랄 뿐이었다.

* * *

땡동땡동.

"누구세요?"

"나야, 큰누나."

"큰누나?"

막내가 문을 열어주었다.

"오랜만이네, 안녕?"

"안녕하세요."

막냇동생은 순간 해나에게 존댓말로 인사했다. 해나와 동생들은 오랜만에 만나 어색한 나머지 침묵이 이어졌지만 곧 그 침묵은 허물어졌고 쉴 새 없이 대화가 오갔다.

"해나야!"

밤이 되자 해나의 부모님이 퇴근을 하고 집으로 들어갔다. 해나의 엄마는 해나를 보자마자 부둥켜안고 울었고, 아빠는 옆에서 가만히 부쩍 커버린 딸의 모습을 바라봤다.

"해나야, 우리 해나……. 왜 이렇게 컸어? 언제 이렇게 컸어? 우리 딸이 이렇게 크는지도 모르고 살았네. 미안해, 혼자 그 먼 곳에 둬서. 잘 왔어, 이제 가족들이랑 살자. 잘 왔어. 잘 버텼어." 해나의 엄마는 해나를 부둥켜안고 머리를 끊임없이 쓰다듬으며 눈물을 흘렸다.

"고생했다."

해나의 아빠는 분위기가 진정되고 나서 조용히 말을 건

넣다.

"아빠……."

해나는 마음 편히 아빠를 부둥켜안고 울었다. 그 모습을 본 동생들도 하나둘씩 아빠와 해나를 껴안고 한동안 울었다.

해나와 가족들이 눈물의 인사를 하고 해나의 행복한 인생을 펼칠 날이 왔다.

작가의 말

해나는 우리의 이야기예요.

이 소설은 위로가 필요한 사람들을 위해 써진 책입니다.
해나의 이야기를 어떻게 보셨나요? 어떤 감정이 들었나요? 어떤 감정이든 좋습니다. 해나와 함께 순간을 함께해 주셔서 진심을 다해 감사드립니다.

해나를 주인공으로 이야기를 시작한 후, 초반엔 많이 울었습니다. 원고를 쓰다 울고 추스르고 다시 원고를 쓰다 울고. 뒤로 갈수록 해나의 감정에 이입하며 마지막까지 울지 않았습니다. 같이 강해지고 싶은 마음에요. 해나가 살기를 진심으로 바랐습니다. 어떤 고난에도 결국 털고 일어나 다음 발자국을 밟아가길 바랐어요. 해나는 강한 사람으로 성장해 한국으로 돌아왔습니다.

삶에서 어떤 어려움을 겪고 있나요? 감당하기 힘듦에 점점 자신도 모르게 땅으로 꺼지고 있지는 않나요? 내가 나를 놔버리고 힘없이 시간을 보내고 있지는 않은가요?

이야기에서 어려움을 겪고 있는 해나가 마지막까지 자신을 놓지 않은 것처럼 힘든 시간을 보내고 있는 누군가에게 끝까지 스스로를 놓지 말자고 얘기하고 싶었습니다. 그러니까 너무 힘든 현실이지만 끝까지 지치지 말자고 말하고 싶었어요.

이 책을 읽으며 단 일 초라도 위로받는 누군가가 있다면 그걸로 충분합니다.

온 마음으로 이 글을 읽는 당신이 해나처럼 다음 발자국을 땅에 새기길 바랍니다.

살아, 해나야

초판 1쇄 발행 2025. 2. 11.

지은이 유라
펴낸이 김병호
펴낸곳 주식회사 바른북스

편집진행 박하연
디자인 양헌경

등록 2019년 4월 3일 제2019-000040호
주소 서울시 성동구 연무장5길 9-16, 301호 (성수동2가, 블루스톤타워)
대표전화 070-7857-9719 | **경영지원** 02-3409-9719 | **팩스** 070-7610-9820

•바른북스는 여러분의 다양한 아이디어와 원고 투고를 설레는 마음으로 기다리고 있습니다.

이메일 barunbooks21@naver.com | **원고투고** barunbooks21@naver.com
홈페이지 www.barunbooks.com | **공식 블로그** blog.naver.com/barunbooks7
공식 포스트 post.naver.com/barunbooks7 | **페이스북** facebook.com/barunbooks7

ⓒ 유라, 2025
ISBN 979-11-7263-233-5 03810

•파본이나 잘못된 책은 구입하신 곳에서 교환해드립니다.
•이 책은 저작권법에 따라 보호를 받는 저작물이므로 무단전재 및 복제를 금지하며,
 이 책 내용의 전부 및 일부를 이용하려면 반드시 저작권자와 도서출판 바른북스의 서면동의를 받아야 합니다.